Rainar Nitzsche: Wüsten-Berges-Himmels-Weiten

Der Autor Rainar Nitzsche wurde am 27.12.1955 in Berlin-Zehlendorf geboren, ging im Saarland zur Schule und wohnt seit Oktober 1974 in Kaiserslautern, wo er Biologie studierte und promovierte. Nach einjähriger Arbeit als Biologe in einem Öko-Programm in Idar-Oberstein und Verlagsgründung 1989 schulte er zum Buchhändler um und war fünf Jahre in Pfälzer Buchhandlungen tätig. Inzwischen arbeitet er schriftstellerisch und fotografisch-künstlerisch. Bereits 1975 begann er inspiriert von seinem Namensvetter Friedrich Nietzsche zu schreiben: Gedichte, Kurzprosa, Romane und Sachbücher sowie wissenschaftliche und populärwissenschaftliche Artikel. Sein erstes Buch »wir ... menschen der erde« erschien 1982. 1989 gründete er seinen Einmannverlag mit Büchern noch unbekannter gegenwärtiger AutorInnen und den Schwerpunkten Fantasy, Horror, Science Fiction und Lyrik sowie Sachbüchern über Spinnen. Inzwischen veröffentlicht er nur noch eigene Titel.

Zum Inhalt: Weiter geht Manfred seinen Weg, der vor vielen Jahren in der Stadt begann. Seine Reise führt ihn nach Osten, dem aufgehenden Sonn entgegen. WÜSTE wird die Welt genannt, in die er gelangt. Sie muss er durchqueren, um zu den Mönchen in den Höchsten Bergen zu gelangen. Dort kommt es zum entscheidenden Kampf mit IHM, dem schwarzen Wesen von T-her. Wird die junge Massai- und Leopardenfrau Moyo, die als Reinkarnation Nairras im Herzen Afrikas geboren wurde, die Großen Pyramiden Ägyptens erreichen, wo uralte Götter - Bastet, Isis, Sachmet - und die kleinen Katzen auf sie warten? Und was tat ER einst auf Erden, dort, wo die Menschheit begann? Niemand schrieb es jemals nieder, denn damals gab es weder Menschenschrift noch Menschensprache, denn Menschen unserer Art existierten noch nicht.

Biofantasy, das ist anspruchsvolle Fantasy, in der neben einigen Menschen zahlreiche Tierarten Hauptdarsteller sind, zoologisch fundiert, meditativ und religiös zugleich. Wen wundert's, wo doch der Autor Zoologe und Fantasyfan ist und sich zudem sehr für Mythologie interessiert.

Rainar Nitzsche

Wüsten-Berges-Himmels-Weiten

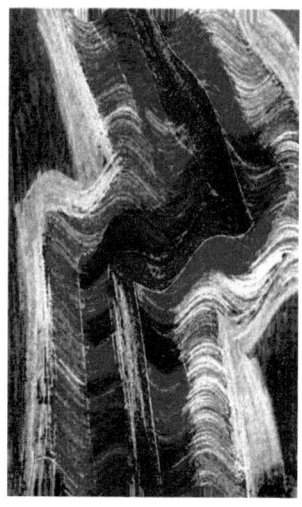

Band 3 der Pfadwelten

Bibliografische Information der Deutschen Nationalbibliothek: Die Deutsche Nationalbibliothek verzeichnet diese Publikation in der Deutschen Nationalbibliografie; detaillierte bibliografische Daten sind im Internet über dnb.d-nb.de abrufbar.

Impressum
Rainar Nitzsche
Wüsten-Berges-Himmels-Weiten
Band 3 der Pfadwelten

Der vorliegende Titel erschien erstmals 2005 als handsignierte, nummerierte und auf 50 Exemplare limitierte Erstausgabe im Rainar Nitzsche Verlag. Das E-Book erschien 2015 bei neobooks. Er ist auch in dem Gesamtband *Die Pfadwelten* enthalten.

Grafik: Dr. Harald Fuchs, Autorenfoto: Elke Bouché
Computersatz: Dr. Rainar Nitzsche.
© 2017 Herstellung und Verlag:
BoD – Books on Demand, Norderstedt
ISBN: 9783743159600

Was zuvor geschah und was geschehen wird

Liebe(r) LeserIn,

hiermit halten Sie den dritten Roman von Manfreds Reise durch äußere und innere Welten in der Hand (Band 1: *Der Leuchtende Pfad des Magiers*, Band 2: *Wandlungen der Drei*). Es sollte eine Trilogie werden. Und so ist es auch geschehen, denn es ist der letzte Band über die Abenteuer des Magiers auf Erden. Und so ist es auch wiederum nicht, denn es folgt Manfreds Seelenreise durch unser Universum (*Ins All – Im Eins*).

Und das geschah bisher: Einst vor langer Zeit in der Nacht brach Manfred auf. Stadt war der Name seiner Welt. Dort entfloh er dem Alltagstrott, erhob sich, flog um den Rathauswolkenkratzer herum und gelangte in den Wald und durchquerte das Nebelland, wo er seine Drachenmutter traf. Nun hat er nach jahrelanger Reise durch Gräserne Meere die Wüste erreicht. Moyo, seine Liebe, ist nun fast am Ziel ihres langen Weges auf zwei Beinen und vier Pfoten von Süd nach Nord durch Afrika.»Nur« noch die große Wüste muss sie, die Leopardenfrau, durchqueren. ER aber weilte in den Jahrmillionen, die er auf Erden wandelte - und schwamm und flog - in zahllosen heißen wie auch kalten Wüsten. Himalaja ist ein anderes Wort für die Berge, die in den Himmel wachsen. Dort werden sich Manfred und ER treffen. Sie werden kämpfen. Einer wird gewinnen und weiterleben.

Noch zwei Tipps zum besseren Verständnis: Es kommen viele Lebensformen und einige Fremdwörter aus der altägyptischen, indisch-tibetischen und anderen Kulturen vor. Kurzinfos zu ihnen finden Sie im Anhang dieses und der vorangehenden Bände. *ER* und *ES* stammen aus einem anderen Universum und sollten nicht mit *Ihm Dort Oben,* dem Autor mit Namen Rainar, oder *Ihm*, dem Sonn (= Sonne), verwechselt werden. Und nun tauchen Sie ein in magische Welten, offen für alles, staunend, lachend und weinend! So ist das Leben hier oben und dort unten und allüberall.

Ihr Dr. Rainar Nitzsche,
Kaiserslautern, März 2017

Dreißig Jahre alt

dürfte sein Körper jetzt sein, denkst du und schaust ihn an, den jungen Mann, der dir alles erzählte.

Nun hat er in seinem Monolog innegehalten.

Wäre er noch so alt, wie einst einmal, so wüsstest du, warum er eine Pause einlegt. So aber ...

Vielleicht hat er dir ja gar nichts mehr zu sagen.

Keine Rede, keine Fragen, keine Antworten.

Also ruht er sich aus und schweigt!?

Ja.

Nein. Jetzt beginnen seine Gedanken in dir zu flüstern: »Wieder haben wir eine Welt hinter uns gelassen, wieder liegt eine neue Welt vor uns.«

Dann öffnet sich sein Mund: »Von den Dingen, Wesen und Taten in den Wüsten will ich dir berichten, die Manfred, Moyo und ER erlebten. Lausche meinen Worten, höre gut zu! Denn wie aus allem, so lässt sich auch hier manches lernen.«

6. Wüstenweite

aus Sand und Stein und Eis

Denn Wüste ist die Welt
wo selten Regen fällt
Definition

Wüstennacht
Leben erwacht
Vormenschen-Weisheit

Die Welt - ein Tor
zu tausend Wüsten
Friedrich Nietzsche

Drei Wesen in den Wüsten

Weiter folgt Manfred seinem Leuchtenden Pfad. In den Osten Eurasiens ist er unterwegs. Also kommt er aus dem »Wilden Westen« und nähert sich unaufhaltsam der Kultur? Von einer Wassersäule eingehüllt schwebt Manfred dahin, folgt so noch immer seinem Lebensweg, der einst mit seiner Geburt in der S<small>TADT</small> mit Namen Kaiserslautern begann. Hoch liegt die Wüste, an deren Rand er gelangte. Mongolen leben heute hier, die Jurten bauen, während ihre Yaks und Pferde grasen. Andere Wesen lebten einst hier. Und dort wo vor Äonen Dinosaurier und Säuger starben, schenkt die Wüste heute der Menschheit deren Knochen. Diese kalte Wüste Gobi lässt das Wasser in Manfreds Säule gefrieren. So setzt sie ihn frei. Sie muss er durchqueren, um zu den höchsten Bergen zu gelangen.

Moyo, die als Nairra in der WALD-Welt starb und als Massaimädchen Moyo wiedergeboren wurde, dort, wo die Menschheit einst begann, dort, wo ER vor langer Zeit so manches tat, das niemand niederschrieb, denn damals gab es weder Menschenschrift noch -sprache noch Menschen unserer Art, sie hat es fast geschafft, ist nicht mehr allzu- weit vom Ziel ihrer langen Reise im Norden Afrikas entfernt. Nun ist sie weder nackt noch befellt, sondern in Tuch ge- hüllt in einer kleinen Karawane unterwegs. Imuhar nennen sich die, deren Männer Schleier tragen. Blau gefärbt sind ihre Gesichter von der Farbe des Tuches. Die Wüste aber, die sie durchschreiten, die nördlichste des alten Kontinents, ist nicht nur die größte, sondern zugleich auch die jüngste unter den Wüsten der Erde. Viele Namen trägt sie. Einer lautet Sahara - das heißt »gelber Sand«. Zu den Großen Pyramiden Ägyptens ist Moyo unterwegs, wo uralte Dinge ihrer harren.

Auch ER weilte einst an den Orten, wo Moyo nun geht und Manfred sich bewegt – an diesem, an jenem, an so vielen, so vielen. Alle Wüsten dieser Erde durchquerte ER im Laufe der Jahrmillionen, war dort, wohin Manfred und Moyo niemals gelangen werden, da sie abseits ihrer Pfade liegen, da es sie so, wie es sie damals gab, schon lange nicht mehr gibt, denn so viel Zeit ist seitdem verflossen. Vieles weiß ER von den Menschen und den giftigen Tieren Australiens. 60 000 Erdenjahre mögen seitdem vergangen sein, als ER die Gibson Wüste das letzte Mal betrat? Wie schnell die Zeit auf Erden doch vergeht, auch für die, die unsterblich sind! Nur wenige Menschen lebten damals hier. Dunkelhäutige Zugewanderte waren es. »'Aborigines' werden sie heute meist von den zugereisten Sträflingsnachkommen, Aussiedlern und anderen hellhäutigen Menschen, aber auch Menschen aus Ostasien genannt werden.«, denkt Er Dort Oben so für sich, doch niemals IHM Dort Unten zu.

Ach, Namen sind ja nur Schall und Rauch. Wie viele Namen trug ER schon, den wir einst Drefman nannten, der viel mehr ist als nur Manfreds Spiegelbild, Gegenspieler und dunkler Bruder? Wie viele Körper welcher Wesen – Bakterien, Pilze, Pflanzen, Tiere und Menschen - bewohnte ER im Laufe von Jahrmillionen? Wie viel Zeit mag IHM noch gegeben sein, der sich einst vom Ganzen am Grunde des Meeres trennte, der sich wieder mit diesem vereinte, um weiter über die Erdoberfläche zu schreiten, durch die Wasser zu schwimmen und durch die Lüfte zu gleiten? Millionen Jahre sind eine Ewigkeit für einen Menschen. Zeit hatte ER zur Genüge, um alle Lebensräume dieser einen Erde zu erkunden. Und doch, niemals kann ER alles wahrnehmen, was da ist und lebt und stirbt zu SEINER Zeit. Denn niemals kann ER über alle Sinne aller Wesen an allen Orten zu allen Zeiten verfügen. Und so ist auch ER wie die beiden anderen nicht mehr als nur ein Wanderer, der SEINEN Lebensweg von Geburt bis zur Vereinigung geht. Chaos ist einer SEINER Namen, chaotisch sind SEINE Wege durch die Welten dieses Planeten mit Namen Erde. Und doch liebt ER die Macht, also die Ordnung. Und wo ER weilt, dort hält Gevatter Tod reiche Ernte. Denn wer sich IHM entgegenstellt, wer IHN erzürnt, der muss sterben. SEINER Macht kann niemand widerstehen, keine Pflanze, kein Tier, kein Mensch.

Und doch ist ER nur ein Teil von ES, das am Grunde des Ozeans ruht und träumt. Und ES ist nur ein Teil von

T-her. Und T-her ist nur ein schwarzer Flecken, ein Makel im WEISS.

Du aber denkst, während du all dies liest, wie schön es doch wäre, wenn ER in einem glorreichen letzten Kampf mit Manfred unterginge. Oder - wenn ER denn nicht sterben kann, so sollte ER doch zumindest - von wem und wie auch immer - von dieser Welt, »unserer« Erde, vertrieben werden. Denn ER wurde hier zwar geboren, doch aus IHM, das in den Tiefen liegt und träumt und von außerhalb kommt, also ein Alien ist, das hier nichts zu suchen hat. Denn die Gerechtigkeit muss siegen »Und die Rache ist mein«, sprach der Herr, spricht der Mensch. Dann würden sich die Liebenden wiederfinden - und alles wäre gut. »Happyend« heißt das im Film, doch ist es ja niemals das Ende, auch nicht in Hollywood. So sollte es sein, meinst du, haben Manfred und Moyo doch eine zweite Chance durch Moyos Wiedergeburt erhalten. Wer von uns bekommt die schon? Oder bekommen wir sie immer wieder im Kreislauf der Wiedergeburten? Das alles denkst du.

Wie aber sollen sie je zueinander finden, wenn sich Manfred immer weiter in den fernsten Osten Eurasiens und Moyo in den Norden Afrikas fortbewegt?

Und was wird ER tun, der Manfreds Tod prophezeite? Wie wird es sein, wenn die beiden sich zum letzten Kampf treffen? Wer weiß das schon!? Vielleicht weiß es ja auch Er Dort Oben nicht? Oder hat Er schon längst den Schluss geschrieben, alles vor Jahren schon gesehen und gibt jetzt nur dem Ganzen noch den letzten Schliff, liest alles vielleicht noch ein einziges Mal durch und muss doch schon wieder weinen, weil alles so traurig ist und weil die von ihm geschaffene Welt nur ein Spiegel seiner eigenen ist?

Manfred verbrennt

Wüstennamen, die alle ohne Bedeutung sind für den, der fern von ihnen weilt, und für den, der mitten drin ist. Eine Wüste, die nur hier existiert – zu dieser Zeit an diesem Ort. Keine von diesen, etwas von allen, die es Dort Oben gibt und deren Namen die Stimme Manfred einflüstert: »Gobi, Tharr und Takla Makan«.

Wüstensand, Dünen, so weit das Auge reicht, für den, der fliegt. Gobi heißt Stein. Diese Wüste ist die Heimat brausender Stürme, ist Hitze bei Tag und Kälte bei Nacht. Sturm aber bedeutet: Die Sicht ist gleich Null. Und dann ist da noch der aus unterirdischen Quellen gespeiste wandernde See inmitten der Dünen. Wilde zweihöckrige Kamele schlank an Gestalt mit kurzem, braunen Haar leben hier in kleinen Gruppen von ein oder zwei Männern und drei bis fünf Frauen.

Voll scheint die Mondin über der Tharr. Eine Karawane von Kamelen zieht still dahin, so winzig in der Weite der Nacht. Jetzt sind es Dromedare. Einst aber, zur Zeit der Pharaonen, waren es noch Esel.

Takla Makan. Das heißt: »Geh hinein, und du kommst nie mehr heraus!« Takla Makan, das ist der See des Todes. Längst im Sand versunken schlafen in ihr noch immer Steine und Mauern einer einst großen Menschenstadt. Zeichnungen von Tieren, die es in der Wüste nicht gibt: Es sind die Bilder von Wölfen. Einst führten hier die Wege der Seidenstraße von Ost nach West und West nach Ost - im Norden und im Süden an ihr vorbei, doch niemals mitten hindurch. Niemand wusste damals von dem Reichtum, der hier seit Äonen ruht und erst in ferner Zeit durch die Arbeit von Hunderttausenden von Menschen und gewaltigen Maschinen geborgen werden würde, niemand erahnte damals das Schwarze Gold mit Namen »Öl«.

LICHT! So grell, so hell!

Schon werden Manfreds Pupillen winzig klein, schließen sich die Lider von allein. Nichts ist starr. Alles ist Bewegung.

So passt sich das Leben an. Also wächst auch dem Magier eine dunkle Haut, die einer Sonnenbrille gleich über seinen Augen liegt. Die Netzhaut bleibt geschützt, jetzt, wo sich seine Lider wieder öffnen.

Dunkel ist die Welt geworden – für einen Augenblick. Dann sehe ich wieder die Wüste ringsum und entdecke - keine Spur von Leben um diese Zeit an diesem Ort. Nichts als Steine und Sand. Sollte mich vergraben, denn *unter* der Erde ist es kühl, wie auch hoch *oben* in den Lüften. Auf der Oberfläche aber wird es hier und jetzt im Sommer von Minute zu Minute immer heißer. Sollte unter die Erde gehen oder mir Flügel wachsen lassen, als Geier aufsteigen und über der Wärme kreisen.

Kaum gedacht, geschieht es schon: Nein, nicht der Magier verwandelt sich, sondern die Temperatur steigt gewaltig an. Gnadenlos brennt der Sonn herab.
Schwarz wird Manfreds Haut.
Und dann? Ist er nun der Schwarze Mann? Schau, wie er wankt. Ob er wohl fällt? Warum verwandelt er sich nicht? Warum gräbt er sich nicht ein oder fliegt einfach davon? Ist das da überhaupt Manfred der Magier? Oder ist es der andere, der Schwarze, ER, der schwarz im Herzen, im Geist und in der Seele ist?
ER ist es nicht, der dort verbrennt. Es ist Manfred. Wie schwach er doch geworden ist! Scheint alt geworden zu sein. Die Arme erhoben, die Augen geschlossen, auf den Knien sitzt er hilflos da: so schwarz und still im Sand.

»Rê Atum Aton!«, ruft stumm meine Seele, denn Mund und Kehle und Lunge sind trocken und sprechen schon lange nicht mehr. »Vater, warum verbrennst du mich?«
Doch nichts geschieht, es ändert sich nichts.
So stehe ich mühsam wieder auf und taumle weiter durch die Feuerglut.
»Vater! Lösche dein Licht, denn ich verbrenne!«, bitte ich noch einmal und schaue nicht mehr zu Ihm auf, sondern habe längst meinen Blick hinab zur Erde gesenkt: »Mutter,

schütze mich!« Doch ich weiß, wie größenwahnsinnig mein Wunsch ist, weiß, dass weder Sonn noch Erde mir helfen können. Denn die Erde dreht sich und kreist, also geht der Sonn auf und unter. Und ist da auch ein wenig Wandel im Jahr - die Jahreszeiten, so ändert sich doch nichts von einem auf den anderen Augenblick, nur weil *einer* das mal eben *will* – und sei er auch der mächtigste Magier der Welt.

Also brennt der Sonn weiterhin vom Himmel, gibt es nirgendwo Wolken, rührt sich auch die Erde unter meinen Füßen nicht.

»Vater!«, stammle ich ein letztes Mal mit zur Seite ausgebreiteten Armen, wie so viele einst und andernorts am Kreuz, den Kopf in den Nacken geworfen. Dann falle ich nach hinten hinab – hinab - hinab, falle noch immer, schwebe im Zeitlupenfall der Erde zu, sehe sprudelnde Quellen von kühlem Nass - träume ich? - und lande doch nur im heißen Sand.

Irgendwo in mir sind Worte, die ich nicht verstehe. Sie werden gesungen, ein Lied sind sie, ein Reim in einer längst vergangenen Sprache. Etwas in mir spricht die magische Formel, die die Erde öffnet und die sinngemäß lautet: »Erdenmutter, hülle mich ein!«

Vieles brannte der Sonn von ihm ab: Kleidung, Haare und Haut - vom Gesicht zunächst und dann im Fallen von Oberkörper und Unterleib, schließlich von Beinen und Füßen.

Und so geschieht nicht das eine große, den Lauf der Gestirne verändernde, sondern ein anderes Wunder: Unser aller Mutter nimmt mich liebend in sich auf: Gaia, Terra, Erde öffnet sich mir.

Ich versinke in Kühle und Dunkelheit, ruhe nun geborgen in einer Kammer mit Wänden aus festgepresster Erde. Wasser steigt aus der Tiefe empor, aus dem Reservoir, das den Wandernden See speist. Wasser netzt meinen Körper, streichelt mich, kühlt und befeuchtet meinen Mund. Dann trinke ich langsam und ...

Erwache - also schlief ich ein!? - und liege erstarrt. Höre mein Herz immer langsamer schlagen. Mein Atem steht fast still. Sauerstoff strömt von irgendwoher. Ich atme ihn ein. Ich lebe. Nehme den Wind dort oben wahr, höre, wie er weißen Sand über der Stelle anhäuft, wo ich eben noch lag. Hier unten aber ruhe ich und erhole mich und warte, dass die Nacht beginnt. Langsam leert sich auch mein Geist. Doch noch sind da Träume - Wasserwüstennachtträume:

Fisch sein, im Wasser schwimmen nahe der Küste einer anderen Wüste mit Namen *Atacama*. *Anchoveta* heißt der Fisch. Einer im Schwarm bin ich. Schwarm werden, Schwarm sein im kalten Humboldtstrom.

Wandle mich in den Schnabel, verschmelze mit dem Körper des Kormorans, der mich eben erst fing und runterschluckte, lande auf der Insel, wo so viele von uns brüten. Schaue empor und kreise auch schon dort oben, segle als Kondor dahin über dem Meer und über der Wüste aus Sand, in der die langgepressten, weißen Schädel bleichen. Sehe mit scharfen Augen die Löcher in ihren Köpfen

»Die bohrten sich die Menschen selbst hinein, um böse Geister hinauszulassen«, flüstert die Stimme.

Leere Augenhöhlen, Nasenspalten. Kein Blut, doch rot sinkt der riesengroße Abendsonn herab, fällt lautlos ins Meer, das nun gelbrot leuchtet. Nacht bricht an, voll strahlt die Mondin, der Himmel ist klar, ein Sternenmeer.

Längst bin ich gelandet und sehe dicht vor mir, den Gecko Tautropfen von seinem Körper lecken.

Und was tue ich?

Ich verschmelze nicht mit der großen Echse, die den kleinen Gecko essen will, der jetzt den Käfer mit flinker Zunge fängt und sich dann verbirgt, denn es wird kalt. Für mich ist Kälte kein Problem, denn ich bin die Wüstenspringmaus. Winzige Hände sind da vor meinen Augen. Ach, wie klein ich doch geworden bin. So springe ich davon. Denn dort zieht mich etwas magisch an. Keine Pfütze, auch kein Teich, scheint eine schwarze Lache (Öl) zu sein. Ansonsten ist da nichts als Sand. Nacht, tiefste Nacht, Mitternacht. Hell liegt die Welt vor meinen Augen, die eine Scheibe beleuchtet.

Jetzt bin ich dort, sehe Schwärze, die sich zu drehen beginnt, Wirbel bilden sich dicht vor meinen Augen, Töne, fremde Klänge, ein Lied, das niemals Mäuse-, noch Menschenohren, -gehirn, -geist und -seele verstehen können. Für einen Augenblick ist da Flüssigkeit, die unter *ihrem* Licht wirbelnd zu verdampfen beginnt. Ich höre und sehe es, rieche und taste nichts und schreie. Nichts versteht meine Mäusegeist, doch Menschenmagierseele fühlt und weiß, wer es dort vor mir war und wer es ist, der jetzt dort singend im Wüstenwind der kühlen Nacht aufsteigt, sich wandelt zum Sturm, davonbraust übers weite Land.

Ist ER es, EINER von IHNEN, wenn es denn mehrere sind, vielleicht der, der/die vor langer Zeit einmal eine kleine Maus war, so wie ich es nun bin, damals vor Jahrmillionen, als ER das erste Mal das Meer verließ.

Nichts bleibt. Denn auch die Erinnerungen verblassen.

Alles ist Bewegung, Strom, und die Gegenwart nur ein Augenblick, hier wie andernorts und überall.

Das sehe ich, das denke ich, Menschen-Magier-Mäuserich. Dann – Schmerz!

Die Giftzähne der Sandrasselotter, die im lockeren Sand zuhause ist, sich darin versinken lassen kann und seitenwindend über ihn gleitet, deren Seitenschuppen zischend rasseln, diese Zähne haben nur einmal kurz zugebissen und sofort wieder losgelassen.

Springe davon, werde schwächer, kann mich nicht mehr verwandeln.

Alles dreht sich. Falle.

Sie aber, die da mucksmäus-, nein, mucks»schlangen«still lauerte, kommt nun züngelnd heran, hat ihr Opfer schon erreicht.

Einmal zucke ich wohl noch – schon bin ich tot und nehme doch noch irgendwie von oben/außen wahr, wie sie mich packt und dreht und mit dem Kopf voran in einem Stück verschlingt. Dann ...

Wache auf in meiner Erdenwiege, erwache aus dem Alb, der wohl aus dem Feuerschock – verbrennen, brennendes Gift, Enge - geboren wurde. Also war alles nur ein Traum, also bin ich nicht tot. Denn nicht ER war es, der mich packte und verschlang – sondern eine Schlange, die die Maus fing, in die ich mich hineinversenkte.

Manfred schläft geborgen im Dunkel der Erde ein. Wieder träumt er, seine Augenlider zucken in Ihrem Schoß.

Grenzenlos erstreckt sich – nein, keine Meereswüste und auch kein Wüstenmeer aus Sand, grenzenlos erstreckt sich diese Ebene aus Kieselsteinen. Steine, so weit das Auge reicht! Fern am Horizont ist der Himmel rabenschwarz.
Stille.
Nichts lebt hier, denke ich, es sei denn winziges Leben zwischen und unter den Steinen. Oder Leben, das sich am Tag verbirgt und in der Nacht aus seinen Verstecken kriecht.
»Achtung Skorpion! Gift! Tritt nicht auf ihre Stachel! Denn vielleicht tötet sein Stich auch dich!«, spricht die Stimme in mir.
Leben, das nur in der Nacht erscheint, dachte ich doch gerade. Aber der Himmel über mir ist doch schon schwarz. Es *ist* Nacht. Und außer mir scheint hier nichts zu leben.
Irgendetwas lässt die Steine leuchten. Ja, mattweiße, graue Steine beginnen nun zu glühen.
Es ist - ich bin inmitten einer Ebene aus glühenden Kieselsteinen. Jetzt leuchten sie in allen Farben auf.
Ein Stein jedoch, *ein* Kieselstein unter all den Millionen ist schwarz. Einer, der anders ist als all die anderen, der aus der Reihe tanzt, der einfach spinnt? Ist der etwa so etwas wie ein Dichter unter den Menschen?
Den muss ich mir näher betrachten.
Schwebe ich also hin. Schon bin ich nahe, bücke mich, nähere mich mit meinen Augen an und – versinke nicht darin, das habe ich doch schon erlebt, auch wenn es damals eine Blüte war, sondern schwebe über der weiten, in allen Farben glühenden Ebene.
Und etwas quillt dort unten aus der Schwärze des *einen* Kiesels, steigt aus seinem Haus, seinen Träumen auf, etwas, das mich von dort unten nach oben vertrieb, nimmt Gestalt an.

Vor meinem geistigen Auge wird es zu einem spielenden Kind, einem kleinen, nackten Menschenkind.

Es *ist* noch ein Kind, doch hat es ein Geschlecht, also ist es kein Es und auch kein Er, sondern eine *Sie*.

Sie schaut mich lächelnd an. Ihre strahlend blauen Kinderaugen zeigen mir die Kieselwelt. Stolz blitzt aus ihnen, die gewaltig gewachsen sind, nun den Himmel berühren und tief in meine Seele schauen.

»*Mein*«, sagen die Augen, und eine leise flüsternde Kinderstimme in mir singt die Worte mit heller, hoher Kinderstimme: »*Meine* Welt. Schau diese stille leere Welt. Sie ist *mein*. Alles in ihr gehört *mir*, denn es ist aus *meinen* Träumen geboren.«

Ein Wort nur aus ihrem Geist genügt, hier in ihrem Reich, um meiner Seele Form zu geben.

Ich sehe an mir herab: Jetzt bin ich ein nackter Menschenjunge, so klein, so groß wie sie.

»Komm!«, spricht sie und nimmt mich bei der Hand. »Komm mit mir und staune!«

So schreiten wir gemeinsam durch eine schweigende öde Welt aus grauen Steinen, die nur gelegentlich in allen Farben aufleuchten.

»Leben!«, singen unsere Stimmen in die Stille. Klänge werden zu Wassertropfen. Und Leben beginnt zu pulsieren, sprießt zwischen den Kieselsteinen empor. Blüten öffnen sich. Und dann entsteht und wächst in unseren Ohren ein Brummen, Summen – Tausende von Bienen, Hummeln, Wespen und Schwebfliegen. Falter taumeln von Blüte zu Blüte. Dieser Duft! Baldachinspinnen beginnen ihre Fäden zu ziehen, warten bauchober unter ihren Netzdecken, Wespenspinnen weben ihre Stabilimente tragenden Radnetze zwischen den Gräsern, Krabbenspinnen lauern gut getarnt inmitten der Blütenpracht.

Staunend schreiten wir durch unsere leuchtende Welt.

Die Wüste ist gegangen.

Irgendwann winkst du mir zum Abschied zu, drehst dich rum und gehst.

Ich wache nicht auf. Jetzt ist Leere in mir. Leere ist Heilung. Stille. Sein. Ich bin und träume nicht, jetzt nicht.

Ich wache auf. Es ist dunkel. Ich bin müde, schließe meine Augen und ...

»Dschinn!«, so lautete das Wort, das eine Stimme im Traum sprach, aus dem ich gerade erwachte.

Wer war es, der da sprach? Er Dort Oben?

Und wer war *er*, zu dem die Stimme sprach, den ich jetzt in meinem Traum sehe?

War ich es selbst irgendwo und irgendwann?

Dies sind die Bilder, die mir noch blieben: Er, dessen Gesicht ich nicht sehen kann, verharrt, steht still und zieht sein Schwert aus den sich auffaltenden Räumen. Er hält es in beiden Händen, hebt es empor, weit nach hinten über sein leuchtendes Haupt. So steht er still, bereit zum Schlag.

Das Schwert dort oben über seinem Haupt beginnt zu glühen, wird weißes strahlendes Licht.

So wird die vollmondhelle Nacht an diesem einen Wüstenort selbst für Menschenaugen zum Tag.

Ich bin *er*. Also lautet der Name des Schwertes *OM*.

Seine/meine Hände brennen, schmerzen. Ich sehe ihm/mir zu. Ich bin er und bin es doch nicht.

Dampf steigt vom verschmorten Fleisch auf. Schwarz färben sich meine/seine Finger.

Doch ich lasse nicht los, ich schlage zu, lasse OM mit aller Kraft niedersausen.

Und der Schwarze Stein, der da so plötzlich wie aus dem nichts dicht vor mir erschien, zerbirst. Doch mit ihm zerspringt auch mein glühendes Schwert.

Ein grün leuchtendes Wesen schießt schreiend aus seinem Gefängnis heraus in die nun wieder schwarze Nacht.

Aha, habe ich es also befreit: nicht den Geist aus der Flasche, sondern den Dschinn aus dem Stein! Und da ich in der Wüste weile, ist es wohl ein Wüstengeist, auch Ghul genannt!? Der aber müsste eine Tiergestalt besitzen und ein Blutsauger oder Menschenesser sein.

Das leuchtend grüne Wesen kehrt zurück, lässt sich auf den schwelenden, qualmenden Trümmern aus Stein und Schwert nieder. Es, das ein Gestaltwandler zu sein scheint - ich sehe Nebel, Esel, Kamel, Ziege und Mensch, winkt mir zu, der ich mich langsam erhebe, staunend meine schwarzen Hände schaue und schließlich ein grünes Wesen erst winken, dann voll Dankbarkeit lachend im Dunkel entschwinden sehe.

Befreit aus dem Steingefängnis. Befreit aus dem Grab.

Alles endet irgendwann, also auch meine Wüstentraumreise. Ich wache auf, öffne meine Augen und ... alles ist schwarz, wie es sein soll bei Nacht. Doch nirgendwo ist da die Volle Mondin, kein einziger Stern, geschweige denn ein Sternenmeer strahlt da am klaren Wüstenhimmel.

Luft! Kann mich nicht bewegen. Krampfendes atmen, rasendes Herz.

Ruhe bewahren. Langsam atmen, ein und aus und ein ... Erst einmal nachdenken. Ach ja, fällt mir ein, die Erde zog mich hinab in ihren Schoß.

Aus der Erde steige ich wiedergeboren auf.

Ich sehe es in mir - und es geschieht.

Jetzt bin ich wieder auf der Erdoberfläche, liege auf dem Rücken im Sand. Es ist Nacht, eisig kalt hier in der Wüste. Strahlend hell erscheint mir die Welt für einen Augenblick: Mondin und Sterne. Wie wunderbar für den, der aus der Grabesschwärze kommt.

Ein wenig Wärme wäre jetzt ganz nützlich, denke ich. Und schon wächst mir ein Fell.

Ich stehe auf und drehe mich einmal im Kreis und sehe nun auch - blass und fern - sind meine Augen alt und schwach geworden? - meinen Leuchtenden Pfad weit nach Osten über flaches Land und Hügel hinweg und dann sich gegen Südwesten hin in Höchste Berge emporwinden.

Weiter geht's. Weiter gehe ich nachts und ruhe am Tag.

Oder sollte ich dazu übergehen, meinen Körper gegen einen anderen einzuwechseln, zwei Körper alternierend zu tragen: einen für die Nacht, einen anderen für den Tag, um doppelt so schnell voranzukommen? Was aber wäre dann mit dem fehlenden Schlaf? Und warum überhaupt sollte ich es tun? Es eilt doch nicht.

»Wir sind doch hier nicht in Hollywood«, lacht die Stimme in mir.

Ich weiß, ich werde mein Ziel erreichen. Denn ich sehe

meinen Weg vor mir. Dort leuchtet er noch immer in der Nacht.

Morgendämmern und schon ist Tag. Kein Sonnenbrillenschwarz mehr, diese Zeiten sind vorbei. Jetzt wähle ich mir für meine Haut die Farbe des Sandes. So färbt sie sich hell wie die Wüste, nicht um wie die Schlange getarnt zu sein, von der ich weiß, dass sie da lauert, deren herausschauende Augen ich aber nicht sehen kann, sondern um so viel Licht wie möglich zu reflektieren, um mich nur wenig aufzuheizen, um nicht zu viel zu schwitzen.

Doch mittags brennt der Sonn wieder erbarmungslos herab.

Jetzt muss ein anderer Körper her!

In *dieser* Wüste überlebt kein Mensch, ob Weißer oder Mongole, ob mit brauner oder weißer Haut, kein Mensch und auch kein Magier.

Was für ein Körper, von welchem Tier?

Da gibt es doch Tiere, die ... Ja, Kamele. Trampeltier oder Dromedar, das ist hier die Frage. Und ich entscheide mich für das einhöckrige Evolutionsmodell, verwandle mich in ein hervorragend an Trockenheit und Hitze angepasstes Dromedar.

Hier oben in Kopfeshöhe und auch noch rings um den Rumpf herum ist es nicht so heiß wie auf dem Wüstenboden. Nun gut, auch aufrecht gehende Menschen – ein Pluspunkt für den aufrechten Gang damals bei seiner Entstehung und heute – krabbeln nicht dort unten rum.

»Zumindest nicht, so lange sie genügend Wasser zum kühlenden Schwitzen haben, hahaha!«, lacht da wer - ER? - in mir.

Einen kühlen Kopf behalte ich als Dromedar, einen Kopf mit verschließbaren Nüstern. Dann ist da noch das Fett in meinem Höcker, aus dem mein Körper Wasser gewinnt. In Fettform lagert er Wasser ein, wenn ich Unmengen trinke. Ich weiß, dass ich viele Stunden am Tag laufen kann und zwei Wochen lang ohne Wasser auskomme, habe ich erst einmal zuvor hundert Liter getrunken. Ich weiß es, denn ich bin ein Menschenmagierkamel.

Ob auch die anderen Kamele dies alles wissen?

Nun, sie lernen und haben eine gutes Gedächtnis, sie müssen wissen, wo sie genügend Wasser finden. Finden sie es nicht, dann sterben sie. So einfach ist das.

Also wittere ich nun das Wasser. Oder erinnere ich mich daran? Doch woher sollten die Erinnerungen sein, war ich doch eben noch ein Mensch? Wie auch immer, ich bin schon dorthin unterwegs.

Und wieder wanke ich als Mensch - noch immer allein durch diese Wüste.

War ich nicht eben noch ein Dromedar? Fand ich das rettende Wasser und trank mich satt? War ich zu schwach, um noch immer ein Kamel zu sein? Was geschah danach? Ging ich in die richtige Richtung weiter?

Kann mich nur daran erinnern, dass ich schon einmal in dieser Wüste fast verbrannte - obwohl ich doch ein Drache bin, oder gerade deshalb!? - und mir weder der Sonn noch Er Dort Oben beim Überleben halfen. Allein die Erdenmutter war es, die mich in ihrem Schoß auffing, aus dem wir alle kommen, sie war es, die mir mein Leben wiedergab.

Doch nun?

Jetzt falle ich nicht verdurstend nieder, sondern bücke mich, fege mit meinen Händen den Sand zur Seite, setze mich in eine Mulde, die kühler ist, worin sich weder Schlangen winden noch Skorpione krabbeln, schließe meine Augen, stelle mir das Bild eines Zeltes vor

Ich öffne sie wieder - sitze im Schatten, eines weißen Zeltes. Saß eben noch, lege mich auch schon zur Mittagsruhe hin.

Muss wohl eingeschlafen sein, denn eben erwacht erinnere ich mich an den Traum, in dem – wen wundert's – Unmengen von Wasser vorkommen: Regen, der in den Bergen fällt, sich sammelt zum Bach, zum Fluss aus Wasser, Staub und Stein. Dieser Strom rast heran und trägt mich fort – »die meisten Menschen ertrinken in der Wüste, sterben in Wadis«, flüstert die Stimme - weit hinaus in den Wüstensand. Dort setzt er mich ab und versiegt.

Regen fällt. Ich spüre die Tropfen an meinem Körper.

Ich öffne meine Augen und sehe die blühende Wüste,

schaue von außen und bin zugleich im Innern Tausender Kakteenblüten.

Doch alles vergeht so rasch, wie es entstand.

Soweit das Auge reicht, wandert Sand über das Land. Der Himmel ist blau und wolkenlos, so klar. Stille über der Erde. Es brennt der Sonn. Keine Blüten, keine Pflanze, nirgendwo.

Nicht das Quietschen des Sandes unter meinen Füßen, das ist es nicht, doch ich weiß, dass es hier und jetzt kein aus einem termitenzerfressenen hohlen Baum gefertigtes Didgeridoo sein kann. Also spielt auch niemand die alte Melodie, die ich höre. Also ist da kein Mensch mit diesem Musikinstrument. Also ... ist es der Sand, der dieses dunkle Dröhnen, diese brummenden Töne noch immer singt. Milliarden rundgeschliffene Körner rutschen den Hang dieser gewaltigen Düne hinab. Jetzt fallen auch die anderen ein. Sie singen, jedes seinen eigenen Ton, alle zusammen aber bilden den Chor.

Wenige Ohren nur lauschen.

Längst verharrt ER in mir und lauscht am Fuß einer Düne, hört jetzt auch in der Ferne die anderen ihren Ton singen, der wie Glocken, Trompeten und Nebelhorn in Menschenohren klingt. Da ist ein Summen, Surren, Stöhnen und donnergleiches Knallen - die Welt ist Klang.

Das wr einst und irgendwo.

Wind weht.

Schon verweht ist diese akustische Fata Morgana. Ach, ich weiß es ja, ER weilt längst nicht mehr in heißen Wüsten, sondern durchschreitet nun die Kältewüsten weit entfernt von mir.

Ich aber bin in der Hitze gefangen, bleibe zum Befreiungsschlag mit aufgesprungenen Lippen und trockener Haut stehen, schließe meine Augen und breite meine Arme wie Vogelschwingen aus, schwebe, steige geistergleich ohne Flügelschlag mit der Hitze auf. Denn ich weiß, wo Rettung ist. Nicht nur unter dem Sand, sondern auch dort oben wartet Kühle.

Jetzt kreise ich als Geier über der Wüste. Jetzt sehe ich schärfer als jeder Mensch, schwebe den Felsenbergen, dem

Wüstenrand entgegen. Dorthin zieht es mich, wo der Raubwürger wohnt, der Insekten aller Art, auch Eidechsen und Skorpione auf Stacheln und Dornen spießt, denn dort ist sein Revier. Dort lande ich.

Jenseits dieser einen Wüste aus Sand, die nun hinter mir liegt, jenseits des Bergkammes liegt eine andere Wüste. Trockenheit herrscht auch hier, selten fällt Regen, Hitze bringt der Sommer bei Tag, Kälte in der Nacht. Diese Wüste aber ist aus Stein gemacht, den noch kein Wind, kein Sturm zu Sand zermalte.

Bizarre Gestalten ragen hie und da auf, die der Wind durch Erosion schuf: »Yardanks« werden sie von den wenigen Menschen hier in der Gegend genannt. Steinerne Gestalten. Kunst der Natur? Steine, in denen Menschen Gestalten sehen!

Doch Menschenkunst gibt es hier nirgendwo.

Flüstert die Stimme in mir immer wieder: »Dalí, Dalí, Dalí. Dreh dich im Kreis und schließe deine Augen und schau noch einmal all den Wüstensand!«

Welch seltsames Wort, denke ich noch, da wächst aus ihm hinter meinen geschlossenen Lidern auch schon ein Bildermeer:

Über den Wüsten schweben Wolken, sieh da, ein Tor!

Hebe deinen Blick empor, du Tigerin der Wüste!

Dort oben tobt die Schlacht der Schwerter inmitten der Wolken, die sich über die brennende Weite weißen Wüstensandes senkten.

»Wolken so tief in diesem höchsten Hoch? Und den tarngestreiften Dschungelbewohner Tiger gar? Was machen die denn hier?«, fragst du verwundert. Das kann doch keine Fata Morgana sein, oder doch?

Wundere dich oder wundere dich nicht!

Es ist, wie es ist und so beschrieb ich es. Denn was die Phantasie ersann, ist wirklich. Ewig ist, was wir uns erschufen!

Ein Fenster tut sich auf, ein Tor im Wolkenweiß, ruft es mich?. In der Ferne ist Nacht, dort scheint die Volle Mondin.

»So komm! Nimm die Tigerin der Wüste auf den Arm, durchschreite mit ihr die klirrende Schlucht der Schreie, das Todeswiehern von Mensch und Pferd. Schreite mit ihr ins All!«, spricht die Stimme in mir.

Nicht weit entfernt steht ein Tisch mit drei Gläsern und Löffeln auf einem Schachbrettparkett auf Wüstenfläche. Nicht allzu fern sitzt ein Reiter auf einem Dromedar. Boote liegen in der Nähe. Eine Menschensilhouette schaut auf.

Bin *ich* das?

Fern warten die Berge, Berge aus Sand?

Ja, denke ich, all dies könnten Gemälde sein – von einem mit Namen »Dalí«. Und schon kommt Bewegung auf. Dort aus dem Sand erhebt sich - nein, keine Silhouette und auch keine brennende Giraffe, welch seltsame Idee, sondern ein Wesen, das aussieht wie ein Mensch, doch ... Immer mehr seltsame Formen und Kombinationen von Dingen und Leben brechen aus den Wüstenspiegeln hervor. Und jetzt finde auch ich mich in ihrem Fließen wieder und ...

»Und nun kommen wir zur Präsentation der Drillings-Seelen«, flüstert die Stimme in mir.

Ist auch dies nur eine Wüstenhalluzination, nicht mehr als ein Traum?

Ein kreisender Geier sieht und stürzt hinab.

Ein Wels taucht auf.

Eine Tigerin leckt das ruhende Wasser mit ihrer Zunge auf und sieht sich selbst, taucht den Kopf ein und schaut den Fisch, sieht sich selbst und blickt empor, da stürzt der Geier herab.

»Das bin ich!«, sprechen alle drei.

Der Wels springt empor und zur Tigerin hin, die sich aufrecht setzt und ihre Vorderbeine spreizt, als wollte sie den Fisch umarmen. Der Fisch verschmilzt mit dem Tigerkopf und dem Geier zugleich, der sich soeben in den Tigerkopf krallte. Alle drei werden eins.

Und dort, wo eben noch drei Tiere aus verschiedenen

Welten waren, die alle dieser einen Erde entsprangen, dort sitzt nun Manfred der Magier im Lotos - in Menschengestalt. Dann wandelt er sich in Nadeln und Wind und spricht:

Werde nicht Vogel, doch wirbelnder Wind und mehr, nicht Blatt, weder grün noch rot noch bunt, sondern gefallenes Nadelmeer. Wehe empor, dem Ende zu. Treibe davon.

Jetzt ist's aber genug! Es reicht! Ich öffne meine Augen. Schluss mit Gemälden, Fata Morganen und Halluzinationen! Aus! Rückkehr in die Realität ist angesagt. Also - springe ich in den Felsenabgrund, stürze mich in den Strom der warmen, hier aufsteigenden Luft, schraube mich kreisend empor. Welch ein Aufstieg im wahrsten Sinne des Wortes: vom geistumnebelten Menschen zum Mönchsgeier. Ich fliege nach Os- ... Südwesten, den Bergen entgegen. Unter mir und hinter mir liegt nun die Wüste.

Ich lande am Abend auf Geiersfüßen und erhebe mich als Mensch.

Hier am Fuß der Berge sammle ich nun trockenes Holz und entzünde ein Feuer - ich hauche es an, aus einem Mund, der sich in den eines Drachen verwandelte. Dann sehe ich dich, Moyo, in den Flammen. In Liebe entflammt, denke ich und bin auch schon bei dir, dort, wohin mein Körper niemals gelangen kann. Doch Körper sind eine Sache, Geist und Seele eine andere. Ich bin bei dir.

Nun hatte Manfred die Wüsten hinter sich gelassen. STADT und WALD und GRÄSERNES MEER und WÜSTEN-WEITE, alles war Vergangenheit.

Und doch, alles, was geschah, ist immer bei uns. In unseren Träumen kommt es wieder.

Und doch, alles, was geschah, kann niemals ungeschehen werden.

Manfred hatte die fernsten Ausläufer, die Füße der Höchsten Berge erreicht. Weit oben sollte er seinen letzten Kampf auf Erden ausfechten. Doch noch war es nicht so weit. Noch hatte er die Gipfel nicht erklommen. Noch lag ein weiter Weg vor ihm.

Moyo bei den Pyramiden

Achet - Ankh – Benu
Achet, ein Rechteck, in dessen Mitte sich oben ein Kreis befindet, der Horizont, wo der Sonn am Morgen nach seiner Reise durch die Unterwelt der Dämonen aufgeht.
Ankh ist das Henkelkreuz, das göttliche Auge, der Spiegel aus Kupfer, der das Licht einfängt - Leben.
Benu ist der wahre Name des *Phoenix*, der sich einst auf die Kuppe des Urhügels setzte, welcher am ersten Weltenmorgen aus den Gewässern ragte.

Sonn - Erde - Wasser - Leben.

Überall ist hier und jetzt von Sand bedecktes Land. Doch nicht fern fließt der große Fluss ins Meer.
Du schließt deine grünen Leoparden-/braunen Menschenaugen, während deine Lippen die alten Worte murmeln, die niemand mehr seit 5 000 Jahren sprach.
Dir gegenüber sitzt *Bastet* in ihrem Katzenkörper.
Du schaust ihr in die Augen. Du versinkst in ihnen. Du bist in ihr. Du träumst es. Du siehst es. Du erlebst es. Du bist dort.
Du siehst den Menschen, der dort so winzig vor der großen Drachin steht. Du siehst und spürst, wie sie seinen Körper in ihrem Feueratem zerbläst, so wie es einst und noch immer Sachmet in dieser großen Wüste mit ihrem heißem Atem tut. Du siehst deine große Liebe Manfred in seiner Drachenmutter und ihn selbst zum Drachen werden.
Alles fällt dir wieder ein, was du längst vergessen glaubtest. So also war es, wie sonst!? Drachenmagie rief deine Seele aus dem Jenseits auf die Erde zurück, auf dass du neu geboren Moyo wurdest.
Nun bist du hier. Leopardin und Menschenfrau zugleich.
Es ist Nacht. Du denkst an den Tag. *Rê – Atum – Aton*, Sonn und Sonnengott, der uns allen das Leben gab und gibt. Du schließt die Augen und fühlst die Wärme am Morgen auf deiner Haut. Du atmest ihn ein.
Stimmen flüstern in dir: »*Ra/Rê/Ria* ist der Sonn, wir

verehren ihn in On. Dort trägt sein Menschenkörper einen Falkenkopf. Vater ist er den Pharaonen. In seiner Barke überquert er mit Thot und seiner Tochter Maat den Himmelsozean. So ist die Ordnung aller Dinge. Seth beschützt ihn auf seiner Fahrt durch das Nachtreich vor der Apophisschlange. Pharao, dein Körper sei Rê, dein Auge ist Rê dort oben über unseren Köpfen. Jetzt am Morgen schaust du uns an und deine ersten Strahlen treffen die goldene Spitze deines Obelisken.«

In der Ferne leuchten die Sterne. Und du blickst auf in der Schwärze der Nacht. *Sirius* ist der Name dieses *einen* hellen Sterns im Großen Hund. Jetzt geht er in deinen Augen, deinem Geist und deiner Seele auf. Das ist das Zeichen dafür, dass der Nil über seine Ufer treten wird. Einmal im Jahr bricht aus dem ersten Katarakt die sommerliche Flut und schenkt dem Land die Flusstaloase - Fruchtbarkeit und Reichtum. So ist es in Ägypten seit Tausenden von Jahren.
Tenere heißt die Leere, die große weite Wüste aus Sand, *Sahara* auch genannt. Dort reitet ein vermummter Mensch auf einem Esel durch flirrende Luft, nicht weit entfernt. Oder ist er doch nur eine Fata Morgana, eine Luftspiegelung, die die Fee Koralle in unseren Sinnen erzeugt? Wie auch immer, dieser Vermummte dort ist weder Manfred noch ER, sondern einfach nur ein Mensch, der dort reitet - zu irgendeiner Zeit von irgendwo nach irgendwoanders hin.

Hier aber siehst du *sie* von außen und erinnerst dich, zugleich ein Teil der Karawane gewesen zu sein. Alle sind wir auf Gedeih und Verderb dem Ortssinn und Gedächtnis dessen ausgeliefert, der uns führt. Wenige Menschen begleiten diese nicht enden wollende Reihe von Wüstenschiffen, die schwankend majestätisch schreitend durch die Wüste gleiten. Einst waren es nur Esel, jetzt sind es einhöckrige Kamele - Dromedare.
»Jetzt sind es Hier Oben sind es Automobile. Gehmaschinen werden es in Zukunft sein, derer sich Menschen der neuen Art bedienen. Dann werden sie eins mit ihnen sein«, flüstert die Stimme in dir.

Du stehst einfach nur staunend da und glaubst dich zu erinnern, dass an der Spitze der Karawane ein paar dicht vermummte Menschen wankten, Wesen wie du in weißen Gewändern. Jetzt siehst du nur die schwer bepackten Dromedare vorüberziehen.

Und wohin gehe ich?, fragst du dich und schließt die Augen und siehst nichts außer dieser einen Karawane. Sie ist es, mit der du hierher kamst, mit der du weiterziehen wirst. Denn du bist die schwarze Frau, so hoch gewachsen und jung und stolz, die vor langer Zeit nicht zu ihrem Volk und den Herden - »deren Nachkommen irgendwann in ferner Zukunft der Dürre zum Opfer fallen werden«, flüstert Er Dort Oben wieder -, zurückkehrte, die alleine durch das GRÄSERNE MEER im Süden auf ihrem Weg nach Norden auf zwei Beinen schritt und auf vier Pfoten lief.

Die Zeiten haben sich geändert: *Jetzt* bist du hier. *Jetzt* bist du eine unter vielen. *Jetzt* trinkst du nicht mehr Rinderblut, sondern frische Ziegenmilch. *Jetzt* bist du nicht nackt, sondern eingehüllt in Tücher, verborgen ist dein Körper nun den Männerblicken. *Jetzt* bist du eine von vielen in dieser großen Karawane, die von Oase zu Oase auf ihrem weiten Weg nach Ägypten zieht. *Jetzt* bist du eine Sklavin der mächtigen Frau, die niemals selbst den Kochtopf rührt.

Und so geschah es, dass sie dich fanden und dein Leben retteten:

»*Imuhar*« nennen sich die Tuareg, Imuhar – die Freien. Und Tamaschek ist ihre Sprache, voller Poesie. Selten wurde sie aufgeschrieben. Schwarze Sklaven und Sklavinnen halten sie sich. Ihre Frauen sind reicher als die Männer, suchen sich diese aus und können sich wieder scheiden lassen. Von der Kamelzucht, dem Karawanenhandel und dem Obstanbau in den Oasen leben die Imuhar.

Wüstenschiffe – Dromedare - Reitkamele und mit Lasten bepackte, alles wird im Dorf vorbereitet. Frauen entkernen die Datteln und bereiten den Hirsebrei, Männer flechten Palmfasern zu Seilen. Gerbas heißen die getrockneten Ziegenhäute, die mit Wasser gefüllt werden. Fest werden die Lasten gezurrt, damit sich die Tiere nicht wund scheuern.

Tag und Nacht geht die Reise, erst spät in der Nacht im Licht der Vollen Mondin wird Halt gemacht.

Nicht fern vom Feuerschein des Lagers locken die Geister »Kel el suf«. Geschichten werden am Feuer erzählt.

Wenn kein Sturm weht, orientiert sich der Führer an den Sternen, bei Tag aber an der Ausrichtung der Dünen.

Weiter geht die Reise nach Nordosten durch die helle Weite aus Sand, die am Tage so leblos scheint, doch nicht bei Nacht.

Viele Liter auf einmal trinken die Dromedare am Brunnen vor der Durchquerung auf dem alten ausgetretenen Pfad. Alle vierzehn Tage nur brauchen sie Salz, das die Salzmenschen durch Verdunsten des Wassers gewinnen.

Bewusstlos liegt dort eine Menschengestalt im Sand.

Sie heben sie auf, hüllen sie in feuchte Decken ein und geben ihr ein wenig Wasser, Salz und Datteln. So verdurstet sie nicht, sondern überlebt.

Jetzt bist du ein wenig anders als zuvor und doch im Innern unabänderlich noch immer die, die du warst: Massai- und Leopardenfrau, jetzt bist du eine von denen geworden, die nur *einen* GOTT kennen und das ist ALLAH.

Nein, noch hast du das große Ziel deiner Reise im Norden des Alten Kontinents nicht erreicht. Aber die Großen Pyramiden von Giseh sind nicht mehr allzu fern.

Träumend sitzt du - wenige Augenblicke nur oder Ewigkeiten? - mit geschlossenen Augen, wie es Leoparden im Liegen tun, jetzt am Mittag dieses heißen Wüstentages in deinem in Tücher gehüllten Menschenkörper im Schatten. Nicht vom Wasser, nicht von Monstren, nicht von der Liebe, sondern von der Wüste träumst du.

Die Karawane ruht im Schatten der Dattelpalmen - die hier so gut gedeihen. Sie sind es, die das salzige Wasser am besten vertragen, welches sie mit ihren Wurzeln aus der Tiefe holen. Wasser inmitten der Wüste!

Oase, das ist Erholung für die, die hier rasten dürfen. Denn Wasser ist Leben. Du ruhst dich aus, wie es auch die anderen tun, die dich fanden, die Imuhar - verschleierte Männer und unverschleierten Frauen, Moslems der besonderen Art. Einst brachten sie aus Asien die Dromedare mit. Viel Lärm machen diese jetzt hier am Wasser, durstig von der langen Reise. Sie trinken viel, füllen ihre Fettpolsterreserven wieder auf.

Ein Chamäleon sitzt dort nah bei dir auf einem Ast, schleudert seine Zunge heraus und fängt die Fliege, die nun nie mehr auf dem Fell des Dromedars, auf deiner Haut und nicht im Radnetz der Spinne landen kann, einem Netz gleich dem, das einst den Propheten Mohammed errettete, wie dir deine Herrin erzählte. Denn damals spann es eine Spinne über den Höhleneingang, so dass seine Verfolger ihn nicht im Innern suchten, wo er sich verborgen hatte. Ein Netz wie das, das in der Sure *Al Ankabat* für die Schwäche der Götzen und alten Götter steht, die nichts sind neben dem *einen* GOTT – das ist ALLAH.

Du siehst Bilder aus alten Zeiten: das Land um dich herum, wie es noch zur Römerzeit war, während der Herrschaft der Pharaonen und lange Zeit davor. Damals war hier nirgendwo Wüste. Nach und nach wuchs sie und wächst noch immer: die *eine* große Wüste.

Dann siehst du aus der Vogelperspektive all die anderen Wüsten dieser Erde, die es da gibt zu deiner Zeit in deiner Welt. Menschennamen blitzen auf, während du sie alle träumend überfliegst und eine Stimme sie dir flüsternd erklärt, die in der Nähe: *Arabische Wüste* mit Mekka und der Kaaba, die im Süden: *Kalahari und Namib*, die weit im Osten: *Takla-Makan, Tharr* und *Gobi* und die auf den anderen Kontinenten: *Atacama, Sonora* und *Victoria*. Dann siehst du wüste Oberflächen unseres Sonnensystems, wie sie heute sind und wie sie waren: *Mondin* und *Mars*.

»Einst war die Mondin ein Teil der Erde, dann schlug sie etwas heraus. Einst durchströmten gewaltige Wassermassen die Täler des Mars, wo heute nur Dünen aus rotem Sand sind, Staubstürme wüten und die feinen Körner aus Sand die Oberfläche der Felsen polieren. Viele Wüsten siehst du im Sonnensystem: Planeten und Monde. Wie viele es wohl in diesem Universum geben mag? Die echten und die erträumten. Einen Wüstenplaneten erträumte sich einst ein Mensch irgendwo Dort Oben und nannte ihn *Dune*. Trocken sind die Wüsten alle, wüst (!) und leer bei Tag. Denn Wüste ist die Welt, wo selten Regen fällt. Heute wachsen die Wüsten der Erde. Bar bela mar - Meer ohne Wasser.« All dies spricht Er Dort Oben in dir.

Du als Frau erfühlst die Wüsten mit deinem ganzen Körper. Deine Füße waten im Sand, der am Tag so brennt und kühlt bei Nacht. Deine Finger betasten die Körner. Dein Körper legt sich hinein und Sand dringt ein.

Wüsten aus Stein und aus Sand, heiße und kalte Wüsten. *Du* bist in *allen*, *sie alle* sind in *dir*. Im Zeitraffer wachsen sie und verschwinden auch schon wieder, werden aus dir geboren, leben, existieren, sterben, werden wiedergeboren. So ergeht es den Wüsten, so ergeht es dem Wald, so ergeht es dem Meer. Wo einst Wüste war, ist heute blühendes Land. Wo es grünte, hat Sand nun alles bedeckt, ist Stein geblieben, während die Trockenzeit Jahrtausende währt.

Eine Wüste aber, die im Südwesten dieses großen alten Kontinents mit Namen Afrika liegt, diese *eine* Wüste, die du nie betreten hast und niemals betreten wirst, außer in deinen Träumen. ER aber hat es getan, ER weilte einst in ihr, als sie noch nicht den Namen *Namib* trug – das ist gewiss. Sie ist ganz anders als die, in der du nun bist. Denn sie ist die älteste der Erde.

»Seit 80 Millionen Jahren gibt es sie. Also war sie schon da, bevor ER/ES die Erde erreichte«, flüstert die Stimme in dir. »Uralt ist sie also verglichen mit all den anderen heutigen Wüsten der Erde, also hatten die wenigen Bewohner Zeit genug sich anzupassen.«

Ach, da siehst du ja zwei kleine Wesen miteinander kämpfen: die Spinne läuft nicht davon, sondern rollt mit an den Körper angelegten und eingefalteten Beinen auf der Flucht vor der Wespe die Dünen hinab.

Du schlummerst ein wenig, schläfst traumlos oder erinnerst dich beim Erwachen am Abend nicht mehr daran.

Jetzt bricht die Karawane auf. Deine Herrin ruft nach dir.

Ein letztes Mal bückst du dich am Wasserrand, schaust hinein und wunderst dich.

Dort spiegeln sich Wolken im Wasser. Am Ufer steht ER.

Du springst zurück vor Schreck.

ER beugt sich nieder, der von vollkommener Schwärze ist.

Du atmest wieder tiefer, beruhigt, denn jetzt weißt du, dass Jahrtausende vergangen sind, seit dieses Bild entstand. Und du weißt: dies alles geschah an anderem Ort. Denn hier über der Wüste ist der Himmel wolkenlos. Dieses Wasser scheint ein Spiegel nicht nur von Raum, sondern auch von Zeit zu sein. Oder aber etwas aus mir spiegelte sich darin, fällt dir noch ein, während du schon gehst und niemals wieder in deinem langen Leben an diesen einen Ort zurückkehren wirst.

Du drehst dem Wasser den Rücken zu, jetzt, wo die Schläuche mit klarem Nass gefüllt sind. Es ist Zeit zum Aufbruch. Gedanken und Bilder rasen noch immer in dir, während du zu deiner Herrin zurückkehrst. Die Karawane bricht wieder auf. Du gehst mit den Dromedaren, immer weiter.

In dir erwachen Bilder von einem fruchtbaren Land.

Grünes Land, das ist die Zeit vor der Wüstenzeit.

Sechep (Sphinx) schaut zum Sternbild des Löwen empor.

Dann kommt die große Flut aus dem Meer, denn die Pole sind mit einem Ruck gewandert, das Eis ist geschmolzen und Atlantis ist unter dem Eis der Antarktis versunken.

Die Wüste wächst.

Du siehst in dir die Sanddünen im Rub al-Khali, dem Leeren Viertel. Nichts als Sand und Hitze bei Tag und Kälte in der Nacht. Hoch ragen die Dünen auf: rosa Sand, weißer Sand, Treibsand. Und da ist das Lachen des Dschinns, der den Reisenden quält, wenn Durst und Angst ihm seine Sinne verwirren.

Dünen aller Art siehst du in einem Augenblick in dir. Sie alle bestehen aus Sand. Wie viele Milliarden Körner mag eine Düne enthalten, die Tausende von Tonnen wiegt?

Sand ist das Endprodukt. Einst war es Gestein. Nun ist es so klein - zu Staub zermahlen. So geht es mit allen großen Dingen. Sie gehen dahin mit der Zeit.

Du schaust hinab - vom steinernen Plateau auf das Meer

aus Sicheldünen. Da ist nur Sand, so weit das Auge reicht. Die Wüste wächst und wächst, wächst immer weiter, dehnt sich aus. Weht der Wind immer aus derselben Richtung wandern die Dünen. Wehen die Winde aus unterschiedlichen Richtungen, so entstehen Sterndünen.

Im Treibsand versinken und unter der Erde erwachen als ...

Dort in der Ferne sind Felsen, die Wind und Temperaturerosion widerstanden. *Ahaggar* heißt das Wüstengebirge aus Stein inmitten der Sahara.

Sand, das ist zerriebener Stein, und Sandstein ist gepresster Sand.

Sand und mörderische Hitze, flirrende Weite, so weit das Auge reicht.

So stellen wir uns die Wüste vor und denken nur an weichen, weißen, heißen Sand.

Das ist richtig, das ist falsch, das ist die eine Seite der einen Art von Wüste. Denn nachts ist es kalt in den Wüsten, überall dort, wo keine Wolken sind.

Leer und verlassen erscheint die Wüste bei Tag dem einsamen Wanderer.

So ist es.

Doch ist es so, weil nichts hier lebt?

Oder ist es so, weil sich alles im Schatten und unter der Erde, in Erdhöhlen unter Steinen und im Sand verkriecht?

Ist es so, weil manch ein Vogel in höchsten Lüften schwebt, um der mörderischen Hitze zu entgehen?

Horus ist der Name des Falken, der dort oben in der Ferne seine Kreise zieht und alles sieht.

Auch andere kreisen dort oben, wo die Luft kühler. Dort kreisen sie in großer Zahl und schauen hinab. Mut ist ihr alter Name, Mut, die Mutter und die Furcht, der Tod - der Geier.

Und Mauersegler sind da.

Du siehst ihn Dort Oben im Frühjahr seiner Stadt ergriffen und voller Sehnsucht ihnen nachschaute. Fliegen, dachte Er damals. Du siehst diese schlanken Vögel mit ihren Sichelflügeln sich hier für ihren weiten Zug nach Norden sammeln, dorthin, wo Er lebt und sie nicht bei Nacht, sondern tagsüber hoch oben über den Dächern Seiner STADT mit schrillen Schreien in Formationen über den Dächern der Häuser und den Köpfen der Menschen jagend dahinrasen sah.

Andere Wesen sehen, hören, tasten und riechen, andere kommen im Schutze der Dunkelheit aus ihren Höhlen, aus den Tiefen der Erde empor, verlassen ihre Verstecke unter Steinen und Gerippen am Abend und in der Nacht und suchen sie in der Hitze des Tages wieder auf.

Dort ist ein großer Hügel von einem Meter im Durchmesser, das ist der Bruthügel der Blindmaus, worin sie ihre Kinder gebar. Blind ist sie, und doch hat sie noch Augen, die unter der Haut liegen. Einst dachten Menschen, dass auch *der* blind wird, der sie in die Hände nimmt.

Es fließt der Sand im Wind an der Oberfläche, und du tauchst mit der Maus in die endlos scheinenden Düne ein, tust das, was auch die kleinen Eidechsen, die winzigen Maulwürfe und die schwarzen Käfer, nicht aber die Seitenwinderschlangen tun.

Du tauchst wieder auf, schaust dich um: Alles scheint dir öde und verlassen.

Doch jetzt geschieht es: Dort oben in der einsamen Kiefer über den Dünen, dem einzigen Baum weit und breit, kommt Bewegung auf. Welch Wimmeln und Krabbeln im Wipfel! Millionen Marienkäfer sind mit dem Wind eingeflogen, jetzt im Licht des brennenden Sonn, bei Tag.

Weiter ziehst du mit der Karawane stundenlang dahin. Dann dämmert der Abend - und das geht rasch in diesen Breiten. Schon ist Nacht, die Wüste erwacht. Jetzt ist die Zeit, wo die Ghule ihr Unwesen treiben. Blutsauger und Menschenesser in Tiergestalt sind sie, die manch einen schon in den Wahnsinn trieben.

Und dort kommt im Mondinschein die kleine Maus heraus. Sie wühlt den Sand von ihrem Eingang fort. Springt durch die Nacht die Wüstenmaus mit ihren langen Hinterbeinen. Haarbürsten an den Füßen halten sie oben auf lockerem Sand und räumen ihn beim Graben fort. Jetzt springt sie zu den kärglichen Pflanzen empor, beißt sich mit ihren scharfen Nagezähnen fest und schneidet sie ab. Dann ertastet sie im Sprung den schwarzen Käfer, hat ihn auch schon gepackt und im Mund zerquetscht. Weiter springt sie durch die Nacht, um sich dann am Morgen wieder einzu...

Nein, heute nicht und niemals mehr, denn da war noch eben in der Luft der lautlos segelnde Kauz. Er sah sie dort unter sich und hat sie auch schon mit seinen Dolchen an den Füßen ergriffen. Und mit der Maus ist's aus.

Eine weitere Oase ist in der Nacht erwacht.
Wir trinken und essen und ruhen uns aus.
Fledermäuse flattern. Aus seinem Bau schaut der Fennek heraus, der Wüstenfuchs mit seinen großen Ohren - mit ihnen hört er selbst das Trippeln der winzigen Mäusefüße im Sand. Am Tage verdunsten sie Wasser. So kühlen sie ihn und nähren ihn lauschend bei Nacht. Auch die Sandkatze verlässt ihr Tagesversteck. Dort kommt ein Skorpion unter dem Stein hervor, läuft tastend mit großen Scheren voran, bis diese den Käfer berühren und ihn auch schon packen. Der aber wehrt sich heftig. Also biegt sich der Schwanz nach vorne, ertastet der Stachel die schwache Stelle im Panzer, sticht zu, injiziert das Gift - es wirkt. Walzenspinnen, gefräßige flinke Räuber, die keine Seide spinnen, packen die Schwarzkäfer mit ihren kräftigen Kiefern, die auch unser Fennek nicht verschmäht. Schwarze Witwen fangen mit ihren klebrigen Netzen Wüstenasseln. Und da klettert jetzt auch noch der größte Krebs in der Oase, der Palmendieb, die Kokospalme empor. Er ist hinter ihren Früchten - den Kokosnüssen - her.

Vögel und Säuger nutzen schon die frühesten Morgenstunden für die Jagd. Dann sind sie selbst aufgrund ihrer hohen Eigentemperatur munter, während ihre Beutetiere - Reptilien und Insekten und Spinnen - als Wechselwarme von der Kälte der Nacht noch starr sind und sich erst aufheizen müssen. Aufbruch heißt das für die Karawane. Weiter geht's nach Norden.

Mittags in der größten Hitze wirkt die Wüste wie ausgestorben: Abgesehen von den Dromedaren, die die Lasten schleppen, deren Dung du für das wärmende Feuer in der Nacht nimmst, Ziegen, die dir Milch liefern, und Schafen, die ihr Fell und Fleisch geben müssen, sind da nur noch

Scharen von Fliegen und - Menschen. Das sollte niemanden bei *dieser* Hitze wundern, da verschlafen die meisten Tiere lieber den Tag.

Wieder ist eine kurze Nachtrast angesagt.

Etwas hat dich geweckt, ruft dich nun fort aus dem Zelt der Menschenwelt. So erhebst du dich leise vom Lager, während die anderen Frauen weiterschlafen, wirfst deine Kleidung ab, nimmst deinen zweiten Körper an: verwandelst dich von der Menschenfrau in die schwarze Pantherin und schleicht auf Leopardenpfoten zu den Felsen hin. Dort richtest du dich schnuppernd an der Wand auf, wirst wieder Mensch - Moyo.

Jetzt siehst du im Licht der Vollen Mondin - denn deine Augen sehen noch immer mehr als Menschenaugen -, was da in seltsamen, bunten Bildern geschrieben steht. Jetzt siehst du und verstehst, ohne es zu »begreifen«. Niemals würdest du SEIN Bild berühren. Denn dann wüsste ER, dass Nairra wiedergeboren noch immer in dir lebt. Dort ist ER, der einst hier weilte. Schau, dort kannst du SEINE Gestalt noch heute in den Felszeichnungen dieses Tassili-Plateaus erblicken. Einst weilte er hier, als das Land noch fruchtbar war und die Große Wüste klein. Tausende von Jahren ist das jetzt her.

Du kehrst als Leopardin ins Lager der Beduinen zurück, nimmst deinen Menschenkörper wieder an. So wittern die Dromedare keine Gefahr.

Durch endlos scheinende Wüste, durch eine Einöde aus Felsen, aus Stein, aus Sand trottet tage-wochen-lang die Karawane. Und nicht viel mehr geschieht als Schlafen bei Tag und Laufen am Morgen, Laufen am Abend, Laufen unter *ihrem* Licht in der Nacht, Laufen im Morgengrauen. Wüsten – Öden bei Tag, Leben bei Nacht. Wüstenstille - Erleuchtung für den, der einsam darin weilt und nicht verzweifelt, aber nicht für die, die sie eilig durchstreifen.

So wundert es nicht, dass es eines nachts geschieht, während du im Zelt bei den anderen ruhst.

Dort fällt dir ein: Gäbe es ein Buch ...

»Buch«, welch seltsames Wort, dass du nicht kennst, doch du siehst Zeichen, Schriftzeichen ...

Gäbe es ein Theaterstück ...

Was ist das?

Gäbe es einen Film ...

Was ist das denn nun schon wieder? ...

Wäre alles nur eine Traum ...

Ja, dieses Wort und seine Bedeutung kennst du. Wäre alles nur ein Traum, in dem *du* eine Rolle spieltest, so wären es nur Sekunden für den, der alles mit seinen Augen und Ohren sieht und hört, vermutlich nicht mehr als ein Satz, eine Zeile nur, die da lauten würde: »Viele Tage«, »Wochen später« oder gar »Monate später sah Moyo die Großen Pyramiden vor sich aufragen.« Das wäre der eine Satz, und schon wärst du am Ziel, im äußersten Norden des großen alten Kontinents mit Namen Afrika, schon hättest du Ägypten erreicht.

Du hörst die Worte »El Gizah« und weißt, dass es *das* bedeutet, *was* du dir eben noch erträumtest. Du öffnest die Augen. Dort vor dir ragen die großen Pyramiden auf. Es ist Abend. Alle preisen ALLAH.

Kurze Zeit noch bleibst du im Schutz der Karawane, bei deiner Herrin, bei den Imuhar - bei den Menschen. Dann wirfst du deine Kleidung ab und verwandelst dich wieder in die Leopardin mit schwarzem Körper. So schleichst du dich gut getarnt mitten in der Nacht vom Lager fort und hin zum Ort, der unweit der Großen Pyramide im Sand verborgen liegt. Dort sprichst du in deiner Leopardensprache - ein Fauchen in Menschenohren - die magischen Worte.

Und das Tor, das weder senkrecht noch gewaltig und nicht für Zweibeiner geschaffen ist, sondern klein und in der Erde verborgen ruhte, dieses Tor, das seit Jahrtausenden auf deine Ankunft wartet, öffnet sich nun für dich.

Du schleichst hinein.

Es schließt sich lautlos selbst für deine empfindlichen Ohren. Dann hüllen dich die Wände ein. Sie sind weder kalt noch aus Stein und führen dich hoch empor in die verborgene Kammer, die kein Mensch jemals betrat. Dort legst du dich hin, ruhst dich aus und schließt deine Augen, so wie du es einst so oft im Süden auf einem Akazienast tatst, denn du bist müde.

Im Schlaf kommen die Bilder von dem, was war, was werden wird, was ist, sein könnte und niemals geschieht. Alles ist ineinander verwoben. Ich will es dir ein wenig entwirren.
Ein Traum handelt vom Wasser.
Weil Moyo noch immer durstig ist?
Nein. Sondern weil sie aus der Wüste kam und noch immer in ihrem Schoße ruht. Ja. In ihrem Traum steht sie am Ufer des Roten Meeres und schaut darüber hinweg.
Ein Menschlein klein und so allein?
Wolkenlos ist der Himmel und still die Welt.
Jetzt schließt sie ihre Augen.

Schwärze, Bilder. Du schaust hinab, unter die Oberfläche - nein, nicht aller Dinge dieser Welt.

Mantas gleiten dort mit ruhigen Flossenschlägen dahin, schweben dicht unter der Wasseroberfläche mit offenen Mündern. So filtern sie das Plankton aus. Glitzernde Schwärme von kleinen Fischen folgen ihnen. Friedlich scheint alles in Menschenaugen und Menschengeist – doch sterben zur gleichen Zeit Millionen winziger Wesen. Denn sie schreien nicht, werden einfach nur so eingesaugt, geschluckt und verdaut. Weder ihr Leben noch ihr Sterben nehmen wir wahr, also existieren sie für uns nicht – und tun es doch.

Dann ein Donnern: Von oben stürzt der Adler herab und seine Klauen packen den Fisch, halten ihn, ziehen ihn hoch und tragen ihn mit sich fort.

»Leben und Tod und Veränderung. Es wächst das Rote Meer«, flüstert eine Stimme tief in dir, »Afrika bewegt sich von Asien fort nach Norden auf Europa zu. Also schwindet das Mittelmeer dahin, und alles, was ewig und unvergänglich in Menschenaugen war, vergeht. Deshalb steigen die heißen Quellen auf. Salz ernten die Afar - die Karawane setzt sich in Bewegung – Dromedare tragen es fort.«

Er Dort Oben ist es, der da zu mir spricht, denkst du und fällst in den Wüstenstaub und senkst dein Haupt und weinst.

Weil der Fisch starb und der Adler überlebte?
Weil *so* viel Leid auf der Welt existiert?
Weil alles entsteht und wieder vergeht?
Weil du lebst und leidest?

Er Dort Oben, der dir dein Leben gab, ist nicht ALLAH. ALLAH ist weit über Ihm. ALLAH trägt keinen Menschenkörper, weshalb wir uns kein Bildnis von ihm machen sollen, und hauchte auch *Ihm* das Leben ein. »Allahu akbar - GOTT ist groß!« Unergründlich sind SEINE Wege für uns Menschen - und alle anderen Wesen dieser und aller Welten.

»Gereh« heißt »Nacht und Stille«.

Mumien, ins Jenseits Gesandte, Mumien von Menschen und Katzen und Gottesanbeterinnen siehst du in großen und kleinen und winzigen Sarkophagen im Süden, in Theben vergraben liegen. Abid ist der Name der Gottesanbeterin im Totenbuch. Miu ist der Name deiner kleinen Vetterin, der Katze, die in der Nacht erwacht auf samtenen Pfoten auf Beutezug geht, wie auch du es tust und die Eule, die zum Zeichen M in der alten Menschensprache wurde und etwas bedeutet, das in etwas Anderem enthalten ist.

Seltsam, seltsam, *wer* soll das verstehen? W*as* soll das alles bedeuten?

Ein anderer ist da noch bei Nacht, es ist Anubis, der Schakal, der die Geheimnisse des Jenseits hütet, der Richter. Wird *er* das Urteil über dich sprechen?

Du wachst auf und schaust dich verwundert um. Denn die Wände der Kammer, in der du liegst, leuchten. Zeichen sind dort an den Wänden, die jetzt Sinn ergeben:

Chabas ist der Name des Sternenhimmels, den du nun tatsächlich über dir siehst, denn deine Kammer öffnete sich der Nacht und gab den Blick frei.

In Leopardengestalt läufst du zur Pyramidenspitze, die wie Gold bei Nacht in deinen Augen leuchtet, springst hinauf.

Dort unten sitzen deine kleinen Vettern, Miu - Mau - Katzen, im Kreis und schauen zu dir auf.

Du aber nimmst Platz auf deinem Thron, der einst ein goldüberzogener Stein war und noch immer die Spitze der Großen Pyramide ist, doch hat sie sich längst unter deinen Pfoten verbreitert und in warmes, pulsierendes Leben verwandelt.

Chabas ist der Name des Sternenhimmels, den du niemals zuvor so klar sahst, die du dich im Kreis nun drehst und deinen Menschenkörper wählst.

Jetzt siehst du mit geschlossenen Augen, was vor langer Zeit geschah: Einst vor Äonen, als hier noch keine Bauten standen, damals, als Afrika immer trockener wurde, öde und leer, als die letzten Vertreter des Menschen der Art *Homo sapiens,* wie er sich selbst später so arrogant nennen sollte - sapiens = wissend, weise, hahaha! -, als die letzten und die besten zu überleben suchten und es schafften - denn *sie* sind *deine* fernen Ahnen, einst vor 100 000 Jahren saß einer von ihnen, ein Mann nicht fern von seiner Frau und seinem Kind, seiner kleinen Sippe, einst saß er hier an diesem Ort und sah empor. Heiß war es auch damals hier bei Tag, doch nicht in der Nacht. So saß er da in Fell am Feuer, das ihn wärmte und sah hinauf in das Funkeln der Sterne, verharrte bis zum Morgengrauen, während die anderen schliefen.

Du siehst es in dir, du weißt, dass es so war. Du öffnest deine Augen und denkst: Vielleicht weilte auch Er Dort Oben einmal hier, an diesem Ort und doch nicht hier, zu einer anderen Zeit an einem anderen Ort in einer anderen Welt und doch hier ganz in der Nähe?

»Ja«, flüstert Seine Stimme in dir, »auch ich stand einst bei den Pyramiden, da war es Tag. Und doch erinnere ich mich an den Nachthimmel, den ich abends erst auf der Rückfahrt nach Kairo hin zum Schiff der Reisegruppe sah. Ich schaute den Sternenhimmel über der Wüste nur für einen Augenblick und vergaß ihn nie mehr.«

Und deshalb bin auch ich nun hier?, fragst du dich. Oder träumst du noch immer, träumst nur, hier zu sein und ziehst noch immer mit der Karawane dahin?

Du schließt deine Augen, springst empor und fällst – nicht hinab, siehst drei Zeichen golden in der Schwärze erstrahlen:

Ein Baldachin mit einem Zepter darunter.

Drei Wellen übereinander.

Eine Landzunge mit Sandkörnern darunter.

Dann ist da noch ein Wort, nicht als Zeichen geschrieben - die Stimme flüstert es in dir: »T-her«.

Schließlich spricht die Stimme die Namen aus, die alles verbinden: »ES - ER - Drefman.«

Du beginnst zu verstehen: Da ist etwas, das den Himmel beherrscht, die Dunkelheit, Schwärze ist ES. Einst stürzte ES in die Wasser dieser Erde, wo es seit Jahrmillionen wohnt.

Dann wählte ein Teil von IHM, das ewig ist, SEIN Geschlecht, wurde ER und sprang/flog hinauf an Land. Am Anfang aber und am Ende wird ES dort sein, wo ES immer schon war und ist: Zuhause, das ist T-her.

M die Eule ruft. Also tritt Anubis der Schakal, Wächter und Hüter der Geheimnisse, zur Seite.

Alles, was du siehst - denn diese Zeichen sprechen zu dir *in dir* wie in deinem Traum, geschrieben werden sie mal von rechts nach links, von links nach rechts, von oben nach unten, von unten nach oben, Vokale fehlen überall -, und alles, was du hörst und verstehst, sind nur wenige der Hieroglyphen. 5000 Jahre alt mögen sie sein. Welch gewaltiger Zeitraum für Menschen, doch nicht für IHN. Also steht hier geschrieben, dass ES vor langer Zeit aus den Himmeln ins Meer stürzte, dass ER hier schließlich aufs Land gelangte.

Du siehst es und verstehst, weil du Bilder in dir siehst, weil eine Stimme es dir flüstert: »Dies ist der Ort, genau hier, wo du jetzt stehst, so fest auf deinen Menschenfüßen. Am selben Ort, sofern es den gibt, aber vor langer Zeit geschah es.«

Und in dir scheint noch ein anderer zu sein, der wie du den Worten lauscht.

Ob *er* es ist, Manfred?

Jetzt erst fällst du hinab und landest wieder in der Gegenwart der Kammer. Du schläfst ein.

Du erwachst und fühlst dich stark, erholt und kräftig. Du sprichst, denkst das Wort.

Das Tor geht auf.

So also verlässt du bei Nacht im Körper der Schwarzen Pantherin die Kammer unter dem Sand, die niemals ein Mensch betrat noch jemals betreten wird, denn ER selbst schrieb die Zeichen mit SEINER Hand, mit SEINEM Blut. Und nur die, die von SEINER Art sind, mit IHM verwandt oder mit IHM verbunden, die dürfen hinein und wieder hinaus.

Nun sitzt du im Wüstensand und erhebst dich, nimmst deinen menschlichen Körper an. Du schaust empor.

Über dir leuchtet Chabas – die Seele der 1000-sternigen Himmelsgöttin, das ist der Sternenhimmel, hell leuchtet er und so lange, bis Gereh, die Nacht, endet, wenn am Horizont am Morgen Rê, der Sonn, nach seiner Reise durch die Unterwelt der Dämonen wieder erscheint.

»Aset Sefech M Ui Bin - Isis, befreie mich vom Bösen!«

Diese alten Worte murmelst du und wunderst dich schon gar nicht mehr, woher du sie kennst.

Das ist das eine.

Die Frage aber ist: Was ist der Grund für diese Worte?

Was ist geschehen?

Irgendetwas sehr Altes muss in dich gefahren sein!

Alt und böse?

Wen oder was kennst du, das böse ist, abgesehen von IHM?

Viele böse Wesen kennen wir. Doch meinen wir niemals die, die in der Nacht munter werden, vor denen wir uns fürchten, weil wir Tagwesen sind und die Nächte verschlafen. Denn wir wissen ja, dass es den Nachtwesen nicht besser geht, denn sie fürchten Licht und Tag.

Hier und jetzt meinen wir die wahrhaft Bösen, das sind die, die die Höllenwelten beherrschen, die mächtig sind und ihre Macht gebrauchen, wie es ihnen beliebt, die immer neue Foltern ersinnen, Intrigen spinnen, Kriege anzetteln, führen und sich auf Vorsehung oder GOTT berufen, die sich an den Qualen ihrer Opfer erfreuen und über Leichenberge gehen.

Mitten unter uns sind sie. Wie aus dem Nichts scheinen sie aufzutauchen in unseren Nächsten, erwachen über Nacht in deren Körper und Geist.

Die meisten von ihnen werden geboren, wachsen auf, wüten, werden alt oder werden von anderen Monstern oder uns getötet. Also sind sie entstanden, haben gelebt und sind wieder gegangen. Und irgendwann denkt niemand mehr an sie. Vielleicht bleiben nur noch ihre Namen, von Generation zu Generation weitergegeben, für einige Zeit, bis sie mehr oder weniger verändert schließlich gänzlich vergessen werden.

Diese meinen wir, wenn wir Isis anrufen, die Geflügelte, die einst Osiris aus dem Totenreich ins Leben zurück holte.

Die meisten Lebewesen sind sterblich: die Bösen und die Guten und all die anderen, zu denen auch wir gehören, die wir von beiden ein wenig sind.

Wenige Wesen nur gibt es in diesem Weltall und den anderen Universen, die tatsächlich unsterblich sind.

Sind es die, deren Körper zwar nicht altern, doch wenn man ihnen den Kopf abschlägt oder einen Pfahl ins Herz rammt oder sie dem Licht aussetzt, dann sterben sie doch?

Nein! Denn sie sind nur potentiell unsterblich, diese Ungeheuer, Vampire und Kleinen Götter.

Dann ist aber da noch das, was wahrhaft niemals stirbt, denn es wurde von niemanden in nichts hineingeboren. Unzählige Namen und keine und viele Geschlechter unter vielen Völkern und Wesen hat es. Wir nennen es ALLAH, GOTT, JAHWE. Keine Geburt – kein Tod.

Noch ein Wesen kennen wir, das scheint GOTT gleich zu sein und ist es doch nicht. Niemals wird es in diesem Universum sterben. Denn ES wurde hier nicht geboren. Auch diesem Wesen gaben Menschen viele Namen: ES, ER, Drefman, Satan. Vor Jahrmillionen tauchte ES in »unserem« dunklen, türkisfarbenen All auf und tauchte glühend ins Meer der Erde ein. Das alles geschah vor einer »Ewigkeit« für Menschen. Seitdem ist ES da. Doch bald wird ES wieder dorthin zurückkehren, woher ES kam, ins Jenseits, zum Ursprung, SEINEM Beginn. Also hat ES einen Beginn, also hat ES ein Ende, doch nicht hier, sondern dort. Denn alle Teile, die ausgesandt wurden, kehren zur Einheit zurück, das ist die Schwarze Insel, ein Flecken, nicht mehr, ein schwarzer Flecken im WEISS. Wir nennen ihn T-her.

Katzenmagie im Alten Ägypten

Irgendwann öffne ich meine Augen.

Ich liege im warmen Wüstensand und schaue mich um. Sehe den endlos fließenden Sand. So viele Wüsten in den Milliarden von Jahren im Leben der Erde. Hier auf Erden, den Planeten unseres Sonnensystems und auf fernen Welten: DUNE, singt weinend und lachend meine Seele.

Atme ein und aus - durch die rechte Seite der Nase! *Pingula*, Sonnenatem. Das ist das Leben bei Tag. Das andere aber ist der brennende Sand unter meinen Füßen. Wartende Wadis, Oasen, Steine, so weit das Auge reicht.

YANG schreit das gleißende Licht des Sonn. Denn ich habe die Wüste betreten. Barfüßig fühle ich sie, während ich über den heißen Sand schreite. Jetzt bin ich im brennenden Sand mit Vater und Mutter aller Erdenwesen, mit Sonn und Erde eins. Also gehe ich an den Stacheln verborgener Wüstenskorpione vorüber, laufe auf brennenden Füßen in die Weite hinaus.

Dann irgendwann, die Hitze steigt - das kenne ich ja schon, nicht noch einmal, nein!, breite ich meine Arme aus, werde zum Geier, steige auf und kreise hier oben, wo die Temperatur angenehm ist und warte auf den Einbruch der Nacht.

Ich lande bei den Pyramiden und werde wieder Mensch.

Lasse mich rücklings fallen, liege nun auf dem Rücken im Sand, schaue empor und die Nacht über mir mit den funkelnden Sternen und dem Leuchten der Vollen Mondin. Jetzt bin ich wieder in den Schoß der Erde zurückgekehrt und mir ist, als wiegte sie mich sanft. Schaue empor in klingende Weite, weine Tränen der Erinnerung. War ich nicht gestern noch – in einem anderen Leben? – dort draußen, bin ich es nicht noch immer, denn die Erde fliegt mit der Mondin, all den anderen Planeten und Monden und dem Sonn durchs All. Werde ich morgen wieder dort draußen, außerhalb ihrer schützenden Hülle, jenseits und fern sein?

Ich höre rufend ortende Laute. Höre sie in mir. Denn meine Ohren melden Stille. Es sind Töne aus anderen Dimensionen. Ja, dort flattern im Dunkel Chiroptera, geflügelte Hände. Viele Arten sind es, auch die großen mit Nachttieraugen und einem so bekannten Gesicht sind darunter. Nein, *sie* sind keine Vampire, schlürfen kein Blut, sondern essen saftige Früchte. Diese Art hier am Nil trägt den für westliche Ohren so wundersam klingenden Namen *Khafasch El Fawakeh*. Und die Biologen nennen sie *Rousettus aegyptiacus*. Du aber kennst ihn als Nilflughund. Und er wie auch die anderen seiner Gattung ist nicht nur Augentier, sondern erzeugt Doppelklicke mit der Zunge, Echoortung im Ultraschall zur Orientierung in der Dunkelheit.

Hier, nicht allzu fern vom großen Fluss, wo Pyramiden auf die Wiederkehr der Götter »warten«, werde ich dich - Liebe Liebe Liebe - wiederfinden?

Mondinlicht gibt mir Kraft. All die Chakren leuchten auf, von der Wurzel bis zum Scheitel, Mondlicht flutet hinauf, und die magischen Kräfte kehren wieder. Ich schließe die Augen und schwebe, erst langsam, dann schneller und immer schneller im Lotossitz wenige Meter nur über dem Wüstensand dahin.

Dann hört alle Bewegung auf.

Ich öffne meine Augen.

Gewaltig ragen noch immer vor mir die Großen Pyramiden auf.

Lausche in der Nacht den Tönen, die mich weckten?

Ganz in der Nähe höre ich Sand rieseln und das Huschen winziger Füße.

Wüstenspringmaus, erinnere ich mich. »Du lebst hier. Und wer bin ich?«, flüstert mein Mund mir leise zu.

Öffne erst jetzt meine Augen, die das Dunkel durchdringen, schaue empor! Über mir leuchtet still das Sternenmeer. »Dort!«, ruft Sehnsucht in mir, meine Seele zittert vor Ekstase. Tränen werden geboren, rollen und fallen – welch kostbares Nass in der Wüste - aus meinen Augen. Dann durchflutet Wärme meine Stirn, im Zentrum leuchtet das Licht. *Noch* aber erinnere ich mich nicht.

Rufe höre ich, die kein Menschenohr je vernahm. Es sind meine Brüder und Schwestern der Nacht, die nun über mir die Höhlen verlassen, die ER ihnen einst vor Jahrtausenden in dem steinernen Sphinx in die Augen brannte, ein Riese im

Wüstensand. Ein kleiner Gott unter - über Menschen.

Der Menschheitstraum: Fliegen. *Einer unter ihnen sein*, denke ich noch, und schon beginnt sich mein menschlicher Körper zu verwandeln.

Schreiend umtosen die flatternden Fledermausschwärme mein Haupt.

Erhebe mich aus dem Schoß der Erde, schrumpfe und werde wie sie. Mund und Nase formen die neuen Laute. Rufend entfalte ich meine schimmernden Flügel. Dann steige ich unter dem Leuchten der Vollen Mondin auf. Rufend umkreise ich hoch oben in kühlen Nachtlüften die Pyramiden.

Dort unten sehe ich einen Menschen. Ich weiß und weiß doch nicht, woher, dass er ein Magier ist.

Ich fliege hinab, sehe ihn mir aus der Nähe an und erkenne mich in ihm wieder. Wie kann das sein?, frage ich mich, zweimal »Ich« in verschiedener Gestalt?

Dann fliege ich wieder empor und davon. Denn die anderen rufen. Denn nach Nacht und Mondin sehnt sich die Fledermaus. Denn duftende Früchte locken. Alles habe ich vergessen, was eben noch war - waren da Menschengedanken? Was sind Menschen? Ich fliege flatternd davon.

Ich öffne meine Augen in der klaren Wüstennacht.

Träumte ich eben davon, eine Fledermaus zu sein, sah ich aus ihren Augen auf mich hinab? Dort fliegen ja tatsächlich einige davon.

Ich gehe zu den Pyramiden und treffe dort ...

Eine in Gewänder gehüllte Gestalt steht dort still, tritt jetzt aus dem Schatten der Dunkelheit.

Ich eile hin zu ihr, zu dir.

»Hallo, Manfred«, flüsterst du in mir, mit deinem Mund an meinem Ohr.

Ist es nur die Kälte der Wüstennacht? Oder das Glück? Zitternd hülle ich mich in das Gewand, das du mir reichst. Du hörtest, du hörst den Ruf der Mondin. Nacht ist YIN-Zeit, die Zeit der Frau. Durch die linke Seite der Nase atmest du ein und aus - *Ida*, den Atem der Mondin.

Und was ist das? Trägst du ein Amulett um den Hals?

Ich betrachte es näher. Leuchtend im silbernen Licht der

Vollen Mondin schaut mich da aus geweiteten Pupillen eine Katze an.

Ich erinnere mich an eine Geschichte.

»Es ist eine japanische Legende«, flüstert die Stimme mir zu: Einst floh ein sich liebendes Paar aus irgendeinem Grund von irgendwoher nach irgendwohin. Irgendwann verwandelten sie sich in Kater und Katze.

Ich öffne meine Augen: Nacht wird mir zum Tag.

Wurde ich wiedergeboren? Verließen Geist/Seele nur zeitweise meinen Menschenkörper, um fern einen neuen in Besitz zu nehmen oder gar selbst zu formen? Wer bin ich?

Laufe auf samtenen Pfoten und finde die Fata Morgana einer Pfütze und schaue hinein.

Was sehe ich so nah vor mir?

Dort in ihrem Innern strahlt hell die Volle Mondin, die niemals ihre Gestalt verändert. Dort unten im Mondinlicht sehe ich mich - mein neues Gesicht. Katzenaugen sehen mich an. Wellen kräuseln sich an tastendem Haar. Staune über meinen neuen Körper, graubraun und biegsam mit weichem Fell. Mein Gott, jetzt bin ich also ein Kater. Ich bin hier in einem anderen Körper. Doch *wo* bin ich überhaupt? Weshalb bin ich hier, wo ich bin? Wo ist Moyo? Meine Liebe, wo bist du?

Moyo müsste einen Menschen- oder Pantherkörper tragen, niemals den einer Katze, den ich nun bewohne. Sollte ich so auf sie treffen, wird sie über mich lachen oder mich gar verspeisen, wenn sie mich denn nicht erkennen und dann auch noch erwischen sollte.

Während Menschengedanken in mir rasen, beginnt mein Spiegelbild auch schon zu sprechen: »Manfred, du erinnerst dich? Einst war ich eine wilde Katze auf grauem Felsen, einst vor langer Zeit und fern von hier im Norden, in einer Welt mit Namen WALD. Du erinnerst dich? Dann war ich eine schwarze Pantherin, ein blutgieriger Vampir, Kunoishi, die Schattenkriegerin und schließlich die Mondinprinzessin. ʼNairraʼ hast du mich schließlich genannt. Und so lautete auch mein Menschenname. Du erinnerst dich? Ich starb durch den, den du für deinen Bruder hieltst und Drefman nanntest. Ich starb auch schon davor im Regen giftiger Blasrohrpfeile. Einmal erwecktest du mich zum Leben. Dann aber war nur noch Trauer, Schrei und Wahnsinn in dir, als ER mich so voller Gier und Neid und ohne Liebe für alle Zeit in deinen Armen tötete. Du erinnerst dich an mich?«

Ich schau dich nicht mehr dort unten im Spiegel an. Längst sitzen wir beide uns gegenüber, hier bei Nacht im Wüstensand unweit der Großen Pyramiden im Norden von Afrika

Ich schau dich an und sehe deine weißen Tasthaare über den Augen, die nach außen hin immer länger werden, betrachte still und staunend deinen Schnurrbart rechts und links deiner rosaroten Nase über dem Mund. Groß und kugelrund sind nun in der Nacht deine schwarzen Pupillen, zur Ruhezeit im Tageslicht werden sie sich bis auf einen senkrechten Schlitz schließen. Ich fühle förmlich dein warmes, seidig-weiches Fell mit dem Strich nach hinten. Jetzt beginnst du dich zu putzen: Auf und ab bewegt sich dein auf den Rücken gebogener Kopf, während deine Zunge dein Fell leckt und deine Zähne von Zeit zu Zeit ins Fell beißen. Dann wieder streifst du dir mit der Pfote über dein Gesicht.

Da ist weder Spiegelbild noch Pfütze, auch sitzt da keine Katze vor mir. Sie - *du* schaust *mich* jetzt an, siehst meine weißen Tasthaare über den Augen, die nach außen hin immer länger werden, betrachtest still und staunend meinen Schnurrbart rechts und links meiner rosaroten Nase über dem Mund ... Wir schauen uns in die Augen, die großen dunklen Katzenaugen. So sitzen wir beide da und schweigen.

Dann sehe ich einen weißen Punkt im Schwarz deiner geweiteten Pupillen immer größer werden. Ob dies die Mondin ist? Wie aber kommt sie auf die Schnelle um tausend Ecken, denn sie steht ja hinter dir, dort in deine Augen hinein?

Das Licht wächst, kommt näher, fällt aus der Schwärze heraus. Und *dein* Gesicht zerfließt, wechselt Formen wie es heute Menschen mit ihren Kleidern - gestern nicht und morgen nicht mehr - tun.

All das scheint mir, geschieht so rasend schnell, ist nur geraffte Zeit.

Ist dein eigentliches Gesicht menschlich oder das einer Katze, beides zugleich oder doch viel mehr?

Ich sehe, höre und fühle dich tief in mir lächeln.

Komm!, miauen und flüstern in mir deine Gedanken, sind wie sanfter Wind in warmer Sommernacht.

Durch die Zeiten?, denke ich dir fragend zu, der ich schon ahne, was geschehen wird.

Du nickst mir zu, und deine Gedanken flüstern: »Zurück!«

Schon saugt mich ein Wirbel in deine Augen und spuckt mich wieder aus, in die klare Nacht hinaus, die wüstenkühl für nackte Menschenhaut, nicht aber für uns befellte Katzen ist.

Vor mir sitzt noch immer diese eine Katze und schaut mich nur stumm an.

Du?, wundere ich mich, so bin ich noch immer hier und nichts hat sich verändert!?

Dann sehe ich mehr, beginne dich zu erkennen. »Du bist es ja gar nicht mehr - und doch ...«, murmle ich törichterweise.

»Sei gegrüßt«, spricht sie in mir, »Besucher der Pharaonen, sei gegrüßt im Land, wo der Nil seit Göttergedenken strömt, sei gegrüßt im Land der Ewigkeit. Schau die Pyramiden hier in Unterägypten, schau sie dir an und entdecke deinen Leuchtenden Pfad neu!«

Ich aber nehme ihre Worte gar nicht mehr wahr, sondern sehe nur noch ihre Katzenaugen, die eben noch im Licht senkrechte Pupillen waren, sich in der Dämmerung schon zu Kreisen weiteten, nun aber zur schwarzen Kugeloberfläche aufgewölbt sind.

Aufmerksam mit nach vorne gestellten Ohren lauschend schaut sie mich aus ihren schwarzen Pupillen heraus an, um die herum nun grüne Flammen lodern.

Nichts sehe ich sonst in dieser Welt als dich, du Göttin aller Katzen. Es wird geschehen ... Doch nun ...

Jetzt weiß ich, wer du bist.

Du bist *Bastet*.

Du bist *Miu*.

Du bist *Mau*.

Du bist das Auge des Sonn, die Tochter des Rê.
Du bist die Beschützerin der Menschen.
Du bist die, die die Schlange des Bösen am Fuß des heiligen Baumes zerreißt.
Du bist die Löwin, deren Abbild sich einst zur Katze wandelte.
Du bist *Sachmet*, die Mächtige, die Göttin des Krieges, denn deine Pfeile durchbohren die Herzen der Feinde.
Du bist der Feueratem, der heiße Wüstenwind.
Die einen sehen dich als Löwin, andere als Frau mit Löwenhaupt. Und so ruhst du Jahrtausende versteinert zu Füßen der drei Großen Pyramiden und verschüttet im Sand und wartest auf deine Zeit, du, Auge des Rê und Herrin des Zaubers, des magischen heilenden Wissens, du ...«
Mau, die Katze, aber lächelt bei so viel Worten – das muss die Weisheit des Alters sein - und spricht: »Du weißt, weshalb die alten Ägypter tote Menschen und Tiere zu Mumien machten?«
»Ja, damit ihre Körper zur Stelle sind, wenn die Seele wiederkehrt«
»So ist es.
Doch wer zeigte es ihnen?«
»*Die anderen Götter*, keine Menschen, sondern Wesen, die von den Sternen kamen, ohne Schiffe, ohne Körper, weil ihre Erdenkörper hier sicher verwahrt ruhten. Sie kamen und sie gingen. Und als sie nicht mehr kamen, ahmten die Menschen sie nach und versuchten ihre eigenen zerfallenden Körper, die der Wüstensand in den steinernen Gräbern nun nicht mehr erhielt, für die Rückkehr ihrer Seelen zu bewahren. Keine Zombies, sondern einfach nur tote welke Hüllen, denn sie sind ja ohne Herz, Hirn, Eingeweide. Leere Hüllen für die ‚Ewigkeit'. Welch seltsamen Kult die Kleinen Götter doch auf ihrem Weg zwischen den Sternen hinterließen!«

Ich schaue wieder auf.
Da ist »nur« eine Katze. War da jemals mehr gewesen? Keine Göttin einer längst vergangenen Zeit in Katzen- oder

gar Löwengestalt, sondern eine Katze sitzt da mir, dem Katzenmann, dem Kater gegenüber, dessen Menschenhülle fern in Ostasien jenseits der Wüsten im Bergland liegt und ruht und auf die Rückkehr von Geist/Seele wartet.

»Komm«, spreche ich in der Katzensprache, »lass uns ein wenig »mausen«!«

So beginnt unsere gemeinsame Jagd nach Skorpion, Wüstenspringmaus und Schlange.

Das alles geschieht bei Nacht, die für unsere Augen niemals dunkel ist.

Bei Tag aber ruhen wir im Schatten eines großen Steines der größten der drei Pyramiden. Wir schließen die Augen, doch niemals die Ohren. Wir lauschen, wir fühlen, wir träumen – einzeln und gemeinsam zugleich doch nur einen einzigen Traum:

Da ist eine Wüste. Ich bin allein – in einem Menschenkörper. Stapfe mit geschlossenem Mund, dann wieder gleite, schwebe, gehe ich ganz still durch den Wüstensturm. Überall ist Sand, brennender Sand in der Luft, neben, über, hinter, in mir und zwischen mir und dem Ziel vor mir.

Auf getrennten Wegen gelangen wir, ich und du, zu ihr: *Sachmet - Seshep*. Seshep heißt Bild. Seshep-anch ist das lebende Bild, ein Löwenkörper mit Menschengesicht. Katze und Mensch zugleich. Dort liegt sie und wartet seit Äonen – doch nicht auf uns? Vom Himmel strahlt - wie immer - die Volle Mondin. Wären da Menschenaugen irgendwo in dieser Nacht, sie sähen vielleicht zwei schleichende Katzenschatten.

Wir schauen gemeinsam zu ihr auf. Dann beginnen unsere Katzenkehlen das miauende Lied, aus dem in der scheinbaren Wiederkehr der immer gleichen Töne in Geist/Seele des aufmerksamen Hörers eine andere Melodie zum Vorschein kommt. Es ist *ihr* Lied, das verborgen darunter in den Nichtohren Tausendjähriger erklingt.

Während unsere Lungen, Kehlen und Münder die Oberflächentöne singen, sprechen unsere Gedanken, treffen sich unsere Gedankenströme, verschmelzen. Wir wissen nun, wo *es* ruht, das eine der beiden und vielleicht auch das andere. Hier, in *ihren* Tiefen verborgen liegt es und wartet auf unseren Ruf. Wenn wir es brauchen, ist es da. Hier in den unergründlichen Tiefen von Seshep existiert es, das kein Ding ist und kein Lebewesen, sondern etwas dazwischen, von beiden etwas und doch ganz anders, in Räumen jenseits des Zeitenstroms träumt es, jenseits der Zeit, wie wir sie kennen, es ist OM, das magische Schwert.

Noch immer singen wir unser Lied. Längst ist es Mitternacht, hell erleuchtet scheint die Welt den Katzenaugen: Volle Mondin und leuchtende Sterne, so strahlend, wie sie auf Erden nur über wolkenlosen Wüsten oder auf höchsten Bergen sein können. Jetzt geschieht es: Die einst zu Stein erstarrte *Seshep*, der Griechen und andere Völker den Namen *Sphinx* gaben, öffnet glühend ihre Augen.

Aus jedem Auge tritt singend ein Schwert, rechts ein weißes und links ein schwarzes. Zwei Schwerter schweben da heraus, heran vor unseren staunenden Augen: Das schwarze ist von leuchtend blauem Licht umhüllt. Das weiße, nein, mehr blau-weiß strahlende ist eingehüllt von rabenschwarzer Schwärze. Dicht vor uns bleiben sie beide schwebend stehen.

Nichts weiter geschieht.

Also schauen wir sie doch nicht bis in alle Ewigkeit an, sondern schaffen es irgendwann doch, unsere Blicke von den Schwertern wegzureißen, abzuwenden. Mag sein, dass uns irgendetwas rief, mag sein. Doch nun ...

»OM ist AUM und in AUM steckt MAU. *Mau* ist der Name der Katze Ägyptens, dies ist dein Name«, spreche ich in ihren Gedanken.

»Und die Umkehrung von OM ist MO, und MO ist der Name SEINES Schwertes«, spricht Mau an meiner Seite und verwandelt sich in IHN, den Schwarzen, der ergreift MO - SEIN schwarzes Schwert und verschwindet in Sesheps linkem Auge. Grölend lachend höre ich IHN noch rufen: »Dachtest wohl, deine Nairra wäre hier als Katze wiedergeboren! Haha! Dachtest auch noch, deine Körperhülle verlassen und anderswo in einem anderen Körper zu erscheinen, das könntest nur *du.* Wieder geirrt. Doch alle schlechten Dinge sind drei. Wir sehen uns! Bis später in den Bergen!«

ER war also eben noch hier in Ägypten.

War *ER* auch damals hier?

War ER es einst, den die alten Ägypter *Seth* nannten, den Sohn von Nut, der Himmelsgöttin?

War und ist ER der Herr der Wüste, weil ER ein Teil von ES ist und ES ein Teil von T-her?

War ich vielleicht in einem früheren Leben einst sein Bruder Osiris?

Und daher kommt es, dass ich schon immer alle Lebewesen liebe?

War ich einst der Gott der Vegetation?

Und die Wüsten wuchsen und wuchsen und wachsen.

So siegte und siegt Seth über Osiris.

So starb ich also durch IHN?

Und alles wird sich wiederholen, immer wieder bis in alle Ewigkeit?

So mag es geschehen sein.

Irgendwo und irgendwann werden wir uns zum nächsten/letzten? Kampf begegnen. Nicht im Traum, sondern in unseren irdischen Körpern dort oben in den Höchsten Bergen wird es geschehen.

»Dorthin führt auch mich mein Pfad? IHM nach?«, frage ich mich, nun wieder allein am Fuße von Sachmet, die seit uralter Zeit dort thront.

Wohlan! Ich greife mein magisches Schwert OM, das noch immer wartend vor mir schwebt, ich greife danach mit Katzentatzen, ergreife es schon mit Menschenhand. Denn während ich es berühre, wandelt sich mein Arm, wandelt sich mein Körper zum Menschen, werde ich wieder zu Manfred in seiner ersten Gestalt.

Dann tue ich es meiner schwarzen Seite gleich und schwebe empor, doch nicht dem linken, sondern dem rechten Auge Sesheps entgegen, schwebe hinein in brausenden Gesang, schwebe in Schwärze, schwebe in sternenübersäten Raum, schwebe meinem Morgen entgegen.

Immer wieder träumte Manfred diesen einen Traum von etwas, das bereits geschah, sich immer wieder wiederholen soll?:

Sein Vater, der ihn mit geschlossenen Augen im gleißenden Licht des Wüstensonn rief. Die Stimme von innen, die ihm befahl: »Öffne deine Augen!«

Und die andere Stimme, die ihn davor warnte: »Nein, tu es nicht! Oder du wirst erblinden!«

Dann ist da Sein gleißendes Licht, von da an nur noch ewige Nacht ohne Mondinschein und Sternenglanz.

Ich erwache in meinem Körper, der da gut versteckt auf einem Baum am Fuß der Großen Berge ruht.

Ich schaue in das Sonnenlicht.

»Vater«, lalle ich mit vertrocknender Zunge, »Vater.«

Ich schaue das Feuer Seiner Kraft. Kann meinen Blick nicht mehr von ihm lassen.

»Schau weg!«, ruft wieder irgendwer in mir.

Ich sehe noch immer hinein. Wie es brennt in meinen Augen! Jetzt falle ich in schwarzes Vergessen.

Es ist Nacht, als ich erwacht nur Schwärze um mich sehe! Wo sind Mondin und Sterne?, frage ich mich. Oder bin ich andernorts? Immer funkeln/strahlen über Wüsten Sternenmeere. So war es immer schon, so ist es, so wird es sein. Keine Sterne - nirgendwo! Doch Wüstennächte sind kalt. Hier und jetzt aber spüre ich Wärme auf meiner Haut, heiß ist es, so heiß!

Es kann nicht Nacht dort draußen sein - viel zu warm! Tag muss es sein. Und doch sehe ich weder den Sand unter meinen Füßen, noch den blauen wolkenlosen Himmel über mir.

Oh, jetzt verstehe ich, was geschah, begreife es, denn mit meinen Fingerspitzen berühre ich meine Augen. Sie sind noch da. Ich fühle, wie sich meine Lider öffnen und schließen und wieder öffnen. Doch die Nacht bleibt.

»Vater, warum?«, ist mein lautloser Schrei empor. »Warum mein Licht, mein Augenlicht?«

Jetzt, wo ich blind bin, erinnere ich mich, wie es beim letzten Mal in der Gobi war, wo die Erde mich heilte. Und jetzt erinnere ich mich an die Zeit meiner ersten Blindheit:

Nein, es sind nicht die Wüsten von Kadath und nicht die menschenleeren Ebenen von T-her. Es geht nicht um die alten Götter und nicht um mein Erwachen in einer Welt fern der Erde.

Doch es ist eine Wüste. Nichts scheint da zu sein als leuchtender Sand und Winde, die endlos wehen.

Langsam steigen die Bilder hinter noch verschlossenen Toren auf. Wie tief war der Schlaf, den wir schliefen! Und nun dieses Erwachen, das Jahrhunderte währen mag. Schatten von dem, was vorher war, Fetzen, Teile des Teils. Langsam steigen die Bilder auf. Erinnrern.

Ja, es war Abend, als wir uns an diesem ungenannten, unnennbaren Ort, dort inmitten der Großen Wüste trafen. Kälte der klaren Wüstennacht kroch mit der Drehung der Erde in uns hinein. Doch wir spürten sie nicht in unserem magischen Kreis. Hell strahlten die Sterne

Nun weiß ich wieder den Namen des Ortes: WÜSTE.

Und die Tageszeit hieß NACHT.

Doch die Gesichter der anderen sind noch immer fahle leuchtende Ovale. Ich sehe sie nicht und höre auch keine Stimmen.

Sprachen wir denn?

Lauschten wir nur dem Flüstern der Gedanken?

Noch ist alles dunkel, undeutlich, im Gestern verschollen. *Noch* ist Schwärze, worin Sterne funkeln.

Dann erlöschen auch sie. Irgendetwas ist geschehen.

Jetzt sehe ich es in mir.

Wir alle zogen unsere Schwerter aus unseren verstaubten Gewändern, bildeten einen magischen Kreis innerhalb des magischen Kreises.

Wir waren sieben.

Wir hoben die Schwerter empor. Feuer waren sie in unseren Händen.

Wir schritten nach innen, näherten uns dem Zentrum des Kreises. Unsere Hände, rechte und linke Hand gemeinsam, hielten noch immer die Griffe der Schwerter, deren Klingen weiß-blaues Feuer waren, umklammert.

Sieben Lichter verschmolzen zu einem.

Wir schlossen die Augen vor Schmerzen. Schwärze.

Noch immer leuchtete das weiße Licht dort draußen, noch immer standen wir wie zuvor mit erhobenen Armen da.

Wir spürten es über unseren Köpfen brennen.

Wir alle wurden blind.

Hatten wir uns je zuvor gesehen?

Wissen wir, wer die anderen sind?

Wusste ich es damals?

Jetzt sehe ich nur weiße, fahle Mondgesichter.

Die Volle Mondin schien dort draußen.

Wir wussten es und sahen sie nicht. In uns wuchs die Schwärze.

Ein Blitz, den keiner von uns sah, ein Schrei aus Feuer, der in den Weltraum schoss, in den Raum, der offen und grenzenlos dort oben über unseren blinden Köpfen gähnte. Denn nun war da durch uns ein Loch in den atmosphärischen Schichten und im Magnetschild der Erde entstanden.

Sonnenwind fiel nieder auf den magischen Schirm. Wie er erstrahlte im kosmischen Feuer! Aurora einer anderen Zeit, dort irgendwo und irgendwann in der Wüste, hier, auf dem alten Kontinent, dem Ursprung des Menschen, AFRIKA.

Wie trennten wir uns?

Und wann?

Wer von uns »sah«, was dann geschah?

Ich erinnere mich nur an Eins, und das ist gewiss: Aus diesem einen Licht führten sieben leuchtende Spuren in sieben Richtungen heraus. Sieben Wesen beschritten sieben Leuchtende Pfade, jeder für sich, bis zu der Zeit, in der sie sich wiedertreffen würden. Einer dieser Sieben bin ich.

Manfred begann zu lachen. Er hörte nicht auf. »Einer von Sieben«, murmelte er. Wer sind die anderen? Ist Nairra/ Moyo eine von ihnen. Und auch ER oder ES? Eine kurze Geschichte nur ist mein Leben. Und die anderen, all die anderen? Welch ungeheure Zahl von Abenteuern, mein Gott, wie viele Wunden, Leid, was für eine Liebe!

Dann kniete er sich in den Schoß der Erde und weinte vor Freude und Trauer im Angesicht des Leids aller Wesen dieser und all der anderen Welten, wie es andernorts zu anderer Zeit/zugleich Buddha tat/tut.

Alles Leid aller Welten.
Wir riechen und schmecken es. Wir hören und sehen es. Wir fühlen es mit allen Sinnen unserer Körper.
Wir weinen.
Wer *wir* sind?, fragst *du* verwundert?
Wir wissen es nicht. Doch wir ahnen es: Aus den Himmeln geworfen, gefallen, auferstanden aus dem Staub so vieler Welten, wiedergeboren, um aller Welten Leid zu schmecken, zu riechen, zu hören, zu sehen, zu …
Die Geier warten, doch niemals dort unten in der heißen Wüste. Sie schweben in den Lüften, warten auf den kahlen Ästen der Bäume am Wüstenrand oder in den Oasen auf ihr Mahl.
Wärme am Morgen, Luft steigt auf.
Die Geier erheben sich aus den Träumen der Nacht, breiten ihre Flügel aus, schrauben sich, gleiten ohne einen Schlag in der Thermik am Berg empor, EMPOR und dann weit, weit in die Wüste hinaus. Fern sehen sie einen von ihnen niederstürzen, der schneller war, der als erster an der Beute ist. Das ist das Signal. Alle eilen hin.

Und dann stand er auf. Er war eine brennende Fackel in der Nacht.
Aber er schrie nicht. Er sang ein Lied, sein Lied.
Singend und brennend rannte er durch die Wüsten dieser Erde.
Manch einer sah ihn und rieb sich die Augen.
Manch einer vergaß ihn wieder im Alltagstrott und mit der Zeit.
Wer er war? Wer er ist?, willst du wissen.

Ich bin er.
Und weil die Wüsten wachsen, wächst auch mein Lebensraum. Welch ein Anblick! Diese weiten Wüsten brennen.
Doch was brennt da überhaupt wenn nicht Öl?
Oder sind es gar Steine und Staub?

Dort in der Ferne ist ein dunkler Punkt im Feuermeer.
Ein Tänzer tanzt den Regentanz.
Und die Himmel öffnen sich.
Zischend verlöschen die Flammen wieder.

Irgendwann ist da irgendwo ein Licht im Dunkel, das näher kommt, ein sanftes, mildes Licht in der Nacht, das mich berührt, ruft und weckt aus Dunkelheit und Wahnsinn. Es ist das Licht im Zentrum *ihrer* Stirn.

Sie ist es, die meine Hand ergreift und über mein Haar mir streichelt.

Sie ist es, die meine blinden Augen küsst in einer sternenklaren Nacht.

Sie ist es, die Mondgöttin, ein Sinnbild meiner Sehnsucht – saß ich nicht einst in einem Park auf einer Bank und sah sie in meinen letzten Stunden vor dem Tod an? Oder wer war das in welcher Welt? Er Dort Oben kann es doch nicht gewesen sein!?

Sie ist es, die mir mein Augenlicht wiedergibt.

So stehe ich am Morgen auf.

Und der Geier schaut mich an, enttäuscht und fliegt davon.

Noch nicht, denke ich, zu früh gefreut. Haha, noch lebe ich. Lachend springe ich da...

Wache in den Bergen auf. Ich stehe auf und schaue nicht mehr zurück in die Wüste, weder in diese noch in eine andere, sondern nach vorn. Schließe die Augen, öffne sie wieder, schließe sie wieder, sehe in mir gewaltige Berge aufragen. Schneebedeckt sind ihre Gipfel, klar ist die Luft und dünn. Hellweiß und gewaltig steht da die Volle Mondin in der Nacht. Für einen Augenblick färbt sie sich gelb, schon leuchtet sie rot wie Blut, das quillt und tropft und fällt herab auf ...

Wüsten, in denen ER weilte

»In wie vielen Wüsten?
Wann? Wie lange? Wo?
Was tat ER da?«
All das willst du, liebe(r) LeserIn, von mir wissen.

Und die Antwort ist Gegenfrage und Information zugleich, denn sie lautet: »Wie lange ist es her, dass ER sich aus dem Meer erhob?«

Vier Millionen Erdenjahre lang durchstreifte ER die Welten aus Luft und Land, also auch alle Wüsten aller Kontinente, auch die Kältewüsten im Norden und im Süden rings um die Pole und die in den Höchsten Bergen.

Was ich dir von SEINEN Abenteuern in den heißen Wüsten berichten kann, ist wenig und bruchstückhaft: Zeichen gibt es hier und da aus alten Zeiten: Bilder und Worte an Höhlenwänden, Erzählungen – Märchen, Mythen und Legenden aus Menschenmündern, nicht mehr.

Er Dort Oben hat ein wenig davon geträumt und es mir ins Ohr geflüstert. Also berichte ich es euch so, wie ich es verstanden habe.

Kaaba ist ein neuer Name für einen alten schwarzen Stein, der vor Äonen aus den Himmeln stürzte. Jahrmillionen ist das nun her.

Einer von vielen, die fielen, war *er*.

Aber war und ist dieser *eine* schwarze Stein ein Teil von IHM, das da auf dem Grunde des Ozeans liegt und träumt?

Der schwarze Stein im Zentrum von Mekka, der heiligen Stadt des Propheten Mohammed, ist nicht ES und nicht ER.

Und so gibt es viele Dinge von schwarzer Farbe, die sind nicht ER.

Und es gibt viele dunkle, böse Dinge, die sind nicht ER.

Und wer behauptet überhaupt, dass ER böse ist?

Nur, weil ER tut, was ER tun kann.

So handeln ja auch wir Menschen.

Also sind auch wir ...?

Chaset sind Wellen jenseits einer geraden Linie, das ist bergiges Land im Norden von Afrika.

Tag und Nacht und Tag - »ewiger« Wechsel.

So geht die Zeit dahin.

Andere Menschen lebten einst hier, die andere Worte sprachen - den Dingen andere Namen gaben. Vielleicht auch kamen einst andere Wesen von anderen Welten zu ihnen. Andere Tiere und Pflanzen lebten einst hier. Damals war die große Wüste fern und klein.

Äonen früher, vor vier Millionen Jahren, als es noch keine Menschen gab, nicht von der heutigen Art, als die ersten Menschenaffen-Affenmenschen weit im Süden und Osten sich auf zwei Beine erhoben, als ER sich aus dem Meer in die Lüfte erhob und das Land zum ersten Mal betrat, da herrschte hier üppige Natur.

So verändert sich alles auf Erden mit der Zeit.

Nichts bleibt, wie es ist.

Alles entsteht, lebt und vergeht.

Eingehüllt in Flammen steht ER da. SEIN Körper aber, eben noch in Menschengestalt, brennt nicht, denn längst ist da nichts mehr, was brennen könnte. Feuer und Flamme ist ER, denn ER brennt, ist erbrannt - begeistert von SEINEM Flammengeist. So rast ER dahin durch die Schwärze der Nacht.

Erdmännchen stehen aufrecht am Morgen, um Wärme zu tanken, dann gehen sie auf die Jagd: graben sich Skorpione aus.

Einer hält währenddessen Ausschau nach dem Greif, um die anderen mit einem schrillen Pfiff zu warnen.

Staunend sieht der Posten das Feuer aus dem Norden rasend nahen.

Doch ist es kein Blitz, noch entzündet es das Gras.

ER ist es, der nun in SEINEM Lauf innehält – nach Wasser, Luft und Erde jetzt auch im vierten Element, dem Feuer, heimisch ist.

ER wandelt sich in feste Form, wird wieder Erdenfleisch.

ER nimmt die anderen mit all SEINEN Sinnen wahr, die ER sich von allen Wesen, die ER war, nahm.

ER nimmt den neuen Körper an und nähert sich dem Posten, der starr vor Schreck noch immer keinen Warnpfiff von sich gibt, nähert sich immer mehr all den anderen, die längst ihre Jagd beendet haben und ihn aus der Ferne nun zu erschnüffeln/belauschen/betrachten suchen.

ER dringt in *ihren* Verstand ein, die da gemeinsam in der Kalahari in einer unterirdischen Kolonie zusammenleben. ER tastet, riecht, hört, sieht, versteht, wie sie hier zusammenhalten, um zu überleben: Mittags ruhen sie und abends kommen sie wieder heraus. Die einen schauen den anderen zu, so lernen sie, wissen bald, wie es geht, den Skorpion und auch die Schlange zu erbeuten. Sie rennen, wenn der Pfiff des Posten ertönt, wenn der fliegende Tod naht, rennen in die sichere Höhle hinab. Ach, ER fühlt sich schon ganz wie einer von ihnen, stolz, dass niemand pfiff, als ER zu ihnen kam.

Alle kommen heraus und schnüffeln, weil ER es so will.

Bald schon ist ER mit wolligen Körpern übersät.

Dann in der Nacht schüttelt ER sie ab, wandelt sich wieder, erhebt sich auf schwarzen Schwingen, gleitet einem Manta gleich dort oben dahin.

Und wo ER vorüberkommt, verschwinden Mondin und Sterne für alle, die unter IHM leben: geboren werden, schreien, lachen, leiden und sterben

Ein wenig Wasser nur in der heißen Wüste, das verweilt nicht lange.

Es sei denn, es fiele oberhalb an den Hängen der Berge Regen. Wasser strömte dann heran und sammelte sich hier in dieser Senke, deren Boden so undurchdringlich scheint.

Wasser in der weiten Wüste.

Oase ist das Zauberwort.

Dieses Wasser hier aber ist voller Salz.

Und doch wimmelt es ringsum und darin von Leben: Myriaden Fliegen tauchen unter und tupfen mit ihren Rüsseln Algen auf.

ER nimmt dies alles wahr, verwandelt sich, nimmt Fliegengestalt an, ist eine von ihnen, ist alle Fliegen, ist außerhalb/jenseits von ihnen zugleich noch immer ER.

Jetzt und hier ist ER der Herr der Fliegen, wie ER es auch andernorts zu anderer Zeit unter anderen Fliegen und Menschen war.

Nein, *ER* steht nicht nackt inmitten der Wüste, gar in Menschengestalt mit Sonnenbrand auf dem Rücken.
Auch *sie* sind nicht an die Oberfläche gekommen. Warum sollten sie? Ihre Haut würde dort oben tagsüber verbrennen.
Und Wüste gibt es hier ebenfalls nicht, *noch* nicht. Denn hier, wo jetzt Savanne ist, *wird* erst irgendwann Wüste sein. Jetzt wachsen hier Gräser mit Wurzeln.
Nackte Mulle spürt ER dort unter sich.
Nein, ER vernichtet sie nicht voller Zorn – warum sollte ER es tun!?
ER ist einfach nur fasziniert, sieht sie und hört ihnen zu, die da im Dunkel - ah, welche Wohltat: Schwärze und Kühle - unter der Erde leben und völlig blind sind.
Also wandelt ER sich: SEIN Körper schrumpft zum winzigen grauen Mull mit gewaltigen Nagezähnen und dahinter sitzender Oberlippe.
Dann gräbt ER sich ein, nimmt ihren Geruch an, gehört nun wirklich (fast) zu ihnen, die dort gemeinsam Gänge graben, um zu den Zwiebeln zu gelangen, die sie in der Vorratskammer lagern. Aus ihnen decken sie ihren Wasserbedarf.
Jetzt riecht ER die »Königin« in der Nähe, die einzige in der Gemeinschaft von vierzig, die Nachwuchs bekommt.
Also macht ER sich zu ihr auf. Denn ER will Sex und Kinder.

Den Sex bekam ER. Aber die »Königin« überlebte nicht. Etwas ließ das ganze Volk sterben, kaum dass er weitergezogen war.

Sonoram das ist Schnee und eisige Kälte im Winter und feurige Hitze im Sommer.
Jetzt brennt der Sonn erbarmungslos herab.
Wassermassen strömen vom Himmel. Wadis füllen sich

mit reißenden Fluten. Pfützen, Teiche entstehen.

Kröten graben sich aus der Tiefe empor. In dieser Nacht rufen die Männer – zu einem von ihnen wird ER -, umklammern die Frauen, die legen ihre Eischnüre ab und werden von den Jungs sogleich besamt. Kaulquappen schlüpfen, raspeln Algen ab, wachsen rasend schnell und verspeisen auch einige Geschwister.

Enger wird der Raum, denn die Pfütze trocknet aus. Und zappelnd sterben alle in der trockenen Wüstenhölle. Also bleiben wieder keine Kinder von IHM zurück.

Bei Tag öffnen sich Millionen von gelben Opuntienblüten. Da ist ein tausendfaches Summen über der Erde.

Erdbienen graben Höhlen, besuchen Blüten, tragen mit ihren Hinterbeinen den gelben Pollen in die Kammern, legen ein Ei in jede, verschließen die Höhle wieder und sterben. In Dunkelheit entwickeln sich die Maden, essen, wachsen und verpuppen sich dann. Zuerst schlüpfen die Männer, dann kommen die Frauen. Die werden jetzt heiß umkämpft. Spechte und andere Vögel picken die Bienen auf und füttern ihre Jungen vom Überfluss. Dann sterben alle Bienenmänner.

Also stirbt auch ER – doch nur für kurze Zeit als winziger Bienerich. Bis der Tag endet, bleibt SEIN Körper tot. Dann steht ER auf in der Nacht, fühlt sich um, atmet alles Leben ein, lebt so intensiv wie lange nicht mehr in allen Wesen ringsum zugleich.

Die Blüten des Saguaro öffnen sich. Fledermäuse flattern heran, essen den Pollen und bestäuben. ER ist ein Fledermäuserich.

Die Opuntienblüten wandelten sich längst in saftige Früchte. Sie fallen hinab, dorthin, wo Ernteameisen schon warten. Doch ein dornenbewehrter Krötenagamerich schleckt die Ameisen auf. ER ist es, der jetzt dem Kojoten SEIN stinkendes Augenblut ins Gesicht spritzt. Der verzieht sich jaulend.

Springmäuse kommen aus ihren Verstecken.

Skorpione werden munter, kämpfen, essen und werden gegessen.

Regen fällt - die Wüste blüht auf. Wasser rast die Wadis

herab und fegt SEINEN Krötenagamenkörper hinweg.

Nach dem Regen leuchten die Hänge dieser Hügel auf, als strahlten dort Tausende von roten Kerzen, es sind die Blüten des Ocotillostrauches.

Und hier wachsen pinkfarbene Blüten aus dem Boden. Später kommen vielleicht auch noch Äste und Blätter hinzu.

Und diese weißen Punkte sind doch keine Pilze.

ER geht näher ran.

Ja, es sind winzige Blüten, Millionen auf kleinstem Raum. Eine Mikrowelt mit sie bestäubenden Mikroinsekten. Wahrhaft phänomenal.

Was es auf Erden an Leben so alles gibt und gab und geben wird!, denkt ER und hat schon alles erfasst, gespeichert, wird es niemals mehr vergessen, nimmt es mit für ES, das da Jahrmillionen lang in den tiefsten Tiefen des Meeres träumt, nimmt es mit für T-her.

Dann wandelt ER sich in Welle und Fluss, der versiegt, verdampft, vertrocknet.

So steigt ER in die Lüfte auf und besucht bei Tag und Nacht alle Wüsten der Erde.

»Uluru« lautet der alte Name des großen Felsen aus gepresstem Sand, der seine Farben mit der Tageszeit wechselt. Am Abend wird Gold zu Rot zu Schwarz. Uluru nennen die Anangu den Stein, der ihnen heilig ist, seit sie erschaffen wurden, wie ihre Mythen berichten, seit sie erstmals den Kontinent betraten, das war vor 65 000 Jahren

»Ayer's Rock« nennen ihn weiße Menschen nach dem ersten europäischen »Entdecker« heute. Zwei Worte für einen Stein. Den Eingeborenen Australiens gaben sie keinen Namen, sprachen und sprechen einfach nur von »Aborigines«, Ureinwohnern.

Wann war ER dort? Was tat ER damals?

Stand ER nur staunend da und sah dem Farbenspiel des Felsens zu?

Nein! Das glaubt doch wohl niemand.

»Traumzeit« nennen die Anangu das, was vorher war.

Geboren aus dem Leib der Riesenqualle, die ES einst war in den Meeren?

War und ist ES/ER noch immer in ihren Träumen?

Traumzeit.

Schließe die Augen und lausche.

Aus der Stille taucht er auf. Jetzt ist er da oder du bist bei ihm. Es ist ein zwitschernd-tanzender Schwarm. So weit dein Auge reicht. Es müssen Millionen Vögel sein, die da die Luft durchschwirren.

Wer die Natur liebt, steht einfach nur staunend da, dreht sich unter ihnen tanzend im Kreis. Welch pulsierendes Leben! Diese Energie! So viele Webervögel!

Einige, wenige nur aus dieser endlos scheinenden Masse, landen weder im Gras noch im Baum, sondern hüllen den Anangu ein, der mit ausgebreiteten Armen dort unten auf der Erde steht.

Leben verschmilzt. Löst er sich auf? Wer könnte es sehen unter all diesen schwirrenden Leibern?

Weiter schwebt der Schwarm.

Der dunkelhäutige Magier ist verschwunden.

Wo ist er hin? Wer war er wohl? Könnte ER es gewesen sein?

Schau nach oben, schau ihnen nach!

Vielleicht ist ER ja *ein* Vogel unter den vielen, *ein* Teil oder alle zugleich?

Da ist etwas wie ein menschlicher Schatten, der jetzt über dir den Sonn verdunkelt. Oder sind es doch nur die Massen der Webervögel, die du dort siehst?

Weite Wüsten, Wüsten-Weite, Wüsten aus schwarzem Stein und rotem Sand.

ER flog nicht davon. ER lauscht und rauscht mit SEINEM Blättermeer aus dunklem Erdenlaub und hört die Chöre der Nacht, wie sie die *Volle Mondin* dort oben besingen.

Die einen beschwören sie, zu verschwinden, um in der Dunkelheit Schutz vor dem Feind zu haben.

Die anderen aber schicken ihren Dank empor mit Freudenfeuern, um die sie tanzen, denn unter *ihrem* Licht haben sie reiche Beute heimgebracht.

Der Baum steht auf und reißt die Wurzeln aus der Erde. Seine Äste verwachsen und verwandeln sich in schwarze Schwingen. Jetzt breitet ER sie aus. Der Baum steigt auf, verwandelt sich dort oben, wird schwarzer Sand, der rast nun mit dem Sturm davon.

So braust ER als schwarze Wolke durch die Wüstennacht unter dem Sternenhimmel dahin, der längst SEINE neue Heimat geworden ist.

Denn dafür hatte ES IHN in den Tiefen des Meeres geschaffen.

Das Donnern schwillt an, kommt niemals nie aus den Himmeln, denn die sind wolkenlos und klar.

Und auch ER hat nichts damit zu tun. Doch weckt IHN das Donnern aus SEINEN Träumen. ER erhebt sich in die Lüfte.

Unter IHM fegt die Flutwelle aus Wasser und Sand brüllend durch den Wadi.

Und ist die Flut gegangen und Trockenheit zurückgekehrt, so ist doch nichts geblieben wie es war. Denn Steine wurden fortgespült, Felsen bewegten sich und hinterließen Spuren.

ER aber hat ein gutes Gedächtnis. So findet ER die Stelle wieder, von der ER einst auf die Dünen hinuntersah.

Und siehe da, auch sie sind gewandert.

Wie das wohl geschah?, fragt ER sich und denkt daran, sich einfach so in den Sand zu legen - ER tut es, liegen zu bleiben, sich überfließen zu lassen, begraben zu sein unter Tonnen und erst dann wieder aufstehen, wenn die Düne weitergezogen ist. Das mag dauern, aber es wird geschehen, ist alles nur eine Frage der Zeit.

ER denkt daran und tut es, denn ER hat ja so viel Zeit. Nein, ER tut es doch nicht, denn ER will keine »Ewigkeiten« im Sand verbringen.

So steht ER wieder auf und erkundet weiter diese Welt, die einmal in ferner Zeit in einer von vielen Sprachen »Erde« heißen wird.

Moyo, träumst du?

Du breitest deine Arme zur Seite aus, zum Kreuz. Dann stehst du mit gespreizten Beinen still und wartest, doch nicht und niemals wie die Spinne im Netz.

Denn dort kommt ER auf dich aus dem Sand der weiten Wüste zugerast.

ER hat die Gestalt eines gigantischen Wurmes

»Ein Sandwurm, DUNE«, flüstert die Stimme in dir.

Dort aber bist du ja nicht, sondern auf der Erde.

Denn das ist nicht einer von vielen, sondern ER, also ES, das einst auf die Erde fiel, ein Teil vom Ganzen, schwärzestes Schwarz von T-her.

So stürmt ER als Wurm heran, wie Leto einst raste, und schluckt und spuckt den Sand wieder aus.

Du aber, die du noch einen Augenblick lebst und dort hängst wie Krill in den Barteln der Großen Wale, du aber schreist nicht vor Schmerzen und nicht aus Angst vor dem Tod auf, sondern weinst ein letztes Mal, denn du fühlst in dir das Leid aller Wesen zu allen Zeiten, also auch den Tod des Wurmes, SEINEN Tod und SEINE Geburt.

Dann ... schweißgebadet wachst du in deinem Menschenkörper im Wüstensand Ägyptens auf. Also wird ER kommen und mich holen?, denkst du.

Werde ich dann Mutter sein?

Was wird aus meinem Kind werden?

Was wird mit Manfred geschehen?

Manfred, deine große Liebe, siehst du in dir, fern an den Füßen der Berge aus einem Alb von Blindheit und Tod erwachen.

Nanuk der Bär

Dunkel ist jetzt ohne Ende
Nacht und Tag sind jetzt Nacht
Jetzt geht die Volle Mondin niemals unter
Also bleiben die Bären in ihren Höhlen

Polarnacht

Tulungersaq sei Sein Name, der Name des ersten Wesens. So nennen Es die Inuits. Und das erzählen sie sich von Ihm: Erst hatte Tulungersaq die Gestalt eines Menschen. Da saß Es zusammengekauert in der Finsternis und erwachte langsam zum Bewusstsein. Dann verwandelt Es sich in einen Raben, der die Welt erschuf.

Und Biologen Dort Oben lachen, wenn sie dies alles lesen.

Und Raben krächzen: »Jaja, in alten Menschengeschichten kommen auch wir noch vor, in den neuen sind da überall nur noch Menschen.«

Irgendwann, als einige der Nordmänner mit ihren Schiffen weit übers Meer ins Grüne Land fuhren, 1000 Jahre vor der Zeit, in der diese Zeilen niedergeschrieben wurden, geschah das, was uns hier interessiert.

Zum feierlichen Begräbnis kam es nicht mehr, das anderen lange Zeit auch hier zuteil wurde. Jedoch steigen Erinnerungen an die letzte Bestattung in all denen auf, die jetzt davonfahren und dieses Land, ihre neue Heimat nie mehr betreten werden. Eric war der Name des letzten. Einst war Eric ein angesehener Mann gewesen. Wir legten ihn in ein Zelt, das wir auf einem Boot errichteten, seinen getöteten Hund gaben wir seinem Herrn an die Seite, damit er ihn begleite. Dann gaben wir ihm seine Waffen, legten ihm sein Schwert auf seine nun so stille Brust. Jetzt brachte die Alte mit Namen »Engel des Todes« eine Sklavin herbei. Sechs von uns vergewaltigten sie, dann hielten wir, du und ich, sie fest und erstachen sie, während die anderen draußen an ihre Schilde klopfen, um ihren Todesschrei zu übertönen. Schließlich steckten wir sein Schiff in Brand und schoben es brennend ins Meer. Ihm schauten wir nach, der nun hinüberging. Denn er war ein tapferer Krieger. Denn er gab sein Leben im heldenhaften Kampf. So nahm ihn Odin zu sich auf.

Odin, den das Christentum verdammt, ist noch immer unter uns, wenn auch die, die ihm opfern, immer weniger werden. Also werden wir nach glücklicher Heimkehr in den Osten das Blutfest feiern. Menschen und Tiere werden wir Ihm kopflos opfern. Wir sehen sie schon mit geschlossenen Augen. Dort hängen Pferde und Hunde neben Menschen an einem großen Baum. Neun Köpfe von männlichen Tieren und von Mennschenmännern trennten wir ab. Dort hängen die kopflosen Körper von neun Pferden, neun Hunden und neun Menschenmännern.

Jetzt aber und hier ließen wir einen von uns mit seiner großen Familie und seinen Sklaven und Hunden zurück. Ihn hätten wir nicht mehr auf die alte Art beerdigen können, wären wir siegreich geblieben. Denn das Klima hatte sich gewandelt, denn die Bäume waren gegangen. Dann waren diese kleinen dunkelhäutigen Menschen mit den Schlitzaugen, diese Fleischesser, Eskimos, die sich selbst Inuits nennen, gekommen, waren aus welchen Gründen auch immer, nur Odin weiß es, kriegerisch geworden. Und sie hatten uns besiegt. Nur einer hielt uns den Rücken frei. Eric ist der Name dieses Mannes und wird es für alle Zeiten sein. Er, der nicht aus einer von uns geboren, aber unter uns aufgewachsen und einer von uns geworden war, kämpfte noch immer, als wir schon draußen im letzten unserer Drachenboote auf See waren. So ist auch er in Odins Reich eingegangen, der sicherlich längst nicht mehr unter den Lebenden weilt, es sei denn er wäre einer der Unsterblichen, gar Odin selbst?

Jetzt waren die letzten Drachenboote der Überlebenden in den Westen – nach Hause – zurückgekehrt. Jetzt waren alle Mitglieder und Tiere seiner Familie - die Frauen, die Kinder, die Alten und die Hunde - tot, bis auf ihn, der dort nun starr und steif gefroren vom Schnee begraben lag. Denn die kleinen Menschen hatten gesiegt und die Ufer dieses unfruchtbaren Landes gehörten wieder ihnen allein. Und niemand weiß heute noch, warum es zum Kampf kam.

Denn zuvor waren da friedliche Tauschhandel und friedliche Koexistenz.

Diesen einen aß kein Tier. Nein, »Highlander« war nicht sein Name. Denn dies waren nicht die »Highlands« in Schottland, sondern Grönland, das Grüne Land. Niemand würde ihm, den seine Ziehmutter Eric genannt hatte und der nicht Odin ist, sondern ER, niemand würde IHM jemals den Kopf abschlagen - und wenn er es könnte und täte, dann wäre da in Sekundenschnelle ein neuer nachgewachsen. Wir kennen ihn in vielerlei Gestalt. Denn der dort liegt, ist ER und war einst ES. *Drefman* wird IHN Manfred einst nennen. ER trägt viele Namen: ER ist SHTN, Satan, ER ist die schwarze Seite der weißen. ER wird die Sieben Samurai töten und Nairra, Manfreds große Liebe in zwei Stücke schneiden. Doch Nairra wird ohne SEIN Wissen wiedergeboren werden, denn allwissend ist ER nicht. ER ist Schwärze in der Nacht, der im Gegensatz zu SEINEM Ursprung ES schon seit Jahrmillionen nicht nur in der Nacht, sondern auch bei Tag über die Erdoberfläche reist, in den Lüften fliegt, doch auch im Meer versank und wieder mit IHM in der tiefsten TIEFE verschmolz, wo ES schlummert und träumt und in SEINEN Träumen die Höllen-Magma-Asche-Welten der Vulkane bewohnt. Bald wird ER in die höchsten Berge aufsteigen und Manfred treffen - zum letzten Kampf!?

Der EINE überlebte. Wie lange schlief ER dort?

Dort liegt ER und ist nicht tot und lebt auch nicht. Irgendwo dazwischen mag ER existieren - mit leerem Geist - oder sollte ER gar träumen?

Welche Träume von welchen Wesen und Welten könnten es sein?

Kein Menschhirn, kein Menschengeist kann dies auch nur erahnen.

Denn ER, den weder Wölfe noch Raben aßen, nicht der Weiße Wurm - die Schmeißfliegenmaden - auch nicht die Bakterien, denn ER, der noch immer einen eisbärenbefellten Menschenkörper trägt, weil ER in diesem starb, ER, der seit Äonen schon auf Erden weilt und viele Körperhüllen trug, ER liegt jetzt still und friedlich, als wäre ER ein kleiner Affen-Menschensäugling, frisch genährt an Mutters Brust.

Denn ER liebt die Kälte, denn ER stammt von IHM am Meeresgrund, denn ES kommt aus der Kälte des Alls und von T-her.

Der Schnee bricht auf.
Erst erscheint da nur ein Mensch wie du und ich, ja, ein Mann, in weißes Fell gehüllt. Es ist, als wäre einer der Nordmänner auferstanden: groß und kräftig und bärtig.

Ein Mann erhebt sich aus dem Schnee, unter dem er begraben lag.

Jetzt öffnet er seine Augen, schaut sich um, lauscht, atmet ein und riecht, atmet aus. Dampf in eisiger Kälte.

Langsam dreht er sich im Kreis.
Wind singt und wandelt sich zum Wirbel.
Schneller und immer schneller dreht er sich.
Von oben sähest du, wärest du hier, eine metallene Scheibe, hörtest vielleicht auch ein wenig ein Lied aus dem Sturm heraus, den er mit seinem rasenden Drehen erzeugt: »... wollte ein Eisbär sein im kalten Polar, dann müsste ich nicht mehr schrei'n und alles wär' so klar ...«

Und siehe da, der Wirbel erlischt. Der Mensch ist gegangen. An seiner Statt steht da auf allen Vieren ein großer Bär. Weiß ist sein Fell, weil es das ganze Spektrum des Lichtes reflektiert. Weiß tarnt es den Bären vor der Beute.

»Nanuk« lautet der Name des nördlichen Bären.
ER ist nun ein Bär.
Lange Zeit hat ER geschlafen, also einen gewaltigen Hunger. So tut er das, was alle Bären hier oben tun. Er macht sich auf die Suche, findet das Atemloch, legt sich auf die Lauer, packt erst mit der Tatze, dann mit den Zähnen zu, zerrt sie aus dem Wasser. Knochen brechen. Er wirft sie hoch, hält sie fest und isst die Robbe auf.

So gestärkt geht Nanuk nun auf die Suche nach *ihr*. Was sollten Eisbärenmänner auch anderes tun?

Während der Wind ihm entgegenbraust, richtet er sich auf. 3,5 Meter über dem Eis schweift sein Blick umher. Das nennt man Überblick - könnte man als Menschlein meinen, wären da nicht Sturm und Schnee.

Also sieht er nichts. Oder riecht vielleicht seine Nase schon *ihren* Duft?

Nanuk lässt sich wieder auf alle Viere nieder, verharrt einen Augenblick. Der Sturm ruft Erinnerungen wach, wie sie kein Bär haben kann. Damals versteckte ER sich nicht, noch trotzte ER dem Wüten, sondern verwandelte sich selbst in den Sturm und wurde zum Eisdämon. So brauste ER übers weite Land. Und wo ER Menschen fand, dort kehrte ER ein, schlug brüllend, rasend und lachend zu. Hütten barsten und Iglus zerbröselten zu feinstem Schneekristall. Damals tötete ER alle, schlachtete sie, trank ihr Blut, aß ihr Hirn, Herz, Leber, Nieren und all die anderen Eingeweide. Die Reste überließ ER den Wölfen und Raben.

Dies aber geschah andernorts vor langer Zeit. Längst ist SEIN Zorn verraucht, dahingeschmolzen mit dem Sturm. Denn jetzt ist ER Nanuk der Bär und ist auf der Suche nach *ihr*. Es ist April und Frühling. Die Polarnacht ist dem Polartag gewichen.

Nanuk findet sie, die noch niemals Kinder hatte. ER schlägt den Rivalen in die Flucht, denn ER ist größer und stärker, denn ER wiegt fast eine Tonne. Sie aber ist wie alle Eisbärinnen kleiner von Statur und hungrig auf Sex. So vereinigen sie sich. Und ER bleibt bei ihr, ganz Bär geworden - für einige Zeit.

Und doch träumt der Eisbär bisweilen äußerst eigenartige Träume, so den einen von einer Menschenwohnung weit entfernt im Südwesten Dort Oben, von einem Menschenmann unter einer Elektrodusche in der Küche seiner Altbauwohnung. ER sieht, wie der gerade nackt mit seinem langen Körper mit vorstehendem Brustbein und einer langen senkrechten Operationsnarbe aus der Dusche tritt und sich mit einem großen Badetuch abtrocknet. Ja, jetzt hängt er es wieder über die Duschkabine. Und da ist ja auch ein Bild auf dem Badetuch, das er erkennt: ein junger Eisbär ist da zu sehen mit seltsamen Zeichen (*Little Polar Bear*). Ist wohl für Kinder gedacht, einfach süß, wie der da auf seinem Hintern mit etwas in der rechten Vordertatze sitzt.

Nanuk wacht auf, erinnert sich und staunt. Ja, Eisbären essen auch Beeren, also Früchte - ER in ihm aber weiß, dass dieses Ding, das der kleine Eisbär hält, eine geschälte Banane ist, die ein freilebender Eisbär niemals in seinem Leben sehen wird, weil sie im Nordpolargebiet einfach nicht wächst - und schälen würde ER die sicher nicht, das tun ja noch nicht einmal Schimpansen.

Träume gibt's!, denkt ER, steht auf und verlässt die Bärin.

Winter in der Arktis. Eisige Stürme.

Die Bärinnen graben sich Höhlen im Schnee. Darin gebären sie ihre nur ein Pfund leichten blinden Kinder, nähren sie und leben selbst vom Winterspeck.

Die Väter aber ziehen draußen im Sturm umher - und wissen nichts von ihren Kindern?

Während der langen Polarnacht irgendwo weit im Norden verweht im Schnee in ihrer Höhle gebiert unsere Eisbärin ihre beiden Jungen, die hier bei ihr geborgen sind – ihnen gibt sie Milch und Wärme.

Nanuk aber ist längst weitergezogen. Als Bär ist ER allein und doch hat ER neue Begleiter gefunden, die ihm die Jagd erleichtern: Eisfuchs und Elfenbeinmöwen. Gemeinsam erbeuteten sie eine Robbe, die sich auf dem Eis nur wenige Meter von ihrem Loch entfernt sonnte. Und der Trick ging so:

ER hatte sie schon aus mehreren Kilometern Entfernung gerochen und sich gegen den Wind angeschlichen. Zuvor hatten die Möwen ihm von der verlockenden Beute berichtet. Der Eisfuchs war vorausgelaufen, auf der anderen Seite vor der Robbe herumgetänzelt und sie so von IHM abgelenkt, so dass ER zuschlagen konnte. Erst aß ER sich satt, dann bekamen Fuchs und Möwen ihren Anteil.

Jetzt beim Verdauen liegt ER auf dem Eis, schließt die Augen und döst so vor sich hin. Wie angenehm kühl das Eis doch ist bei dieser Hitze, die SEIN Fell erzeugt.

War ER nicht auch einmal ein nackter Affe gewesen, der sein Fell lange zuvor in der Hitze des alten Afrikas verloren hatte, ein neues sich erst erjagen, zurechtschneiden und nähen lassen musste, um es dann in der Kühle der Nacht von Savanne und Wüste, in der Kälte von Frühling, Herbst und Winter im Norden überzuziehen?

Doch war ER jemals wirklich nackt gewesen?

Ja und nein! Ohne Fell war damals SEINE Haut, doch SEIN Menschenkörper war ja nie mehr als eine Hülle für die Schwärze, die ER war, die ER ist, die ER sein wird - für immer und ewig?

Damals ist vergangen, fort mit diesen wirren Gedanken!

Jetzt hat ER ein weißes Fell, ist Bär und mehr, liegt hier im Schnee.

Eisig wehen die Stürme über IHN hinweg.

Sich einschneien lassen, das wäre doch was.

Ruhig und langsam schlägt SEIN Herz. Winterruhe. Zeit für Träume.

Träumt ER?

Wovon träumen Bären im Schnee?

Wovon träumt ER?

Von welchen Orten, von welchen Zeiten?

Nicht im Eis des Nordens, sondern weiter im Süden lebten einst Menschen, die Felle tragen, darunter auch Bärenfelle. Sie waren es, die SEINE Höhle betreten.

ER ist der Große Bär. Und nun riecht ER sie, die neuen Wesen, die sich Menschen nennen und *so* viele von SEINER Art getötet haben. ER weiß es, liest es aus ihren Gedanken und Erinnerungen.

ER ist mehr als ein Bär.

So steht ER auf und brüllt und faucht und haucht sie an.

Und ihre Speere verfehlen ihr Ziel.

Wie sie rennen.

Denn *nun* jagt ER *sie*, wirft sie aus SEINEM Haus hinaus. Und die ER mit SEINEN Pranken in Stücke haut, die ER zermalmt mit SEINEN Kiefern, die nimmt ER mit sich in SEIN Heim und isst sie auf.

Und weil sie IHN nicht töten können, ER jedoch so viele ER will von ihnen tötet, deshalb beten IHN diese nackten Affen an, die auf zwei Beinen gehen anstatt auf allen Vieren. Sie malen Bilder von IHM an die Wände ihrer Höhlen, die

ER ihnen ließ. Sie verehren IHN als einen Gott, den Großen Bären.

Zeit vergeht. Frühling folgt dem Winter. Polarnacht endet.

Nanuk, der große Bär ist fern.

Die Eisbärin kommt mit den Kindern, ihren und SEINEN aus der Winterhöhle. Sie hat sie die ganze Zeit genährt und selbst nichts gegessen. Welch wundersames Wasserrecycling ohne Nierenversagen! Gewaltiger Hunger treibt sie nun in eine Welt voller Licht hinaus, die ihre Kinder zum ersten Mal in ihrem Leben erblicken. Sonnenlicht dringt durch ihr weißes Fell bis auf die Haut, Wärme bleibt zurück.

Sie macht sich auf die Suche und findet ... Sie richtet sich auf, denn längst hat sie die Robbe in ihrem Versteck unter ihr erschnüffelt. Jetzt lässt sie sich mit ihrem vollen Gewicht niederfallen - immer und immer wieder, bis das Eis bricht, bis die Decke der Robbenhöhle einstürzt. Es folgt ein Tatzenschlag und Biss ... schon ist es um die andere, die selbst eine Räuberin ist und diesmal nicht entfliehen konnte, geschehen.

So tötet einer den anderen und isst ihn auf: Die Robbe fing Fische, Fische aßen kleinere Fische, die Krebse und diese wiederum Phytoplankton. Das aber ernährt sich von Wasser, Kohlendioxid und Licht. Einer lebt vom anderen in den viel verzweigten Nahrungsketten.

Die Eisbärenjungen wachsen weiter, beteiligen sich am Robbenmahl, lernen zu überleben und wissen nicht, dass sie einen Vater haben, der nur zum geringen Teil von dieser Welt ist. Auch die Bärin denkt nicht mehr an IHN. Alles ist gut.

Alles wäre gut, käme da nicht eines Tages der andere große Bär, ein wahrhaft gigantischer Mann, nicht ganz so groß wie der erste und Ex, doch größer und stärker als die Bärin allemal. Er packt deren Kinder, schüttelt sie, tötet sie so und paart sich mit seiner neuen Eisbärenfrau.

Was mag in ihr beim Tod ihrer Kinder vorgegangen sein?

Sie weint keine Tränen aus nicht vorhandenen Tränendrüsen. Wie sollte sie auch!? Sie trauert nicht jahrelang um den Verlust, wie es Menschen tun. Also lügen Menschendichter und Schlagertexte nicht, wenn da gesungen wird: »Ich möchte ein Eisbär sein im kalten Polar ... dann müsste ich nicht mehr schrei'n und alles wär' so klar. Eisbären müssen nicht weinen ...«

Denn wieder einmal herrscht hier das Recht des Stärkeren, der sich fortpflanzt, dessen Gene überleben.

Das Leben geht weiter.

Nach kurzer Zeit denkt die Eisbärin nicht mehr an ihre letzten Kinder, neue sind unterwegs.

Sommer in der Arktis. Weit schwimmt ER hinaus, kilometerweit nach Menschenmaß. Einige Minuten taucht ER hinab – wegen der Hitze tut ein Sprung ins kühle Nass immer gut.

Arktischer Tag - Arktische Nacht. Das sind 24 Stunden Licht im Sommer, 24 Stunden Dunkelheit im Winter.

Und was tat ER den ganzen Sommer dauertagsüber?

Schlief ER? Wie lange?

Hier nahe dem Nordpol der Erde ist ER nun wieder als Nanuk erwacht und es ist Nacht. Polar-Nacht für ein halbes Jahr. Kein Sonnenaufgang, kein Sonnenuntergang. Die Menschen, die Bärin, all das ist vergangen, war vor langer Zeit.

Jetzt setzt ER sich auf, schaut staunend empor. Oh!

Dort oben tanzen blauweiße Lichtschleier vor der Schwärze.

ER sieht die *Aurora borealis* vor blauschwarzem Himmel leuchten. Gebannt schaut ER empor, steht auf, dreht sich im Kreis – steigt schwarz und körperlos auf, immer weiter hinauf.

Jetzt hat ER die Lichter 400 km über der Erde erreicht, weilt mitten unter ihnen, dort, wo der Sonnenwind gegen Magnetfeld und Atmosphäre brandet.

Kein Lebewesen könnte hier ohne Schutz existieren.

ER jedoch ist kein erdengeborenes Wesen.

So weilt ER hier, ist einfach nur staunende Schwärze, Schwärze in Schwärze geborgen, verzaubert - gefangen vom Licht?

Zwanzig Jahre alt

Ja, so alt dürfte er nun sein, der dir alles erzählte.
Wer?
Er, der einst so alte Mann, schaut dich jetzt so jugendlich aus strahlend blaugrauen Augen an.

Er schließt sie, erhebt sich leuchtend, sein Körper schwebt im Lotossitz.
Stille ringsum.
Die Stille vor dem Sturm?
Die Stille, aus der Musik entsteht.
Polyphones Singen aus einer Kehle, aus seinem Mund entsprungen.
Aus Klängen werden Worte.
Lausche ihnen, lausche ihm!
Du lehnst dich mit dem Rücken an den Stamm der Birke, wirst vom warmen Holz gehalten.
Du lehnst dich hörend zurück, wirst eingehüllt, wächst ein, hinein.
Eingenischt von lebendem Holz lauschst du dem Rauschen der Blätter im Wind.
Er öffnet seine Augen nicht - und doch sieht er, schaut alles in sich und lächelt. Diese Worte flüstert er dir zu:

»Als alter Mann geboren
achzig Jahre zu Beginn

Von Welt zu Welt
beim Erinnern verjüngt

... Tod - Geburt - Leben – Tod ...
Kein alter Mann - Kein junger Mann.

Ein Mensch! – Kein Mensch?

Geboren – gestorben
Nicht gestorben - nicht geboren«

7. Berge in den Himmel

Vom Aufstieg und Fall eines Magiers

Das ist ER - das ist ES von T-her:
Schwärzer als alle Nacht der Erde.
Das war ES in dieser Welt schon immer.
Hier aber wurde ES nicht geboren,
also stirbt auch ER niemals hier.

Und das bin ich:
Ein kleines, schwaches Menschlein, ein Magier,
der mit dem Alter seine Kraft verliert,
weil es immer so war, so ist und immer sein wird:
Wer geboren wird, muss sterben!
ER und ES und ich

Nichts ist ewig - alles ist ewig!
Denn alles wird.
Denn alles vergeht.
Denn alles ist.
DER WEISE AUS DEN BERGEN

Nachtsee und Höhle

Der große See
ähnelt einem Spiegel
Himmelslicht und Wolkenschatten
spielen auf seinem Wasser

TSCHUANG-TZU

Stille Wasser sind tief
Dreimal ruft der Rabe
seine Liebe zum Leben hinaus
denke ich und schaue in den stillen See
»Dreimal krächzt die Krähe um Hilfe«
kichert das dunkle Wasser zurück
und wandelt sich in einen Strudel
der sich zu einem Trichter öffnet,
der saugt mich einfach ein
Ich öffne die Augen und ...

Erst der See – bei Tag – bei Nacht, und dann die Höhle?
War am Anfang die Außenwelt, kamen dann Pforte und Innenraum?
Und darin lag schimmernd im Mondinlicht - weil ein Felsspalt weit oben aufriss - ein See?

Manfred öffnet seine Augen am Fuß der Berge, atmet tief ein, nimmt seinen Rabenkörper an. Dann fliegt er, schwebt er mit der Thermik empor und immer weiter.
Er landet am Ufer eines Sees, verwandelt sich wieder in einen Menschen zurück, schließt die Augen und sieht.
Hölzerne Häuser stehen hier auf hölzernen Pfählen, die hinab in nie gesehene Tiefen reichen, wo Schwärze lauert und andere Wesen leben.
Dir aber scheint der See so still. Klar scheint dir sein Wasser zu sein.
Dschunken sege-ln - nah und fern - unter dem Licht der Vollen Mondin dahin, gleiten lautlos über den See, den kein Windhauch kräuselt - nicht jetzt noch damals noch irgendwann.

Wie kann das sein?

Wo wuchsen solch hohe Bäume? Wer fällte sie wann und nahm ihre Stämme und rammte sie in den Grund des Sees, wenn es denn irgendwo da unten einen Grund geben sollte? Waren es Riesen, die auch die großen Pyramiden überall auf Erden bauten? Kleine Götter - Aliens - gar?

Oder aber ... schau genau! - das sind ja gar keine Pfähle und Posten, keine Balken und Bretter. Kein Mensch und auch kein anderes Wesen fertigte sie aus totem Holz. Dieses Holz lebt. Diese Häuser sind lebendig. Pflanzen sind es, gewaltiger als jeder Baum auf Erden jemals war. Aus tiefsten Tiefen wuchsen sie empor. Vielleicht – wer weiß? – wurzeln sie auch dort unten oder aber schwimmen und treiben, ranken zur Seite und hinab.

Ihre Krone wandelten sie zu Wohnungen für kleine Wesen, die darin nisten, ihr Heim hegen und pflegen und streicheln. So ähneln diese weder Blattläusen noch Wanzen, sondern sind eher mit Ameisen zu vergleichen.

Dir jedoch erscheinen die Kleinen doch ziemlich groß, ja, scheinen dir selbst zu ähneln.

Dir?

Mir? Wo bin denn *ich* in diesem Bild?

Stehe noch immer - jetzt aber mit offenen Augen - am Ufer und sehe dies alles und drehe mich mit zur Seite ausgebreiteten Armen im Uhrzeigersinn einmal um mich selbst, öffne meine Augen wieder und sehe ... nicht weit in die wallenden Nebel hinein, die mich umhüllen.

Nirgendwo ist da ein Dorf, niemals gleiten dort irgendwo Dschunken auf einem See dahin.

Was da jedoch nun glühend rot Gestalt annimmt, das ist mein Leuchtender Pfad. Das Licht nimmt zu und wechselt die Farben von rot zu blau. Jetzt strahlt es gleißend hell und weiß zwischen Nebelschlei... – das sind keine Nebel! - und doch, jetzt lichten sich die Tränenschleier.

NEBELLAND, denke ich, Drachenland und erinnere mich an meine Mutter - Smorré-Aié.

Gedankenketten, Fragen, Antworten blitzen auf im Dunkel: Drache.

Wie kommt es, dass er dem einen als Ungeheuer erscheint - Tiamat, Typhon, jener rote Drache mit sieben Köpfen und zehn Hörnern -, dem anderen aber als Bote des Glücks?

Warum erzeugt der Anblick der Spinne dem einen Ekel und Angst, dem anderen Freude?

Wo doch Drache nur Drache ist und Spinne nur Spinne, wo es doch so viele Arten und Individuen gibt, jede anders als die andere.

Wo doch niemals Ameise gleich Ameise und Spinne gleich Spinne und Drache gleich Drache sein kann, so wie es auch bei Magiern und Menschen ist. Kein Wesen ist mit einem anderen identisch - und das gilt von Geburt an - für alle Zeit.

Antworten, Fragen, Gedankenketten tauchen wieder unter.

Ich wache auf. Stehe nicht mehr träumend an den Ufern. Der Schläfer ist erwacht.

Mit singender Seele schreite ich über ruhende Wasser den Höchsten Bergen entgegen. *Sie* sind mein Morgen, das mich ruft, wie einst die Mondin in endlosen Liedern. Ja!, spricht meine Seele, summt mein Herzgeist, brennt mein Hirn. Ich komme!

Meine Beine begannen sich zu bewegen, meine Füße setzten Schritt vor Schritt.

So folgt mein Körper meinem Geist auf unserem Weg über den Spiegel.

Ich lächle.

Immer weiter gehe ich, wandle über die Wasser wie einer einst - und viele zuvor und viele danach?

Mich aber sieht kein Menschenauge. Niemand schreibt es auf in dieser Welt. Keine Zeichen auf Papier, nichts für die »Ewigkeit« bewahrt im Menschengeist. Als wäre das nötig, als wäre nicht jeder Augenblick vergänglich und unvergänglich zugleich. Denn was geschieht, das ist schon geschehen – das ist!

Dann ist da so dicht vor mir ein Lichtstrahl im Wasserspiegel. Das ist die Vollen Mondin, das ist mein Leuchtender Pfad, sie sind nun beide vereint.

Schaue hinein und versinke nicht - schaue hinaus, schaue

hinauf - empor, während ich immer weiter gehe.

Sterne funkeln dort oben hell und klar aus samtener Schwärze, wie sie andernorts zu andrer Zeit kein Mensch mehr sah.

Senke meinen Blick hinab, will meine Augen schon schließen, da leuchtet alles rot auf. Glühende Schemen bewegen sich dort unter mir im bläulich weißen Mondinspiegel.

Füße sollen da sein?

Nein, sind doch eher rasend sich drehende Räder!

Welch seltsame Dinge passieren jetzt und hier in dieser Nacht, auf diesem See, über den ich mich seit »Ewigkeiten« - schon immer bewege?

So fern, schon fast vergessen ist die Erinnerung: Irgendwo und irgendwann brach ich nach irgendwohin auf.

Endlich schließe ich meine Augen. Jetzt ruht der Gedankenstrom. Schlafe ich, träume ich, gehe-rolle-fahre ich noch immer dahin?

Spüre Wind meine Wangen streicheln, wirbelnde Wärme berührt mich sanft, als wären da die zarten Finger einer jungen Frau.

Moyo, denke ich voll Schaudern und bin bei ihr – bei dir.

Also öffne ich meine Augen nicht, sondern gleite noch immer - immer weiter über die Wasser dahin.

Wind nimmt zu in meinem Rücken, wird zur steifen Brise. Wind – vom Hauch bis hin zum Sturm, Orkan? Im Wind ist Wandel. Jetzt sehe ich, verstehe ich das Wesen der Dschunken. Die beiden, die ich vom Ufer sah, so klein, so fern und ohne die Silhouetten von Menschen darauf, sie waren und sie sind, was ich nun bin. Denn mein Körper hat sich der Windwasseroberflächenwelt angepasst. Jetzt bin ich selber Dschunke und segle vor dem Wind.

Wärest du hier, dann sähest du sie. Ach, du bist ja bei allem dabei. Du siehst sie ja: Drei dreiseglige Dschunken treiben neuen Ufern entgegen.

Ufer, sagte ich.

Sind denn irgendwo flache Buchten aus Sand?

Siehst du dort grasbewachsene Böschungen?

Dies alles siehst du dort nicht, sondern nur Geröll und

Fels, nichts als Stein. Stein aber ist härter als Holz. Das könnte der Tod für die Dschunken sein, wüchse der Wind weiter zum Sturm an. Denn jenseits des klaren Sees ragen die Berge auf, türmen sich empor zum Gebirge, das endlos dir erschiene, flögest du dort oben als Vogel, in einem Ballon, Zeppelin oder Flugzeug dahin oder sähest du aus höchsten Höhen mit Satellitenaugen durch Wolkendecken hindurch.

Ach, du wüsstest gerne, was nun als nächstes geschieht?

Auch stellt sich die Frage, ob sich etwas, und wenn ja, was sich hinter den anderen Dschunken verbirgt?

Ob du es jemals erfahren wirst?

Treibe im Wind dahin, der flaut allmählich ab.
Langsam fließt die Zeit, steht scheinbar still. Alles ist ...
A U F P R A L L !!!
Weckt mich auf aus Dschunkenträumen der kräftige Schlag.

An neuen Ufern gelandet werde ich wieder Mensch, noch immer Mann und liebe noch immer die *eine* Frau, welchen Körper, welchen Namen zu welcher Zeit sie auch immer tragen mag – Nairra/Moyo.

Wo bist du jetzt? In welcher Gestalt?

Werden wir uns wiedersehen, -hören, -riechen, -berühren?

Ich schaue mich um: Hinter mir treiben noch immer still die beiden anderen Dschunken mitten auf dem See, der ringsum von gewaltigen Felsen umschlossen ist. Nirgendwo sonst ist da ein winziger, flacher Strand aus Sand - außer dem, auf dem ich stehe. Also auch dort drüben nicht, woher ich kam?! Kam ich denn überhaupt von dort? Woher? Ist die Vergangenheit nicht längst hinter Felsenbiegungen verborgen?

Nirgendwo ist da Nebel. Kein Leuchtender Pfad, weder jenseits der Wasser noch hier.

Vor meinen Augen treiben noch immer die Dschunken auf stillem See dahin - hinein in dämmernden Morgen. Vielleicht sind es ja nur von Menschen gebaute Schiffe aus Holz mit lattenverstärkten Segeln, die einst einmal bewohnt inzwischen seit langem verlassen sind. Dann wären es ja nur Gespensterschiffe.

Oder aber die eine Dschunke, ja, die dort mit den leuchtend blauen Segeln, bist *du*, Moyo. Doch wenn du es bist, so kann ich dich nicht erkennen. Weil du dich verbirgst? Weil etwas, jemand dich vor meinen Blicken schützt? Weil die Zeit noch nicht reif ist für ein Wiedersehen? So bist du es wohl nicht, da treibt doch nur ein Geisterschiff mit blauen Segeln dahin.

Die andere Dschunke jedoch, die mit den schwarzen Segeln, die sich jetzt rot wie Blut färben, hier in den ersten Sonnenstrahlen dieses frühen Morgens - denn *Er* steigt brennend hinter den Bergen auf, die andere Dschunke könnte ER sein. Doch *noch* ist nicht die Zeit des letzten Kampfes gekommen, also sind und bleiben wir uns *noch* fern, *wenn* ER es denn ist.

Ich drehe mich um.

Menschengroße schwarze Löcher sind dort oben vor mir im Fels.

Nichts kann ich darin erkennen.

Dort muss ich hinein?

So schwarz soll meine Zukunft sein?

Dort führt mich mein Pfad hinein.

Also atme ich tief die frische kalte Luft ein und atme sie aus, atme ein und atme mit ihr all die wirren Menschengedanken aus: Erinnerungen und Träume, Liebe, Lachen und Lächeln, Hass, Wut und Zorn.

Ich stehe auf Stein. Gras wächst in den Spalten zu meinen Füßen.

Moos und Flechten bedecken die Felsenwand, die jetzt dicht vor mir aufragt, als hätte sie sich heimlich angeschlichen, als wäre ich ganz unbewusst herangerückt.

Dort oben ist Schwärze, noch fern und unerreichbar über mir. Schwarze Löcher warten dort noch immer im grauen Fels. Ich weiß, was sie bedeuten. *Sie* sind keine Sterne, die alles in sich saugen. *Diese* Art von Schwarzen Löchern sind sie nicht. Dann wären es nicht viele, dann wäre da nur eins, dann wäre die Erde längst schon nicht mehr. Also sind es einfach nur Löcher im Fels, in die wenig Licht fällt, in denen Schatten und Nacht herrschen?

Schließe meine Augen und schaue hinein und sehe, verstehe, dass sie, so groß sie auch von außen scheinen, nicht mehr als winzige Eingänge zu gigantischen Höhlenwelten im Innern der Berge sind. Dann folgt mein Blick Gängen, die sich hin und her, kreuz und quer durch das große Gebirge winden. Manche steigen empor, andere verlaufen horizontal, wieder andere fallen hinab in endlos scheinende Tiefen, tiefer noch, hinab ins Feuer der Erde, wo es heißer und heißer wird, wo kein Leben sein kann, wie wir es kennen. Dorthin führen sie, wo alles fließt und Lava ist - flüssiger Stein, der niemals lebt und doch Materie ist, aber irgendwann aufsteigen, sich abkühlen, zerfallen und sich so in Stein und Staub, in Erde und Leben verwandeln wird.

Sind das dort unten wahrhaftige Höhlenhöllenwelten?, frage ich mich, öffne die Augen, taumle bei all den Bildern und Klängen dieser einen Vision. Schwindlig setze ich mich auf einen Stein, der sich hinter mir aus der Erde formte - nicht hart und kalt, sondern moosbewachsen, weich und warm ist er wie ein Stuhl.

Tief atme ich ein und aus und ein und stehe wieder auf, hier oben auf der Erdoberfläche und doch zugleich unten am Fuß der Felsenwand.

Ich schaue auf.

Der Himmel wird heller und heller. Eben war da noch Morgengrauen, schon ist's Tag. Dort oben verglüht im wachsenden Licht mein Leuchtender Pfad in einem Loch.

Steigeisen braucht der Mensch, der nicht fliegen kann, noch nicht, wenn er dorthin will, fällt mir ein. Oder viel Wind und Flügel. Oder die Fähigkeit, mit Gedankenkraft emporzuschweben. Dann käme er vielleicht irgendwann auch heil dort oben an.

Doch warum zögern und zaudern, warum lange klettern und dann doch stürzen? Bin ich ein Magier oder nicht?

So breite ich also meine Arme aus, drehe mich wie tanzend im Kreis, sehe überall Federn wachsen, fühle, wie meine Arme und Hände sich in Schwingen verwandeln. Schwarz färbt sich mein gefiederter Körper, der schrumpft nun dahin.

Leicht sind meine Knochen schon, hohl und luftgefüllt. Ich rufe meinen ersten Rabenschrei, schaue mich um mit wunderbar scharfem Blick, höre laut und klar, ganz anders als zuvor mit Menschenohren den Wind, der ruft mir zu: »Steig auf, hinauf! Flieg hoch empor, die Felsenwand entlang bis an den Rand der Höhle, die allen offen ist, die Flügel tragen.«

Ich tue es: springe, schlage mit den Flügeln und fliege empor. Schon lande ich am Höhleneingang, schaue hinein und sehe – wenig. Wage mich dennoch vor, denn ich bin ein mutiger Rabe, klug und voller Drang nach Abenteuern. Klettere auf drei Zehen, auf Füßen, wie sie einst auch die Dinos trugen, voran ins Unbekannte, Ungenannte.

Platz ist ja genug, denke ich schließlich hier, wo es schon dunkel ist, und gebe mir meinen Menschenkörper zurück.

Nun schaue ich mich mit restlichtverstärkten Magieraugen um. Finde mich nicht weit entfernt von dem einen Meter im Durchmesser messenden Eingangsloch, stehe in einem Raum, dessen Größe ich nicht erfassen kann, denn er erstreckt sich nach allen anderen Seiten weiter, als mein Auge reicht. In welch gigantische Dimensionen?

So ist es. Ich weiß, es ist so, als hätte es mir einer zugeflüstert, dass ich mich in einer riesigen Höhle befinde, die nur ein kleiner Teil eines gewaltigen Höhlensystems ist, Bruchstück eines gigantischen Labyrinths der Nacht für all die, die mit Augen sehen. Diese Welt jedoch ist Heimat all denen, die hier leben und blind sind. Andere leben hier, die nehmen ihre Umwelt mittels Mund oder Nase durch ihre Ohren wahr, denn sie senden Töne aus und hören die Reflektionen, die ihnen den Raum erschließen. Andere tasten sich hier mit endlos langen Fühlern und Beinen durch die ewige Nacht.

Die Seitenwand der Höhle ist ein Meer von Körpern. Tausende von Weberknechten wimmeln da, von meinem Luftzug aufgescheucht, herum. Ach, wie käme hier der Höhlenforscher ins Schwärmen, wie viele Namen hätte er für die Arten bereit, wie viele Namen müsste er sich noch ersinnen, wenn er sie alle beschriebe, die noch kein Mensch vor ihm jemals sah.

Denn da gibt es doch die verschiedensten Wesen, sich

wandelnde Faunen vom Eingang bis hinein in tiefste Schwärze: Vorne finden sich die Troglophilen, das sind die Wesen, die Höhlen lieben. Dann sind da noch die Trogloxenen, die Höhlengäste. Weiter hinten aber auf dem mit Guano bedeckten Boden, wo ein Mensch, käme er denn einmal zu Fuß in diese Höhle, in Ammoniakdämpfen versinken und ersticken würde, dort auf dem Boden, an den Wänden und unter der Decke, in Wasserlachen und Bächen leben die echten Höhlenbewohner, die Troglobionten. Niemals wieder kehren sie in die Außenwelt zurück, woher ihre Vorfahren stammen. Für immer und ewig sind sie in lichtlosen Räumen gefangen, denkt der Mensch und irrt. Für heute und morgen sind sie hier geborgen in einer Welt, die schon seit langem ihre Heimat ist. Bleich und augenlos mit langen Fühlern und Haaren zum Tasten ... Ach, Spinnen mit flachen Körpern und gigantisch langen Beinen sitzen hier, den längsten Beinen der Welt. Wie schnell-erregt schlüge da das Herz des Arachnologen, nähme er sie wahr: Mütter tragen in ihren Giftklauen die scheibenförmigen dicht umsponnenen Eierpakete - ihre Kokons. Hier und da ist auch ein Spinnenmann mit noch längeren Beinen unterwegs - auf der Suche nach der Spinnenfrau.

Ich sehe dies alles, verstehe und staune, gehe dann weiter. Licht bricht aus dem Zentrum meiner Stirn und weist mir den Weg durch die Nacht. Als Menschenmagier schreite ich dahin. Denn noch ist der Gang weit und hoch, noch kann ich aufrecht gehen, muss nicht kriechen und krabbeln oder mich durch Spalten zwängen.

Dann ist der Weg blockiert. Stalagmiten wachsen aus dem Boden, Stalaktiten hängen von der Decke. Beide könnten eines ta.../nachts zusammenwachsen, wenn ich sie nicht ..., nun ... Nein, ich vernichte sie nicht, obwohl ich es könnte, zwar bin ich alt, doch noch kein Tattergreis. Noch immer schlummern gewaltige Kräfte in mir und warten ... Doch warum sollte ich? Wie phantastisch bizarr diese Kalkgebilde doch im Licht leuchten, das meine Stirn ausstrahlt und das den Gang ausleuchtet. ER würde sie vielleicht aus Vergnügen zerspringen lassen. Ich aber bin ja nicht ER.

Jetzt wo ich den Höhlenwind spüre, hier muss es mindestens zwei Ein-Ausgänge in unterschiedlicher Höhe geben, verwandle ich mich wieder, werde vollkommen ein Wesen der Dunkelheit, lege meinen Menschenkörper ab, doch keinen Rabenkörper an. Wohlan, verwandle ich mich in eine Fledermaus: Breite meine Arme aus, die schrumpfen dahin, Finger wachsen und Häute spannen sich dazwischen: Flügel an den Händen.

»Handflügler, Chiroptera auch genannt«, flüstert die Stimme in mir.

Wärest du hier und könntest du im Dunkeln sehen, so sähest du, wie Manfred schrumpft, sich in eine Fledermaus verwandelt und auch schon davonflattert, als wäre er Graf Dracula persönlich. Einen langen, fast körperlangen, nackten Schwanz trägt er nun - da wird dir klar, warum so viele Menschen noch immer glauben, es handle sich bei Fledermäusen um fliegende Mäuse, selbst ein gewisser Stephen King - denn das da an ihm dort hinten, das könnte auch ein Rattenschwanz sein. Doch die Ohren mit ihren Ohrendeckeln sind nicht die Ohren einer Ratte und auch die Schnauze nicht, die langgezogen zwischen den Formen von Schwein und Hund liegen. Manfred hat nun, wie so viele Fledermäuse, ein Gebiss für die Jagd, das ist niemals, nie ein Nagergebiss. Fettpolster besitzt er an der Wurzel des Schwanzes und hinten auf dem Rücken, die Notration für Hungerzeiten. Graubräunlich wäre sein Fell bei Tageslicht in Menschenaugen. Und was du auch nicht weißt, noch nicht, ist dies: Nicht nur hier in dieser gewaltigen Höhle, die nur ein winziges Teil im gigantischen Höhlenlabyrinth ist, das sich unter dem Himalaja dahinzieht, nicht nur hier und heute lebt diese Art, zu der Manfred nun gehört. Fern und vor langer Zeit schon lebte sie in großer Zahl in den Grabkammern der Ägypter. Mausschwanzfledermaus nennt der Mensch diese Gattung und die Art trägt den Namen Rhinopoma microphyllum.

Und während du noch staunend nickst, ist sie auch schon - sorry - ist Manfred deinen Augen entschwunden.

Echopeilend flattere ich zwischen Stalaktiten und Stalagmiten unbeschadet hindurch. Welch neue Sinnenwelt, wie erbärmlich doch mein Menschenmagierlichtstrahl vorher war!

So fliege ich dahin, reite auf dem Höhlenwind durch gigantische unterirdische Räume. Schwärze sind diese Tiefen nicht nur für meine neuen Augen, sondern auch für meine Ohren. Nur die nahen Wände nehme ich wahr, denn ich sende Laute aus, die kein Menschenohr jemals vernahm, doch meine Ohren hören den reflektieren Schall, mein Hirn verarbeitet die Wellen zu einem einzigartigen Bild meiner Welt, so wie es nur Fledermäuse kennen, nur Fledermäuse dieser einen Art, nur ich – vielleicht auch ER und manch ein Nachfahre des Menschen in ferner Zukunft auch.

Noch gibt es hier zahllose Gänge, auch Öffnungen hin zur Außenwelt. Und hier im Dunkeln, wo ich nun lande, mich unter der Decke aufhänge und zum ersten mal in meinem Leben mit dem Kopf nach unten den Reflexionen meiner Ultraschallrufe lausche, hier neben mir und um mich herum nicht fern eines Ausgangs/Eingangs hängen auch all die anderen Fledermäuse, Wesen der Nacht, die lange Zeit bei den Menschen der STADT als Teufelstiere galten.

Und wie ist es hier? Wohin bin ich gelangt? Hänge ich kopfunter an einer der vielen Pforten zur Hölle?

Hölle? Höhle! - Ein Paradies für Höhlenwesen.

Ich hänge hier und schließe meine Augen, Ohren, Nase und Mund.

Schlafe ich? Träume ich?

»Makkaroni«, flüstert die Stimme in mir.

Ich höre/sehe Tausende von Sinterstäbchen dort oben an der Decke – *Makkaroni*.

Dann sehe ich IHN. Dort unten weilt ER in tiefsten Höllentiefen, in tiefster Schwärze zu irgendeiner Zeit.

Jetzt sendet ER Laute aus und lauscht den Reflektionen. ER sieht sie als Lautbilder in sich, wie auch wir Fledermäuse und die Delfine im Wasser – wir alle erhören uns die Welt.

Dann steigt ER auf, hinauf, rast empor, breitet SEINEN Körper zum Sternenmantel-Manta aus, spießt sich tausendfach auf und schreit vor Schmerz-Vergnügen.

Heiß wird sein gespaltener Körper, verbrennt den Kalk

und wächst dann wieder lustvoll zusammen.

Riesige Stiere, auch das Einhorn ist da.

Ich sehe die Tiere an den Wänden, dann schaue ich IHN.

ER malt mit dem Blut eines Menschen die Geschichte SEINER Ankunft auf die Höhlenwand. Dann lässt er den ausgepressten Körper fallen und betrachtet lächelnd die glühende mit nun schwarzem Blut beschriebene Wand, bläst einen Hauch darüber, der alles haltbar macht, bis eines nachts der Andere kommen, alles sehen und verstehen wird.

ER lächelt *mich* an!

Dann verwandelt ER sich, senkt sich hinab auf alle Viere, wird zum Höhlenlöwen, reißt die Menschenleiche in Stücke und schlingt gierig die warmen Stücke hinunter.

Ich wache schreiend auf.

Die Fledermäuse starten hinaus in die Nacht.

Sternenübersät ist dort der Himmel, hell scheint die Volle Mondin dort jenseits der Höhlenöffnung. In endlos scheinendem Zug verlassen sie die Höhle. Denn sie haben Hunger. Dort draußen fliegt die Beute.

Ich aber fliege weiter ins Innere der Erde hinein, immer weiter, ernähre mich von augenlosen Insekten, Weberknechten und blinden Spinnen.

Fledermaus sein unter Schwärmen von Fledermäusen, einer unter vielen, die alle sind wie ich. Nein, für mich ist alles neu. Schwarze Räume durchflattern mit Ultraschall und Echolot.

So fliege ich dahin durch die Höhlennacht und höre die Wände aus Stein unter, neben und über mir. Dann wieder ist da nur Leere dort oben, kein Widerhall von Schall. Das ist der Unterschied zwischen Gang und Höhle, Schacht und Raum, gigantischen Gewölben, die niemals ein Menschenfuß betrat und niemals betreten wird. Alles ist anders und doch so gleich. Denn da sind räumliche Bilder, die in meinem Hirn aus Echos von Tönen entstehen, die meine Ohren empfingen, die nichts anderes waren als die von Stein und Leben reflektierten Schreie aus meinem Mund.

So erhöre ich die Höhlenwelten, durchfliege sie und mache mir ein Klang«bild« von der Welt. Nun bin ich Fledermaus und mehr, denn in mir lebt alles Wissen, Denken und Fühlen von dem fort, der einst nur ein Mensch war, dann Magier wurde und vielerlei Gestalten im Laufe seines Lebens annahm, dessen Name Manfred ist, dessen Menschenmagierdrachengeist nun in meinem Fledermaushirn weiterlebt.

Felsen sind da und loses Gestein. Wasser tropft, Stalaktiten und Stalagmiten, bisweilen sind sie zu Säulen zusammengewachsen, Bäche plätschern dahin, Wasserfälle stürzen in tiefste Erdentiefen hinab.

Gigantisch ist diese kühle Höhlenhalle. Könntest du sie mit deinen Augen sehen, mit deinen Ohren hören, mit deinen Sinnen gänzlich erfassen, du würdest staunen, wärst überwältigt von den Dimensionen. Denn sie misst Hunderte von Metern im Durchmesser. Und sie ist nicht die einzige, sondern nur eine von mehreren Hundert Kammern und unterirdischen Flüssen von nie erahnten Dimensionen. Kalkstein-Perlen wachsen in den Höhlenkammern. Manfred jedoch erhält von alldem nur bruchstückhafte Hörbilder, während er vorüberflattert, an der Decke hängt und von den Wassern trinkt.

Nicht nur die steinernen Wände höre ich, die den »leeren«, luftgefüllten, reflektionslosen Raum umgeben, den ich flatternd durchgleite, sondern auch die anderen, die sind wie ich, nehme ich jetzt intensiv wahr.

So lande ich nun, finde meinen Platz unter der Decke mitten unter ihnen. nicht im Zentrum, sondern an der Peripherie, am Rande der Kolonie, denn mein Schwanz ertastet hinter mir den Fels. Kopfunter hänge ich mich an meinen Krallen, Zehen, Füßen, Beinen auf. Langsam gewöhne ich mich an dieses Hören der Dinge. Seltsam erscheint es mir jetzt und unvorstellbar, nicht fliegen zu können und auf zwei Beinen durch die Welt zu gehen.

So bin ich zurückgekehrt in mein Heim, hülle mich in meine Flügel ein, schlafe inmitten der anderen ein. Warm ist es. Fell an Fell in dieser Höhlenkälte, Körper an Körper gedrängt ruhen wir hier - längst haben sich andere dazwischen gedrängt und neben mir aufgehängt.

Immer langsamer schlägt mein Herz. Kälter wird mein Körper. Schlafe ich schon? Träume ich Fledermausträume?

Ich träume von einer anderen Welt, träume, einst in ihr gelebt zu haben, träume von den Dingen und Wesen dort jenseits unseres großen Hauses *Höhlenwelt,* jenseits des Tores, das wir bei Anbruch der Nacht in die eine Richtung (hinaus!) durchfliegen werden, durch das wir wiederkehren werden, gesättigt vom Schwärmerfang.

Erinnere mich an diese Welt in welcher Zeit auch immer, an diese Weite, die war, die ist, die kommen wird?

Ihn sehe ich gleißend hell dort draußen, meinen Vater. Weit entfernt steigt der Sonn empor, der uns alle mit der Erdenmutter zeugte, die uns unsere Körper gab und selbst aus dem Staub längst vergangener Sonnen geboren wurde. Erde schuf uns und wiegt uns *noch* immer in ihrem Schoß.

Sehe in mir, dass dort draußen längst die Nacht dem Tag gewichen ist, etwas, das so unglaublich scheint, da es niemals hier drin geschieht. Dort, wo immer das sein mag, soll Wechsel von Hell und Dunkel sein, von Frühling, Sommer, Herbst und Winter, dort.

Wir ahnen es und wissen ein wenig davon, am meisten aber von der Nacht dort draußen. Denn wir wechseln täglich zwischen den Welten, es sei denn wir verschlafen den Winter. Höhlenheim - das ist Wärme unter steinerner Decke, die deinen Füßen Halt gibt.

Sternennachtweite: Dort ist der Himmel über dir grenzenlos - noch weiter als hier in den großen Gewölben - dort kehrt niemals Schall von oben zurück, es sei denn von fliegenden Wesen wie uns. Dort strahlt Licht - eine Volle Mondin über dir. So viel Leben ist dort. Deshalb fliegen wir hinaus. Dort gibt es Wesen, die hart gepanzert sind oder geschuppt, die noch kleiner sind als wir. Wie gern wir sie doch haben, zum Essen gern, die da surrend, brummend durch die wärmeren Nächte fliegen.

Doch da sind noch andere, die ich in meinem Traum sehe, der mir die Welt zeigt, wie sie war, ist, sein wird oder ...

Groß sind sie, leise gleiten sie dahin. *Sie* aber sind auf der Jagd nach *uns*. Mit ihren scharfen Krallen an den Füßen packen sie zu und töten. Sicherlich essen sie uns dann irgendwo und irgendwie mit irgendwelchen Dingen auf.

»'Eulen' heißen sie und haben einen scharfen Schnabel«, flüstert die bekannte Stimme mir zu.

Ich wache auf und sehe und höre - da ist nur mein Heim, das ist die Höhlenwelt, die »ewige« Nacht, wo alles ist, wie es immer schon war. Ich lebe.

Flügel schlagen. Zeit des Aufbruchs. Wir wissen, dass draußen die *Dunkelheit* beginnt. Dunkelheit, das heißt nicht Schwärze wie hier, denn dort sehen sogar unsere Augen, heller ist es in der Dunkelheit, Sterne strahlen und hell leuchtet die Volle Mondin. Und doch ist die Dunkelheit unsere zweite Heimat. Es ist Zeit für die Jagd. Wir lassen los, lassen uns flatternd fallen, fliegen der Außenwelt entgegen. Der Hunger ist es, der uns treibt, es ist die Leere in unseren Bäuchen.

Schau! Das musst du gesehen haben, der du jetzt hier oben auf dem Berg stehst oder aber in den Lüften weit über der Erde schwebst und eben noch auf den See hinab sahst, wo noch immer zwei Dschunken still dahin treiben, die eine mit schwarzen, die andere mit blauen Segeln.

Dort! Dreh dich um! Dort siehst du eine schwarze Wolke aus der Erde aufsteigen. Geh näher ran!

Ja, jetzt erkennst du, dass es Fledermäuse sind. Es müssen Tausende von ihnen sein, die da flatternd den senkrechten Erdschacht verlassen, jetzt am Abend, wo rotglühend und gigantisch der Sonn im See versinkt.

Westen, ach ja, das ist Vergangenheit für ihn, der jetzt in keinem Menschenkörper lebt, sondern einer von vielen ist, den du in der Menge der Flattertiere nicht erkennen kannst, die für Menschenaugen alle gleich aussehen. Für deine Augen kann er nicht mehr als ein flatternder Punkt im Strom sein, der sich noch immer schwarz aus dem Schoß der Erde ergießt, schwarz und lebendig.

Ach, wie frisch und voller Sauerstoff die Luft hier draußen doch ist! Atmen und frei in den Lüften fliegen, durch die Nacht, die so anders duftet als Höhlenheim, nach blühendem Pflanzenleben, so grenzenlos und sich immerzu wandelnd. Denn *noch* ist Wärme hier unten im menschenleeren Tal. Wie wohl ich mich fühle, wie lange nicht mehr, berauscht von Luft und Duft, von den Düften in den Lüften.

Wir alle flattern leicht und frei, orten überall die Kleinen, von denen einige uns entkommen, weil sie unsere Rufe hören und sich blitzschnell fallen lassen, von denen andere entkommen, weil sie selber Rufe aussenden, so machen sie sich unsichtbar für unser Hören. Doch wir fangen genügend, denn *noch* fliegen viele von ihnen in dieser warmen Nacht.

Mit den Schwingen lenke ich sie in den Mund, zerkaue sie im Flug. Welch ein Genuss - Schwärmer, noch zappelnd und lebendig - knacks, knacks und noch mal knacks. Schon ist verschluckt, was schmeckt, sind die Reste ausgespuckt, während ich auf einer Parkbahn kreise oder an einen Ast mit dem Kopf nach unten zum ruhigen Verzehr hänge. Alles möchte ich probieren in meinem so kurzen Fledermausleben.

Und so geht es stundenlang, verfliegt die Zeit im Fluge. Schon wird es hell, verneigt die Nacht sich vor dem Morgengrau. Erinnerung steigt aus dem Rausch jetzt auf, aus tiefsten Tiefen empor: Zuhause, das war, das ist - die Höhle.

Wir kehren heim, wir fliegen der einen Öffnung zu, aus der wir kamen.

Alle?

Einer ist anders als die anderen, einer tut es nicht, und das bin ich. Denn Neugier ist in mir erwacht. So wähle ich einen anderen Weg, finde einen anderen Eingang in die Höhlenwelten der Nacht. Dort höre ich sie - erhöre mir ihre Formen mit meinem Sonar, höre sie in den Höhlennischen sitzen: Seltsame Vögel sind es, nein, nicht die Großen, die uns töten - und auch nicht die Großen unter uns.

»Riesenabendsegler«, spricht die Stimme in mir, »die töten die kleinen Sperlingsvögel, erbeuten sie auf ihren Zügen bei Nacht hoch oben in den Lüften und verzehren sie noch im Flug.«

Diese hier ähneln uns sehr in ihrem Verhalten, und doch sind sie keine Säuger, sondern Vögel. Auch *sie* senden klickende Laute aus, auch *sie* lauschen ihren Echos, auch *sie* sind jetzt heimgekehrt vom nächtlichen Ausflug in den Wald, doch fingen sie keine Insekten, sammelten sie keine Spinnen auf, sondern flogen dorthin und kommen von dort, wo die Beeren wachsen. Jetzt fallen die Kerne mit dem Kot zu Boden, hier oben nicht fern vom Höhleneingang.

Dort unten aber wächst ein winziger, weißer Geisterwald von Sträuchern, die niemals grüne Blätter tragen werden. So wenig Licht kommt dorthin. Und obwohl sie unter diesen harten Bedingungen wachsen, ist ihr Tod schon beschlossen, ohne dass da ein Mensch oder ein anderes Wesen ihn beschloss oder ihn jemals beschließt. Sie werden nicht lange überleben. Denn Käfer und stumme, flügellose Grillen knabbern an ihnen, so lange, bis nichts mehr von ihnen übrig ist.

Ich nehme dies alles wahr. Ich sehe wenig und höre viel und verstehe doch, aus welchem Grund auch immer. Ich fliege weiter, doch nicht zurück zu den anderen meiner Art, nicht zu den Ruheplätzen der Kolonie. Ich fliege weiter, einen Gang entlang, der nach irgendwohin führen mag. Noch ist es meine Zukunft, die dort hinter der nächsten Felsenwand verborgen liegt, eben noch war sie es und ist auch schon Vergangenheit.

Die Fledermaus ist gelandet, dieses Mal auf dem Höhlenboden in der Nähe einer Felsenöffnung.

Schau, jetzt wechselt sie ihre Gestalt, und das geht rasch, so rasch, als wäre da Magie im Spiel.

Es ist Magie.

Schon steht da ein Wesen, das sieht einem Menschenmann sehr ähnlich, doch trägt es ein Fell, hat etwas von einer Katze an sich, sitzt einfach nur da, wo eben noch die Fledermaus war.

Jetzt erhebt sich der Mann, steht auf zwei Menschenbeinen und streckt die Arme nach oben und zur Seite aus, spreizt die Finger seiner Hände und dreht sich langsam tanzend und summend im Kreis.

Ja, er hat grüne Augen. Licht leuchtet jetzt im Zentrum seiner Stirn.
Nur für einen Augenblick ist da ein Lichtpunkt an der Höhlenwand, die er sich eben noch erhörte.
Doch dieser Lichtpunkt genügt.

Ich bleibe stehen, sehe mit Restlicht verstärkenden Katzenaugen, lausche mit Katzenohren. Halte im Drehen inne und denke nur das eine Wort. Dann spreche ich es mit tiefer Stimme aus, die von den Wänden und Gängen vielfach widerhallt: »Es werde!«

So soll es sein, und so geschieht es: Rotes Licht bricht aus den anderen Räumen herein und beendet diese Höhlennacht. Rotes Licht geht von ihm aus und hüllt ihn ein. Seine Pupillen haben sich längst verengt, denn jetzt ist alles grell und hell geworden, Tag nach der Nacht. Manfred steht staunend vor der Wand.

Diese Zeichnung muss ja uralt sein. Wieviel Zeit mag vergangen sein, seit sie entstand: 10 000, 20 000 oder 30 000 Jahre?
Noch trete ich nicht näher, berühre sie nicht, sondern schließe meine Augen, atme tief ein und aus, lasse die Leere alles in mir löschen. Jetzt bin ich offen für die Bilder aus alten Zeiten, die andere hier schufen. Ich sehe, höre, rieche, schmecke - fühle mit einem von damals, mit all *seinen* Sinnen. *Ich* bin *er.* Ich halte die aus ausgehöhltem Stein gefertigte Öllampe in der Hand. Tierfett schwimmt darin und ein Docht aus Darm. Feuer brennt, leuchtet und zeigt mir die anderen Bilder an der Wand. Hier soll es sein. Ich nehme die Holzkohle in den Mund, der sich schwarz im Licht der Lampe färbt. Ich kaue die Kohle. So vermischt sie sich mit meinem Speichel. Schwarze Farbe spucke ich an die Wand.
Während ich all dies tue, denke ich seltsame Gedanken: Dieses Schwarz wird irgendwann einer von uns, der nach uns kommt, der aus uns kommt, finden. Wann wird es sein? Wer wird es sein? Wird er die Magie verstehen?

Ich lege meine Hand in das Schwarz. So bleibt mein Abdruck als Signatur für lange Zeit erhalten.

Ich schließe die Augen und sehe all die anderen, die es so tun wie ich. Ich sehe sie alle in mir und weiß, dass einige heute leben, zugleich so fern und unerreichbar, andere sind längst dahingegangen, wieder andere werden erst in fernen Zeiten das Licht der Welt erblicken. Dann wird es sein, wenn wir viele sind und uns noch immer bekriegen, dann, wenn wir die großen Anderen nicht mehr fürchten müssen, dann, wenn wir uns überall über die Erde ausgebreitet haben. Auch dann noch werden es einige Wenige noch tun - fern in einer anderen Welt (*Australien*). Sie sind von dunkler Hautfarbe, die Nachfahren der ersten Einwanderer auf einem einst menschenleeren Kontinent. Andere tun es, um zu erfahren, wie ihre Vorfahren einst lebten. *Airbrush* in Urform nennt es der, der es mir jetzt gleichtut. Er hat hinter sich die kleine Lampe stehen, die gibt ihm Licht in seiner Höhle. Auch sie besteht aus einem ausgehöhltem Stein. Tierfett schwimmt darin, das die Flamme nährt, die brennt an einem Docht aus Rinderdarm, ähnlich meinem Büffeldarm, hell leuchtet sie in seinen/meinen Augen.

Doch etwas ist bei ihm anders, anders als bei uns allen, die wir ihm Jahrtausende vorausgingen. Das andere aber ist das Wesentliche, es ist die Magie. Er glaubt nur wenig an sie.

Ich aber *habe* sie. Sie ist in *mir*, tritt aus mir aus, ich *bin* sie. Während ich meinen schwarz gefärbten Atem in den Bär an der Wand spucke, werde ich eins mit ihm – ich bin ein Bär.

Ich bin weder der vor Jahrtausenden noch der in der Welt Dort Oben, ich bin Manfred der Magier und öffne jetzt meine Augen.

Wer war *er*, der diese Bilder schuf?

Bin ich, der den Menschennamen Manfred trägt, eines seiner Kindeskindeskinder?

Das dort vor mir ist jedenfalls ein Bär, der lebt schon lange nicht mehr, weder er noch irgendwer von seiner Art. Und dann sind da noch Büffel und Wölfe - auch der Rabe ist da.

Dies alles liegt so still vor meinen Augen. Dies alles und das Eine: der Abdruck einer Hand an dieser einen Wand, die Hand eines Menschen mit langen Fingern, die all die Jahrtausende in diesem verborgenen Winkel des zahllosen Höhlen überdauerte.

Ich schaue auf. Ach, weint da etwas in mir, erinnere ich mich?

So lege ich nach kurzem Zögern nun doch meine rechte Hand auf den Abdruck des Höhlenmalers, spreize die Finger wie auf dem Bild und - staune.

Hand und Abdruck passen perfekt.

Also war er ich, also war ich es einst, der hier schon einmal vor langer, langer Zeit lebte? Oder war es ein Doppelgänger, ein anderer von meiner Gestalt? Werde ich wiedergeboren, Magier zu Magier, immer wieder?

Damals malte ich dieses Bild in dieser Höhle, das nicht anders aussieht als all die anderen Höhlenbilder andernorts zu andern Zeiten. Und doch ...

Was damals war, das ist vergangen. Jetzt ist jetzt und hier ist hier. Und doch wirkt alles weiter, in Linien, in Kreisen, in Netzen und allen Dimensionen.

Alles vergeht, denkt der eine und sieht den Verfall.

Nichts verschwindet außerhalb der Zeit.

So Vieles wirkt sich auf Vieles aus und wirkt und wirkt.

Und manches ruht und schläft noch im Verborgenen, bis einer/eine/eines es findet, und dann ...

Die Wärme meiner Hand strahlt in den Stein.

So öffnet sich das Tor, öffnet sich das Bild.

Doch nicht nur die Wand vor mir, auf die ich schaue, tut sich auf. Auch neben mir treten die Felsen zurück.

Ich drehe mich um. Auch hinterrücks geschieht das Gleiche. Ringsum treten die Höhlenwände zurück. Nacht über mir.

Wo blieb der Tag nach der Fledermausnacht?

Staunend schaue ich empor.

Klar und hell und sternenübersät ist hier der Himmel, so, wie auch über den weiten Wüsten, wo Moyo nun weilen und emporschauen mag, wie andernorts über den zerfallenen Städten einer anderen Zeit, wo ER einst weilte.

Ich nehme meine Hand von dort fort, wo Wand und Tür waren, lasse sie sinken und drehe mich einmal im Uhrzeigersinn im Kreis.

Ich stehe auf einem steinernen Plateau. Auf der einen Seite wachsen Berge mit schneebedeckten Gipfeln in den Himmel, auf der anderen geht es in bodenlose Tiefen hinab.

Ein Wort des Magiers zu sich selbst, der oberhalb der Höhle zu Füßen der Höchsten Berge steht: »So sei es!«
Und schon bricht aus seiner Stirn brennend ein Strahl aus Feuer und fällt hinab ins Tal der Schatten.
Die Wesen der Unterwelt erwachen, erheben sich und brechen auf zu einer langen Reise.

Still ist die Nacht und rabenschwarz, als wäre etwas zwischen Sonn, Mondin, Planeten und Sterne getreten.

Dann sehe ich sie kommen: Funkelnd rollen sie von dort unten herauf. Leuchtende Kugeln sind es, die nun wie Diamanten glühen und funkeln.

Ich kenne das Licht, das aus ihnen bricht, erinnere mich an längst vergangene Zeiten.

»Wo bin ich?«, frage ich mich und finde die Antwort vor Staunen nicht.

Werde von etwas ergriffen, von hinten und unten gepackt.

Was es ist, will ich wissen.

Doch es ist hinter meinem Rücken.

So taste ich mit meiner rechten Hand nach unten zwischen meine Beine.

So warm.

Irgendwo ist dort ein Leuchten. Irgendwas hebt mich auf.

Empor geht die Fahrt, die Hänge der Berge hinauf. Wie wundersam sich die Welt auf einmal dreht.

Verstehe, ich schwebe im Innern einer Kugel, bin selbst zur leuchtenden Kugel geworden.

Endlos rollen die leuchtenden Kugeln dahin, steigen in die Höchsten Bergen auf. Eine platzt auf und lässt Manfred frei - auf schmalem Pfad am Bergeshang. Weiter geht er seinen Weg zu Fuß, schreitet nun auf seinem Leuchtenden Pfad dahin, der nun blaugrün schillert wie ein Traum. Und über allem strahlt das funkelnde Meer der Sterne, hier und jetzt in dieser klaren Sommernacht. Schau genau: Er lächelt ja so glücklich.

Morgendämmern, Tag.

Ich sehe die schneebedeckten Gipfel der Berge vor mir in höchste Himmelshöhen reichen. Ich verharre nur kurz, passe meinen Körper/Kreislauf der dünner werdenden Luft an, schaue voraus, also empor und denke ihr zu, die meinen Körper gebar: Erde, Mutter aller Mütter dieses Erdenlebens, wie winzig wir Menschen verglichen mit dir doch sind!

Dann gehe ich weiter, steige mühelos - also wäre ich noch ein junger Mann - die Serpentinen hinauf, als lebte ich nur in einem Traum, in dem alles möglich ist, einem Traum, den irgendwer irgendwo träumt.

Die bekannte Stimme flüstert in mir: »Pico del Teide war sein Name, da ging mir ganz schön die Luft aus - ein Schritt und atmen, atmen, atmen, wieder ein Schritt und den Rucksack musste ich schließlich einem anderen überreichen. So kam ich doch noch auf den Gipfel und sah früh am Morgen neben Schwefelwasserstoffspalten den Sonn aufgehen.«

War ich je dort?, frage ich mich verwundert.

Ich atme, mein Herz schlägt, meine Füße setzen Schritt vor Schritt - ich bin kein Traumgespinst, ich lebe!

Ich gehe weiter meinen Lebensweg von Anbeginn bis hin zum Ende, das schon bald ... Was soll's! Jetzt geht's voran, beständig, fließend, ohne Hast und Hetze, es geht voran, hinauf, empor bis zu den Gipfeln der höchsten Erdenberge.

Der Leuchtende Pfad ist verschwunden, so plötzlich wie er erschien.

Gähnt das Nichts vor mir?

Vorsichtig nähere ich mich, biege um den Felsengrat, der mir eben noch die Sicht auf meine Zukunft verbarg. Ich verharre. Denn einige Meter vor mir warten schlafend und träumend, geschlossen, drei Tore auf mich.

Erinnern. Alte Worte fallen mir ein, steigen auf. Einst sprach irgendwer die Worte, die nun ein unsichtbarer Finger mit leuchtend blauer Schrift in den Nachthimmel schreibt:

> Einst wird einer kommen
> der wird die Tore öffnen
> Und das bedeutet Tod
> Doch der Leuchtende Pfad
> wird niemals erlöschen
>
> *Die Prophezeiung*

Jetzt wundert sich auch der Weise. Denn er weiß, dass in Märchen und Erzählungen immer nur *ein* Weg der richtige ist, den nur der/die/das Auserwählte findet. All die anderen Wege führen in den Tod, all die anderen Kandidaten scheitern.

Könnten hier in dieser Realität nicht auch *alle drei Wege* zum Ziel führen?

Wenn ja, zu welchem Ziel?

Gibt es ein Ziel außer dem Tod?

Alle Wege führen irgendwohin. Es gibt so viele Ziele.

Auch könnte kein Tor für mich bestimmt sein.

Sollte ich also umkehren, den Aufstieg noch einmal beginnen?

Aber da ist doch die Prophezeiung ...

Sagt sie die Wahrheit?

Bin ich der Eine?

Muss ich dann hier sterben?

Wie lassen sich die Tore öffnen?

Fragen über Fragen und keine Antwort.

Manches Tor öffnet sich nur einmal und schließt sich dann für alle Zeit.

Aber wäre das denn so schlimm? Denn es gibt für einen Menschen ohnehin keinen Weg zurück. Aus manchen Fehlern kann niemand mehr lernen. Denn sie werden nur ein einziges Mal gemacht. Letzte Tat und Tod - heimgeholt.

Ein Tor.

Ausgang und Eingang?

Wohin?

Öffne ich es nicht, wird es mich ein Leben lang verfolgen: Was war dahinter? Feigling!

Öffne ich es, was erwartet mich dort? Die lauernde Furcht, das Monster, eine andere Welt, nichts weiter als mein Tod?

Und fände ich die andere Welt und bliebe am Leben, fragt sich, ob das der bessere Weg war. Vielleicht bedeutet Weiterleben nach Durchschreiten des Tores Höllenqualen. Die Alternative Draußenbleiben wäre vielleicht gnädiger Tod, Vergessen, Ende, Nichts oder gar das Paradies gewesen.

Was also ist die richtige Wahl?

Ging ich nicht schon einmal in einer anderen Welt durch ein Tor?

Gehen wir nicht alle durch das Tor *Geburt* ins Leben hinein und durch ein anderes mit dem Namen *Tod* wieder aus dem Leben hinaus?

Aber hier ist nicht nur *ein* Tor, hier sind es ja gleich *drei*, also habe ich die Qual der Wahl.

Hatte ich nicht schon einmal die Wahl zwischen rechts und links, zwischen zwei Wegen, dem richtigen und dem falschen?

Ist dies die ewige Wiederkehr des Gleichen?

Oder wird alles immer komplizierter? Erst ein sich gabelnder Weg, dann gleich drei Tore und schließlich?

Eins könnte das Richtige sein, denke ich nun, atme tief, atme Ruhe ein. Aber welches?

Wähle ich rechts - wie richtig? Wähle ich links - wie Teufel und Herz? Oder wähle ich den goldenen Weg der Mitte?

Was aber, wenn alle drei Türen ins Nichts führen?

Alle Wege führen zu mir.

Was aber, wenn es ohne jede Bedeutung ist, welches Tor ich wähle?

Also ...

Ich setze mich nieder, versenke mich wieder.

Der Strom der Gedanken erlischt.

Ich bin im Nichts.

Es ist die östliche Leere, die mich durchdringt, ich bin die Leere im All, in den Atomen, in mir. Ich bin!

Ich erwache mit dem sinkenden Tag und bin noch immer unentschlossen. Jetzt beginnen die Tore zu leuchten: links rot, rechts blau und schwarz in der Mitte. Dann singen sie ihre Lieder aus drei Klängen, die sich immer wieder wiederholen: Tief singt das rote, runde, kleinste Tor. Im Menschenhörbereich singt das mittlere Tor in der rechteckigen Form einer Haustür. Hell und klar und hoch singt das blaue von Pyramidenform.

Sollte ich vielleicht einfach einen Kinderabzählreim nehmen: »Ippe, dippe dapp, und du bist ab?«

Doch nun erklingt eine Stimme von außen, von innen, nun stellt mir der Wächter der Tore, den ich nicht sehe, die Frage aller Fragen: »Wer bist du?«

Und ich, der ich so viele Namen und Körper trug und trage, antworte ihm mit donnernder Stimme - Sturm kommt auf, Blitze aus schwarzen Himmeln, meine Augen glühen wild und rot: »Ich bin, der sein wird! Du aber bist vergangen!«

Und der Wächter wird sichtbar und wälzt sich im Staub in Todesqual zu meinen Füßen.

Und die drei Tore brechen auf mit einem Schrei.

Und Mutter Erde bebt.

Und die Prophezeiung ist wahr geworden. Denn ich habe die Tore geöffnet. Weiter geht mein Weg. Nicht *ich* bin gestorben, sondern die einzelnen Tore gaben ihre Individualität, ihre Unterschiede dahin, sind nun zu *einem* verschmolzen. Ich aber schreite durch das eine, das drei war, hindurch.

Hier, auf der anderen Seite des Tores wartet meine Zukunft, still und leuchtend, warten ungeborene Welten auf mich.

Ich drehe mich nicht um, schaue nicht zurück, sondern nach vorne und sehe ihn träumend vor mir. Nirgendwo ist da ein Laut. Still träumt der Nachtsee schimmernd bläulichweiß im Mondlicht.

Staunend stehe ich da, tief atme ich das Bild, den Frieden, ein.

Es ist der See aus meinen Träumen. Ich habe ihn gefunden. Ich schließe meine Augen und sehe meinen Leuchtenden Pfad in mir, der windet sich in Serpentinen über den stillen See hinaus im Mondinschein empor

Staunend sinke ich auf die Knie, sinke nieder ins feuchte Gras, schaue nun das magische Bild aus der Froschperspektive, blicke über die spiegelnde Fläche.

Rosarot leuchtende Wolken weben sich in das Bild der Stille ein. Ich sehe, verstehe: Diese Welt ist tot.

Keine Rufe, kein Fröschequaken, kein Flügelschlag in der Luft.

Wo sind die Mücken, wo Wasserfledermäuse und Nachtfalter?

War ich nicht selbst noch vor kurzem eine Fledermaus?

Ich sehe sie nicht. Ich höre sie nicht. Ich fühle sie nicht. Wie gerne sähe ich hier ein Spinnennetz im magischen Licht glitzern.

Doch da ist nur der See, jetzt wieder wolkenlos, und die Stille *über* allem, *in* allem, in *mir*.

Ich lebe, denke ich.

Mehr als je zuvor lebe ich, schweigt meine Seele in der Stille mir zu.

Ewigkeiten später, wie mir scheint, tauche ich meine rechte Hand in die heilige Stille. Es ist der Ruf der Mondin, der auch die linke hinab in den Spiegel führt.

Halt, ich werde alles zerstören, denke ich.

Lautlos fließt das blaue schimmernde Nass durch die Finger meiner ausgebreiteten, eine Schale formenden Hände.

Nicht alles fließt zurück in den See.

Kontakt, denkt es in mir. Ich sehe ein bläuliches, aus spiegelnder Fläche geborenes Flammenmeer. Vom Nachtsee fällt ein Bild empor in meine rot brennenden Augen. Sie strahlen ihr Glück in den See, sie strahlen aus einem bläulich leuchtendem Gesicht. Und mein Haar steht mir brennend zu Berge.

»Ich« , singt meine Seele.

»Ich komme« , spricht mein Körper und neigt sich vor, hinab.

Ich werde fallen, denke ich.

Aber ich falle nicht.

Doch mein Gesicht taucht in den Spiegel der Mondin ein, nur mein Gesicht.

Mein brennendes Gesicht ist Licht dem Grund des Sees.

Lange Zeit sehe ich nur dunklen Mulm am Boden. Es ist ein flacher See, denke ich, ein träumender See.

Kurz hole ich Luft, tauche mein Gesicht sanft ein zweites Mal ein. Sachte, sachte, weck nicht den Schläfer aus seinen Träumen!

Dann sehe ich *sie*. Sie steigen träumend lautlos auf, schweben empor aus modrigem Grund, Blasen, rötlich leuchtende Blasen. Sie steigen aus lichtlosen Tiefen auf, die Träume des Sees.

Mein Gesicht taucht wieder auf. Ich schaue und staune, sehe die Blasen zur Oberfläche steigen.

Sie platzen nicht. Dort treiben sie auf einem Spiegel von Licht, sie treiben in die Weite unter dem Licht der Vollen Mondin dahin.

Worte fallen mir ein, die hörte ich einst irgendwo? Wo nur? Wo?:

»Sounds are merely bubbles on the surface of silence«

»Klänge sind nur Blasen auf der Oberfläche der Stille.«

Dieser spiegelnde See ist die Stille.

Und die rötlich leuchtenden Blasen sind Töne, sind Klänge, sind Klang.

Doch noch höre ich sie nicht singen.

Tief atme ich ein, schließe meine Augen, lasse mein Denken ins Nichts zerfließen.

Nichts bewegt sich in mir.

Bin die Leere der Welt.

Leere ist Kraft.

Leere ist Sein.

Leere ist Hören.

Ein Reißen.

Ich öffne meinen Geist den Dingen der Welt. Meine Augen sind noch immer geschlossen. Ich habe sie zurückgelassen, dort hinten in meinem leblosen Körper.

Ich öffne meine Seele. Sie singt noch immer trotz all des Wandels.

Nein! Ich bin nicht gestorben, ich lebe noch immer.

Werde von etwas ergriffen, bewegt.

Neben mir und vor mir treiben die anderen Töne. Ich höre sie. Nicht, dass ich noch Ohren besäße. Ich höre als Seele Seelen singen. Bin Teil eines ungeheuren Chores.

Jetzt fallen mir die Blasen ein, die da hinaus ins Mondinlicht treiben. Erinnere mich an mein Staunen, mein Schweigen, mein Sehnen dort hinten am Ufer als Mensch.

Schon verblassen die Bilder. Wieder bin ich ein Ton im Chor, ein Klang. Einklang mit der klingenden Welt.

So treibe ich auf einem wellenlosen See dahin.

Treibe von Gedanken getrieben träumend der Ewigkeit entgegen?

Vor mir steigen Blasen empor. Sie schweben auf den Strahlen der Mondin, sie schweben ihr entgegen.

Ich aber treibe noch immer hier unten über das grenzenlose spiegelnde Fläche.

Ein Reißen. Verwundert wache ich am Ufer eines still im Mondinlicht liegenden Sees auf und reibe mir die Augen. Mein Gesicht ist nass. Also war es eingetaucht!?

Nichts bewegt sich. Keine Blasen, allein die Volle Mondin scheint dort oben. Sterne funkeln über mir.

Muss eingeschlafen sein, so müde vom weiten Weg, der hinter mir liegt, denke ich und stehe auf. Deshalb schlief ich, das ist klar. Doch was habe ich da nur geträumt!? Wer sandte diesen Traum mir zu?

Ich schaue empor und sehe die Mondin, die Mutter aller Magie, und lege die Innenflächen meiner Hände zusammen, verneige mich, falle auf die Knie, falte meine Hände zum Dankesgebet und neige mein Haupt in die Erde vor ihr, vor dir. Denn ich bin klein, mein Herz ist rei... nicht mehr rein.

Was hast du, Mondin, meiner Seele angetan, welch wunderbaren Traum mir zugesandt!

Zitternd vor Glück und weinend zugleich sitze ich am Ufer des Nachtsees und schweige, noch immer hin- und hergerissen, ob alles nur ein Traum oder Wirklichkeit, wahrhaftes Erleben war.

Doch vergangen ist vergangen, so oder so, denke ich dann.

Noch ist nicht die Zeit für die Reise zu den Sternen gekommen.

Noch bin ich der Erde verhaftet.

Noch lebe ich in Erdenmutters Schoß.

Ich sehe mich um, drehe mich um. Da ist kein Tor weit und breit.

Niemals vorhanden gewesen oder längst verschwunden, das ist hier die Frage.

Denn ringsherum wächst Wiesengras, von hier bis an die Ufer.

Ich ziehe mich ein wenig vom See zurück und nehme unter einem gewaltigen Baum Platz. Dort lege ich mich hin und hülle mich in einen Mantel aus Moos.

Wind kommt auf, ein Lüftchen nur, und also wächst die erfühlte Kälte.

Bin ich allein? Nein! Moos hüllt mich ein.

Tränen weint meine Seele noch immer vor Glück.

Über mir funkeln still die Sterne. Ein wenig schwanken die langen dünnen Äste im Wind. Schlangengleich scheinen sie jetzt empor und hinab und herum zu tanzen.

Oder dreht sich alles in mir?

Tief atme ich ein, tief atme ich aus. Jetzt ist wieder alles eingeschlafen. Träumen die Bäume?

Stille ist - in mir.

Ich erwache, stehe auf und schaue mich um.

Es ist Nacht. Ich finde mich am Ufer des Sees wieder.

Rückte ich nicht ein wenig davon ab, um mich unter einer Weide in einem Mantel aus Moos gehüllt schlafen zu legen? Schlafwandelte ich wieder zum Ufer hin? Ist es derselbe See in derselben Nacht, die einfach nicht endet, die noch immer - ewig gar - währt?

Ich schaue hinein.

Wer schaut dich aus diesen stillen Wassern an, wenn nicht du!, denke ich mir zu - und lache.

Also sehe ich mich - mein Spiegelbild.

Doch dieses winkt mir zu, zeigt kein Erstaunen, sondern lächelt.

Schwindel ergreift mich. Mein Gott, denke ich, ich falle meinem Bild entgegen, stürze in den Spiegel.

Doch ich falle nicht, schwanke nur und stehe noch immer am Ufer dieses Sees, den kein anderer Mensch und kein Nichtmenschenmagier jemals zuvor sah, weil er mein eigener Spiegel ist - ein Abbild meiner Seele!?

Wanke ich noch oder falle ich schon?

Ich falle ... und während ich falle, sehe ich dort unten in den tiefsten Tiefen ein weißes Einhorn mit meinem Gesicht.

Es lächelt mich an.

Ich tauche ein.

Wellen, Wellen! Jede Welle ist ein Bild.

Ich sehe sie alle, obwohl sie doch längst über mir und hinter mir entstehen.

»Ich, ich, ich?«, fragt es verwundert von irgendwo nach irgendwohin.

Aber auch das vergeht.

Ich sehe, finde mich wieder in all den Bildern, Tönen, Gerüchen. Bin wiedergeboren - erwacht.

Erwacht bei Nacht öffne ich verwundert meine Augen und frage mich, wo ich bin.

In welcher Nacht wo erwacht?

Eins nur ist gewiss: nicht auf dem Grund des Sees.

Sehe die Welt mit anderen Augen.

Über mir steht still die Volle Mondin. Alles scheint, wie es immer ist. Und doch kommt es mir vor, als wäre dies nicht immer so, als wäre die Mondin dort oben nicht immer so groß und hell und voll wie in *diesem einen* Augenblick.

»Mein Licht, mein Leben!«, singt meine Seele, erinnert sich an rufende Wölfe, an rasende Liebe, an die Geburt des schreienden Wahnsinns: »Volle Mondin ist die Nacht der Morde!«

Verzaubert erhebe ich mich aus feuchtem Moos.

Zwischen den Blättern der Bäume schimmert sie noch immer.

Meine Seele ruft.
Weit öffnen sich die Tore in mir.
Heute wird Großes geschehen, denke ich, das ist die Nacht der Nächte.
Sehe dort vor mir und zugleich hier in mir einen weißen See, bläulich schimmernd träumend da unter *ihrem* Licht liegen
Staunend steht dort ein Wesen an den Ufern.

Dann zerfließen die Bilder - aus dem Gestern, aus dem Morgen? -, die Bilder, die die Vergangenheit/Zukunft mir sandte?
Zukunft. Andere Welt. Andere Zeit - Anderszeit.
Gehe ihr träumenden Schrittes entgegen. Dann irgendwann sende ich das Dreieck, das in den Himmel weist, auf den Flügeln meiner Gedanken empor. Empfange von oben das andere Zeichen. Es ist das Dreieck, das zur Erde weist. Beide Dreiecke treffen sich vor und über mir.
Sehe ihnen zu, wie sie zu einem leuchtenden sechszackigen Stern verschmelzen, zu einem neugeborenen Zeichen, das nun hinunter fällt und mir entgegen und sich einbrennt ins Zentrum meiner Stirn, Ajna-Chakra, dorthin, wo mein Leuchtender Pfad entspringt.
Schreiend vor Schmerzen sinke ich zu Boden.
Nacht fällt/steigt auf in mir.
Träume die Träume, die *sie* mir - wer immer sie sein mögen - senden, die ich seit Anbeginn träume. Worte singen sie, Lieder. Bilder zeigen sie, Filme.
Düfte rieche ich und taste mich voran mit all den Sinnen aller Wesen:

WIR sind Teil des Ganzen
WIR träumen die Kosmen
WIR träumen Welten aus Licht
mit schwarzen Punkten darin
WIR träumen Welten aus Schwärze
mit weißen Punkten
Himmels- und Höllenwelten träumen WIR.
WIR erträumen alles, alle Universen -
also auch –
UNS selbst
WIR sind ALLES
WIR sind GOTT

Von Bären, Bienen und Birken

Mit wehendem Haar
gehe ich singend meines Weges
Und die ganze Welt stimmt ein
in meinen Gesang

TSCHUANG-TZU

Gehe ich? Folge ich noch immer meinem Leuchtenden Pfad? Singe ich? Gehe ich singend meines Weges?

Ich bin nicht Tschuang-tzu, sondern Manfred der Magier. Also verharre ich traurig in meinem Traum, der sich meinem Geist immer mehr öffnet:

Dunkle Wolken verdecken den Sonn. So unverhofft bricht Nacht herein. Vorbei, vorbei! Gegangen, gegangen ist der Tag.

Dann ein Donnern, das die Erde unter meinen Füßen erzittern lässt. Ein Blitz zuckt grell so hell herab.

Zugleich ist da andernorts ein strahlend weißer Himmel bei Tag und bei Nacht, in dem man schwarze Flecken sehen könnte, wäre es möglich, in dieser gleißenden Helle zu sehen.

Ein schwarzer Blitz fährt dort hinauf ins WEISS.

Das Singen setzt aus – doch nur für einen Augenblick.

Schwärze bebt ...

Schwärze im WEISS. Es ist, als wäre da ein schwarzer Sonn - ein Planet, ein Universum, ein Wesen gar oder alles zugleich? Ein schwarzer Raum, der alles Licht in Schwärze wandelt, SEIN Name ist T-her.

Und ES, das schreiend auffährt ins WEISS und auf SEINER weiten Reise bis zur Erde gelangt, schaut dich an in deinem Traum, brüllt dir lachend Menschenworte zu: »Menschenmagier, du *wirst sterben, denn du bist schwach, denn du bist alt. Vielleicht ist auch deine ganze Welt – Erde, Sonn, das Universum - reif zur Ernte. Wir werden uns begegnen. Dann wirst du vor meinem Sohn niederknien und dein Haupt in den Staub senken, dann wird ER dich töten. So soll es sein! So wird es geschehen!«

Ich wache auf, öffne meine Augen und erinnere mich nur noch verschwommen. Eins aber weiß ich: ER ist ES, das da träumend am Meeresgrund seit Äonen weilt. *Drefma*n nannte ich IHN einst. ER war es, der meine Sieben Samurai und meine Liebe Nairra tötete. Und nun bin ich an der Reihe? Ist *ER* mein Schnitter Tod?

Ich schaue empor in die Schwärze der Nacht, die niemals vollkommen finster ist, noch war, noch sein wird, denn so ist es nur auf T-her, woher ES kommt. Dort oben funkelt das Sternenmeer und strahlt die Volle Mondin jetzt und hier, wie seit »Ewigkeiten« schon auf Erden. So stehe ich da und schaue und vergesse all die erträumten Dinge. Denn vor mir schlängelt sich funkelnd in blauweißem Licht - so voller Leben, wie lange nicht mehr - mein Leuchtender Pfad empor. Dorthin führt er hinauf. Also werde ich noch nicht sterben, nicht jetzt, nicht hier. Denn *er* zeigt mir meine nahe Zukunft, den äußeren Weg, den mein Körper geht.

Das also ist der Weg. Und wo im Irgendwo liegt das Ziel? Ist es nur der Tod? Für mich wie für alle Wesen hier auf Erden, das Ende nach der Geburt und einem langen, kurzen Leben? Nicht mehr?

Mein Körper wurde geboren, mein Körper lebt, mein Körper wird sterben. Andere Wesen werden seine Materie essen. In ihnen wird sie weiterleben.

Was aber ist mit meinem Geist – all dem Wissen, all den Gefühlen, was ist mit meine(r) Seele(n)!?

Das Ziel? Ist nicht der Weg das Ziel?

Nicht weniger, nicht mehr!?

Licht in meinen Augen ist mir mein Pfad. »Ewigkeiten« scheinen mir vergangen, seit er mich aus meiner kleinen Alltagsmenschenwelt rief. Jetzt führt er mich durch den Schnee die gewaltigsten Berge der Erde in »endlosen« Serpentinen empor.

Niemals zuvor war hier ein Weg. So hätten sich die wenigen Bergbewohner, die zu dieser Zeit an diesem Ort lebten, erinnert, hätte sie jemand gefragt. Doch das tat ja niemand.

Ich aber denke mir, dass er gänzlich neu entstand, durch Magie vielleicht, oder aber ein alter, längst vergessener Pfad befreite sich von Schutt und Eis und Schnee. Durch wenige Worte magisch geöffnet liegt er nun leuchtend im Mondinlicht vor mir.

Jetzt, wo ich ihn beschreite, fühle ich ihn unter meinen Füßen erbeben. Es ist, als wäre da Erregung, Verlangen. Sind meine Schritte für ihn wie das Streicheln einer zärtlichen Hand über Menschenhaut?

Ach, die Liebe, Nairra, dein Tod, deine Wiedergeburt Moyo! Ich lebe noch immer und liebe. Götterliebe, Menschenliebe, Affenliebe, Säugerliebe - liebten wir Menschen nicht seit Anbeginn, lange schon, bevor wir lernten das Feuer zu hüten? Vor dem Feuer war Liebe unter dem Sternenhimmel und dem Licht der Vollen Mondin.

Ich bleibe stehen und schaue empor, schaue das Sternenlicht – Vergangenheit. Schließe meine Augen und erblicke ferne, längst vergangene Orte. Schaue ein wenig in die Erdenzeit zurück, sehe die, die von den Bäumen kletterten, die das weite Land besiedelten. Denn der Wald ging auf dieser einen Seite dort unten im Süden der Erde dahin. Andere blieben zurück in den Bäumen. Die, die unten liefen – also wir - überlebten in kleinen Gruppen, einige von ihnen zumindest so lange, bis da Kinder waren, die heranwuchsen und Kinder hatten und .... Wir vermehrten und veränderten uns. Größer wurden wir, weiter sahen wir über das Gras hinaus. Kräftiger wurden wir, unser Gehirn wuchs. Wir wandelten uns, so wie sich alles verändert. Wir entwickelten uns - und nun sehe ich IHN, was tut er da?

Damals wie heute flohen wir vor dem Dunkel, denn wir sind Augentiere. Deshalb haben wir das Feuer, deshalb die Angst in der Nacht. Fackeln, Kerzen, Gaslaternen, Glühbirnen und Leuchtstoffröhren in Lampen - all der Lichterglanz der STADT. Noch immer meiden wir die Schwärze, denn darin sind wir hilflos und schwach und ohne Technik den Wesen der Nacht unterlegen. Tagwesen waren wir und sind wir noch immer.

Lange ist es her, Jahrmillionen, dass wir uns nach oben verzogen in unsere Schlafnester auf den Ästen der Bäume. Lang ist es her, dass wir uns bei Nacht in die Höhlen zurückzogen, wo wir uns in kleinen Gruppen im Schutz des Feuers versammelten, das brennend den Eingang bewachte. War auch ich einmal ein Hüter des Feuers, einst an einem fernem Ort? Vor wenigen Jahrzehnten/Jahrhunderten versteckten wir uns alle noch in Hütten aus Holz und hinter Palisadenzäunen. Viele tun das ja noch heute. Die anderen aber verschlafen die Nacht, beschützt durch Mauern aus Stein und Türen aus Holz und Stahl.

Leicht war einst unser Schlaf wie der Schlaf aller Tiere. Zitternd voller Ängste schliefen wir ein, zuckten wir auf, träumten von den Freuden und Leiden des Tages und den Kreaturen der Nacht, vom Sterben, vom Tod und von der Wiedergeburt. Denn draußen und jenseits im Dunkel der Nacht lebten die Anderen, die wir so laut und deutlich vernahmen. Längs waren sie dort erwacht: die Wesen der Nacht: Fledermäuse und Eulen, Motten und Spinnen, Löwen und Hyänen, Mäuse und Ratten und viele mehr.

Jetzt aber, da ich noch immer ein Mensch bin, einer von so vielen, die heute und hier leben, einer von den wenigen, die einst vor mir waren, aus denen ich entstand, jetzt träume ich also wieder die alten Träume, höre die Schreie dort draußen.

Jetzt, da ich ein Magier bin, der vielerlei Gestalt annehmen kann, höre ich auch die anderen Frequenzen, die Menschen nicht wahrnehmen können, die sie Infra- und Ultraschall nennen. So vernehme ich den Todesschrei der sterbenden Ratte, der die anderen warnt, in der ach so fernen STADT, aus der ich einst vor so langer Zeit aufbrach.

Ich verstehe und wache aus diesen Bildern auf, die ich im Stehen träumte, öffne meine Augen und wundere mich. Denn dies alles ist fern, geschieht andernorts zu anderer Zeit, liegt lange Zeit zurück im Ursprung weit im Süden, in Wärme, unter Bäumen und in Savannenweite, wo du, Moyo, wiedergeboren wurdest.

Ich gehe weiter durch die kalten Bergweltwüsten, stapfe durch Stürme und Schnee.

Dann habe ich *das* Ziel, nein, nur eins von vielen, doch gefunden.

»Begib dich in den Schutz deiner Ahnen! Du weißt?«, spricht die Stimme in mir.

Zitternd und bibbernd in eisiger Nacht stehe ich davor und lächle. Denn jetzt lausche ich dem Atem der Birken, die da seit Anbeginn auf die anderen warten, die sie einst verloren. So neige ich mein Haupt vor meinen Brüdern/Schwestern zum Gruß und erinnere mich an die, die vor mir waren. Nicht an Drachin und Sonn, sondern an meine fernen Menschenmütter und -väter. Sie waren hier, also bin ich es auch. Denn sie und ich, wir alle gehören zum Birkenclan, auch wenn ich nur die männliche Hälfte bin. Denn Birken haben beide Geschlechter, sind weiblich und männlich zugleich.

Dann kommen die Erinnerungen, Tränen, die von der Trennung singen. Jetzt spüre ich wieder, wie es war, als das Band zerriss, wie mich etwas von der anderen, der weiblichen Seite der sterbenden Birke trennte.

Schau, Manfred weint
Jetzt bebt die Erde unter seinen Füßen.
Weinend beginnt er sich zu verwandeln: Seine Füße treiben Wurzeln aus, seine Beine werden zu einem an der Basis verwachsenen Zwillingsstamm. Dann schrumpft sein ganzer Körper, krümmt sich in das kauernde Leben der nördlichen Pflanzen. Längst sind seine Arme zu Ästen und Zweigen geworden. So lebt er dort den Birkentraum im Winter seines Lebens.

So haben mich die Birken in ihren Kreis aufgenommen, so bin ich in einer von ihnen aufgegangen, in Wurzeln, Stamm, Ästen, Zweigen und Blättern. Überall bin ich in ihr, alles von mir, Körper, Geist und Seele ist nun Birke.

Rot färbte sich das Winterland. Es schneit. Roter Schnee liegt über den weiten Ebenen, rot wie sauerstoffreiches, frisches Menschen-Wirbeltierblut.

Träumend wachsen wir auf einem Hügel.

Eine/einer von uns tritt aus seinem Birkenkörper, schaut mit Menschenaugen, wie etwas sich dort oben über uns öffnet.

Rote Schneeflocken schweben noch immer herab. Tränen aus Blut weint der Winterhimmel.

Gedanken steigen in ihm/ihr auf, die wir anderen nicht verstehen. Schmerz und Trauer, Erinnerung: Wie herrlich diese Schneekristalle blinken, ganz so wie in einer anderen Welt, von der ich einst träumte, einer Welt mit weißem Schnee, wo einst in den weiten kalten Steppen ein blauer Wolf geboren wurde, wo das Jahr am dritten Tag der weißen Mondin beginnt, wo auch wie hier eisige Kälte herrscht, doch Pferdehufe den Schnee durchpflügen.

Wache auf aus Birkenträumen, öffne meine Augen und sehe ... Dieser Schnee hier ist nicht rot, sondern weiß, war es schon immer und wird es immer sein!

Ich werde wieder Mensch, verneige mich vor meinen Schwesterbrüdern/Brüderschwestern. So nehme ich Abschied von den Birken. Drehe ihnen den Rücken zu, deren Pflanzenträume noch immer in mir flüstern, gehe weiter den Höchsten Bergen entgegen.

Ich gehe und gehe und gehe. Und sehe sie - in mir. Da ist die Schneeleopardin. Sie schleicht sich an, duckt sich, stemmt die Hinterläufe in den Boden, verharrt gespannt wie eine Feder einen Augenblick lang – springt ...

Sehe in mir Moyo im Leopardenkörper im Savannenregen eine Antilope anspringen, die vielleicht nur ein einziges Mal in ihrem Leben nicht aufmerksam war, und schon ...

Sehe die Schneeleopardin den Schneehasen anspringen. Vielleicht war auch er nur einmal abgelenkt, ein erstes und ein letztes Mal, oder war müde, krank oder alt geworden.

Öffne meine Augen, drehe mich einmal im Uhrzeigersinn im Kreis. Und da sind weder Schneeleopard noch Schneehase, keine Leopardin, keine Antilope, auch keine Akazie in der Steppenweite, auf die Moyo ihre Beute schleppen könnte.

Drehe mich einmal im Kreis zurück und sehe sie alle, dort in Afrika und hier bei mir: den Schneeleoparden, den Schneehasen und den Schnee.

Ach Moyo, denke ich und alles schmilzt dahin, zerfließt. Und wieder ist die Welt ringsum voller Steine - Geröll.

Berge ragen vor mir auf, so nah wie ich sie nie zuvor in diesem Leben sah – das muss der Himalaja sein! Und oben wartet mein Ziel, der Sitz der Götter, also auch mein Thron?

Und eine Stimme aus den Tiefen der Erde unter mir, zugleich von fern aus den Bergen und meinem Innern grölt: »Dort oben wird dein Weg enden! Wenn du alt, schwach, grau und blind geworden bist, nach vielerlei Leid, mein winziger Feind, wirst du dort sterben! Und schon wieder bist du dem Tod ein wenig näher gerückt.«

Ich verstehe. ER ist es, der jetzt dort unten im Innern der Erde weilt. Doch auch in mir!?

Alles öffnet sich. Ich schließe die Augen und sehe, wie alles geschah.

»Tor der Nacht« heißt das Haus von Miru, der Göttin der Unterwelt.

ER nur weiß, wohin es führt. Weil ES, das da träumend in den tiefsten Meerestiefen liegt, es IHM geflüstert hat?ER steht davor und spricht die Worte. Sie sind ein Donnern, das die Erde erzittern lässt.

So öffnen sich Tor und Nacht zugleich. So tritt ER staunend in diese *eine* von vielen Unterwelten ein. Denn hier ist Höllenfeuerlicht, fließt glühende Lava über schwarzen Stein. So schmilzt SEIN oberirdischer Leib brennend dahin, verbrennt zu Asche. Schon ist ER eine Wolke, die noch einen Augenblick verharrt. Kein Wasser und doch Rauch. Jauchzend taucht ER mit dieser neuen Gestalt in Erdentiefen, wo niemals zuvor Wesen weilten, keiner außer IHM, den Göttern der Unterwelt und SEINER Mutter unter dem Meer.

Das alles war und ist dort unten. Dort ist Feuerglut und Hitze, von wo ER mich verhöhnte.

Ich aber lebe an der Oberfläche und in der Kälte. Weit erstreckt sich jetzt vor meinen Augen flaches Land. Ein langer Weg bis zu den Bergen, denke ich noch und wundere mich auch schon: War ich nicht längst in den Bergen angelangt und wanderte den Höchsten Bergen zu? Bin ich nun auf einem Plateau gelandet? Wer oder was hat mich zurückgeworfen? Werde ich niemals mein Ziel erreichen?

Und schon finde ich mich vorgerückt, nicht wie ein Bauer im Schach, sondern eher wie ein Läufer einfach schräg geradeaus, zugleich jedoch emporgeworfen.

Da lacht ja schon wieder wer in mir.

ER muss es gewesen sein. So also wurde ich verrückt. ER war es.

Ich schaue mich um.

Hier oben auf dem Felsen ist es kalt, so eisig kalt, für den, der einen warmen Körper mit sich trägt und nun hier so einsam steht. Wärest du, Moyo doch hier in meinen Armen, wäre da zumindest ein Ersatz, ein Fell vielleicht oder auch noch mehr, ja dann ... Reimt sich auf »mehr« doch Bär.

Sieh an, Manfreds Körper wandelt sich. Zunächst kniet er sich hin, setzt seine Hände vor sich auf die Erde, stützt sich auf und hebt seinen Rücken. Auf allen Vieren verharrt er einen Augenblick, und schon geschieht es. Doch da ist kein Schreien und kein schmerzverzerrtes Antlitz, auch bricht da kein Werwolffell aus Menschenhaut heraus. Obwohl sich Knochen wandeln, geht alles doch so rasch. Schon steht da auf allen Vieren ein brauner Bär.

Ach wie warm ist mir, wie wohl zumute in meinem dichten Pelz! Verharre kurz, lausche, schnüffle, stelle mich auf die Hinterbeine und sehe farblos die Welt. Drehe mich im Kreis und tanze - doch niemals auf glühenden Kohlen.

Jetzt laufe ich auf allen Vieren den Weg, den ich einst mit Menschenaugen erblickte. Verwandlung scheint durstig zu machen. Ich laufe und suche und finde meinen Weg zur Quelle. Eis ist dort, wo Wasser floss, folge dem zugefrorenen Bach bis hin zum Klippenrand.

Welch ein Getöse in meinen Ohren! So klingt der Wasserfall im Sommer. Brausend fällt er eine Felsenwand hinab.

Doch jetzt ist da nur Eis, wo Wasser einst floss. Ich schnüffle, schaue und laufe hin, laufe her und ...

Aufrecht steht der Bär, der mehr ist als ein Bär und weniger zugleich. Denn tief in ihm, jetzt schon in weiter Ferne schlummernd, lebt immer noch ein Mensch - ist ja klar, denn welcher Bär denkt schon in Eiseskälte daran nach, wie ein Bach im Sommer aussehen wird.

Der Bär schaut hinab in das weite, weiße, in einen Mantel aus Schnee gehüllte Land. Er lauscht und sieht und hört, wie es zittert, lebt und bebt. Jetzt schließt er Augen, Nase und Ohren. Jetzt lauscht und riecht und sieht er tief hinein in sich. Dort hört er die Stimmen flüstern: »Schau hinab vom Felsen, auf dem du stehst! Schau das weite Land zu deinen Füßen und geh voran, das ist hinab! Erinnere dich! Dort wird der Bach zum Fluss, zum Strom, wird schließlich Meer. An den Ufern des Flusses leben Menschen - von ihm, bei ihm und auf ihm in Booten. Menschen, die immer wieder zu ihm zurückkehren, sich in ihm waschen und ihre letzte Reise auf und in ihm machen. Und der Name des Flusses lautet Ganga.

Noch öffne ich meine Augen nicht, und sehe doch, verstehe alles, wie es geschah: Erst war ich Bär, dann wurde ich beseeltes Wasser und rauschte warm durch eisige Kälte und voller Leben in rasendem Sturz hinab.

Zappelnd finde ich mich kurz im Wiegenbett mit Namen Bach, bin schon verbunden mit Vielem, im Fluss, bin Teil vom Strom und schließlich eins mit dem Meer.

So häuft sich manches mit der Zeit im Leben an.

So wandeln sich die Dinge und Wesen.

Einst Mensch, dann Bär, dann Wasser im Bach, im Fluss, im Strom, im Meer.

Und nun?

Jetzt bin ich wieder Mensch. Erinnere mich an mehr.

Lebte ich einmal als Mensch dort unten in der Ebene an den Ufern des *einen* großen Flusses – Ganga? Lebte ich dort ein anderes Leben und starb? Wurde ich wiedergeboren, immer wieder von Neuem geboren als Mensch? Als Mann oder auch als Frau? Wann und wo genau?

Ich öffne meine Augen und sehe dich, Ganga, nun von außen. Denn ich bin nicht mehr Teil von dir. Schaue kurz an mir hinab und erblicke meinen abgemagerten Männerkörper, der ist nackt bis auf einen Lendenschurz. Nass bin ich noch, denn Wasser war ich. Doch in der Wärme trockne ich rasch. Ich sehe mich um und erblicke dich vor mir.

Hier strömst du, mächtiger Fluss, der du einst so klein und allein dort oben in den höchsten Bergen bei Gangotri das Licht der Welt erblicktest. Auch du musstest die Himmel verlassen, auch du trugst einst - wie wir alle - einen anderen Namen. *Bhagirathi* nannten dich die Menschen in ihren alten Schriften, denn der heilige Mann Bhagiratha rief dich auf die Erde hinab. Nur Shivas Brauen hielten deinen fürchterlichen Sturz noch auf. So durchfließt du nun sein volles Haar, so fließt du seit Äonen über und durch die Erde. So fließt du auch an diesem so frühen Morgen dahin, jetzt, wo der über den Bergen aufsteigende Sonn sich in dir spiegelt.

Staunend stehe ich neugeboren noch immer an deinen Ufern und sehe ... Millionen von Menschen, die sich in dir, Ganga, waschen, von Anbeginn, Geburt ihr ganzes Leben lang bis hin zum Tod. Deren Asche trägst du schließlich eines Tages weit hinaus ins Meer.

Also auch meinen Menschenkörper, frage ich mich und weine. Und während ich noch Tränen über die Vergänglichkeit vergieße, hören meine Ohren schon Musik. Von fern, aus tiefsten Tiefen steigt sie empor - in mir.

Das ist Leben, Tanz und Stille zugleich, das bist du, Raga. Und mit dem Fluss fließen die Namen der Instrumente durch Raum und Zeit dahin, wandeln sich die Klänge ein wenig von Nord nach Süd: *Sitar*, *Sarod* und *Vina* lauten die Namen für das Saiteninstrument. Dann ist da immer noch das zweite mit Namen *Tampura* und nicht zu vergessen die Trommel *Tabla*.

Melodie und Rhythmus, der Sound, der mich packt, lässt meine Füße tanzen. Ich springe auf und falle und drehe mich im Kreis, schließe die Augen, öffne sie wieder und wundere mich. Eine Stimme in mir singt und spricht in einer alten Sprache, die ich – ich sprach sie wohl einst in einem anderen Leben – verstehen kann. Ich singe mit, stutze, stocke. Denn jetzt tauchen andere Worte einer anderen Sprache auf, Disharmonie entsteht: »Denn dort steigen sie, flatternd, ach flatternd auf!«

So endet die Ekstase. Verwundert drehe ich mich um, frage mich und spreche es aus: »Wo?«

»Dort vor dir! Schau, sieh sie dir an!«, flüstert die Stimme in mir.

Ich sehe den Schwarm. Ich drehe mich im Kreis. Und sehe sie überall. Ich sehe empor. Überall steigen die großen Vögel mit nackten Hälsen und gebogenen Schnäbeln auf, deren Verwandte in einer anderen Welt irgendwo und irgendwann zu Tausenden sterbend mit niedergeneigten Köpfen auf den Bäumen sitzen, tot hinabfallen und selbst Aas sein werden und das Aas von nun an ihren kleinen Verwandten und den Krähen überlassen müssen.

Das fällt mir ein, das denke ich noch, während ich schon wieder meine Augen schließe und mir vorstelle, in einem von ihnen zu sein.

Ich öffne meine Augen und schaue scharf das weite Land. Alles fällt nach unten. Denn ich steige auf, ich fliege!

Wärest du dort oben und sähest ihm ins Gesicht, wärest du kein Mensch, der du nun einmal bist, so sähest du vielleicht den Geier lächeln. Aber so, da du nur ein Menschenmädchen bist, gerade deine Wäsche im Ganga wäschst und nur diesen einen Augenblick von der Arbeit aufschaust, siehst du nur einen großen Geier sich in Kreisen in die Lüfte schrauben. Schon ist er ein Teil des Schwarms geworden.

Noch immer schaue ich hinab. Wie weit sich das Land dort unter mir doch erstreckt. Grünes Gras, dann Reis und Tee und so viel mehr, so weit Geierauge und Menschengeist reichen. »Oh!«, staunt meine Seele. Jetzt könnte ich alles und jeden umarmen. Hin, hin, hin. Könnte einfach im Sturzflug hinabrasen und dort unten landen.

Ach, ich fliege ja nicht als Geier in den Lüften dort unten im fernen Tal, sondern stehe noch immer hier am Felsenrand. Soll ich einfach so vom Felsen springen?

So breitet der braune Bär, der noch immer auf seinen Hinterbeinen steht, der ein Mensch war und noch immer ein Magier ist, so breitet Manfred der Bär seine befellten Arme aus und brummt mit tiefer Stimme: »Ich komme!«

Ich tue es: Krümme meinen Kopf auf die Brust ein, lasse mich nach vorne fallen, ziehe im Fallen Vorder- und Hinterbeine an den Körper an, rolle Purzelbäume schlagend durch die Luft und dann den weißen Hang hinab. Hui, schon lande ich weich im feuchten Gras und stehe auf. So warm! Werfe den schneebedeckten Pelz ab. Menschenhaut taucht darunter auf, so als wäre sie schon immer dort gewesen: an Händen, Füßen und im Gesicht nur dort, wo mein voller Bart nicht wächst und weißes Tuch meinen Körper nicht einhüllt. Die alte Bärenhaut dort unten im Gras aber löst sich auf, wandelt sich in das, was um sie ist, geht auf im Gras.

Mein Gott, denke ich, was für ein Sturz! Und ich lebe noch immer. Was ist geschehen? Verwundert stehe ich in der Ebene am Fluss. Diese Gegend kenne ich doch. War ich nicht schon einmal hier? Nur in Gedanken oder in einem anderen Leben? Sah ich alles voraus? Wollte ich nicht in die Berge? Spuckten sie mich wieder aus? Warum bin ich hier unten im Tal?

Jedes Jahr kommen Menschenmassen zum Strom geströmt, zum Großen Fest, um ihre Sünden abzuwaschen, sich reinzuwaschen, all die Hindus und viele andere mehr. Und das alles ereignet sich Mitte Januar. Makumfest ist der Name der Zusammenkunft.

Doch jetzt geschieht anderes, denn es ist weder Januar noch Tag, also sind hier keine Menschenmassen. Und doch ist da ja immerhin ein Mensch. Manfred sitzt still im Lotossitz unter dem Licht der Vollen Mondin. Ein sanftes blaues Licht leuchtet im Zentrum seiner Stirn.

Noch siehst du nicht das violette Licht des reinen Seins, den tausendblättrigen Lotus als Krone, noch ist da nicht das Zeichen der Vollendung über seinem Kopf, denn noch ist er nicht erblüht. Auch siehst du nicht die anderen Chakren leuchten und nicht die Straße aus Licht, die alle verbindend von der Wurzel bis über den Kopf hinaus ins All führt.

So sitzt Manfred da und lächelt.
Allein, denkst du und irrst.
Nie mehr allein!
Es ist eine warme Nacht. Grillen zirpen ihre Lieder.

Und dort schweben lautlos drei Schwerter heran.

Aus drei Welten kommen sie, drei Meistern dienen sie: dem Schwarzen, dem Weißen und der Frau. Sie entstammen der Erde, der Mondin und den verborgenen Höllentiefen von T-her. Gebogen sind ihre Klingen und von unglaublicher Schärfe, wie sie einst nur die besten Schmiede zu Zeiten der Samurai im fernen Japan fertigen konnten. Diese drei aber leuchten. Oder reflektieren sie nur Licht, das Licht der Vollen Mondin und das blaue Licht aus Manfreds Stirn, der noch immer dort bewegungslos sitzt?

Nein, diese Schwerter leuchten selbst. Schau, jetzt verharren sie im Flug und beginnen zu tanzen, dicht hinter ihm, der da noch immer unbeweglich sitzt und lächelt. Ihr Tanz lässt sie sirrend die Luft durchschneiden, während sie um seinen Körper herumwirbeln. Sie zerfetzen ihn nicht, werden niemals seine Haut auch nur ritzen.

Und schon ist ihr Tanz zu Ende. Zitternd stehen jetzt alle drei vor ihm in der Luft - zwei schräg, eins gerade darunter, die Griffe zur Erde, die Klingen nach oben gerichtet. So bilden sie zu dritt einen Pfeil, der in den Himmel zeigt.

Ich erwache, öffne die Augen und sehe sie noch immer vor mir und lächle. Dieser Traum zeigt mir die Richtung, ist wie mein Leuchtender Pfad, ist einfach eine andere Art. Also geht's doch wieder nach oben, in die höchsten Berge hinauf! Dorthin oder noch weiter in die Schwärze, ins Sternenmeer, weiter, immer weiter?

Du aber, der du alles liest und siehst, glaubst das Schnurren von Katzen zu hören, das aus dem Licht des Schwerterklingen-Dreiecks bricht.

Denn seine Liebe, sein Lächeln streichelt zärtlich über ihre Klingen, die nun so intensiv wie nie zuvor leuchten. Noch immer lächelt er.

Ach, lausche jetzt! Etwas spricht in ihm. Schon handelt er:

»Strecke deine Arme aus – nach unten zur Seite und weit nach hinten! Werde Lufthauch, Wind und Sturm!«, flüstert eine helle, klare und liebliche Frauenstimme.

Moyo, denke ich noch, schmelze schon dahin, kann nicht widerstehen. Längst hat sich mein Körper aufgelöst. Ist dünn wie Luft, ist Geist geworden. Als Lufthauch, Wind und Sturm brause ich über weites Land dahin, das voller Hügel und Berge ist. Dünner wird die Luft, die mich umgibt, also steige ich auf und niemals in Höllen hinab.

Wie lange war ich wirbelnder Wind? Wie weit trug ich mich selbst wohin? Wann wurde ich wieder Mensch?

Irgendwann irgendwie irgendwo geschah es. Es muss geschehen sein, denn jetzt hat mich die Welt, wie sie Menschen wahrnehmen, wieder. Aufrecht stehe ich auf zwei Beinen, drehe mich einmal im Kreis, so schaue ich mich um. Tief atme ich die Nacht und lausche dem Wind, der sich immer weiter entfernt, mir immer fremder wird. Ich höre ihn wehen und rauschen das Laub - doch Musik und Singen sind gegangen. *Noch* verharre ich einen Augenblick, einen Atemzug lang, dann gehe ich weiter durch die Nacht, folge wieder meinen Leuchtenden Pfad. Weit oben in den Bergen bin ich gelandet, doch noch immer nicht auf dem Gipfel. Es geht voran - bergan. Schnee strahlt weiß von oben herab. Menschenleer ist diese Welt. Nirgendwo ist da ein Tier zu riechen, zu hören, zu sehen. Keine Bäume, keine Büsche, doch Flechten leben hier auf kahlen Felsenkanten. Wind weht laut in meinen Ohren. Hell ist die Nacht, denn weiß leuchtet der Schnee im Mondinlicht. Ich bleibe stehen, atme aus und atme tief ein und setze mich, doch nicht in den Schnee, denn der schmilzt dahin, bevor ich den Boden erreiche. Moos taucht unter meinem Hintern auf. Ich setze mich. So weich. Wärme hüllt mich ein, mein Körper glüht vor Lebenskraft. Ich aber sitze nur da und schaue empor und sehe die Sterne über mir und eine gewaltige Mondin.

Einfach mal im Lauf verharren, denke ich. Ja, so ist es gut. So soll es sein! Oder werde ich etwa alt und müde? Endet hier mein Weg?

Ich schließe die Augen. Träume ich?

Irgendwann öffne ich sie wieder.

Schwebe ich im Lotossitz dahin?

Vor mir erlischt mein Leuchtender Pfad. An seiner statt

taucht überraschend ein bläulich fluoreszierendes Felsentor auf. Ringsum herrscht Schwärze, undurchdringlich. Über mir strahlt noch immer wolkenlos der Sternenhimmel. Doch da ist keine Mondin mehr. Sah ich sie nicht eben noch dort oben, so groß und voll wie immer und überall in dieser Welt?

Stonehenge, denke ich beim Anblick des Felsentores.

Dann fallen mir all die anderen Menhire und Kreise aus Stein ein.

Tore sind Durchgänge von irgendwo nach irgendwohin.

Doch in diesen Bergeshöhen? Wohin?

Höre in der Ferne ein Dröhnen, Bersten und Poltern. Es wird lauter, nähert sich. Fallen dort hinter dem Tor Steine und Felsen herab? Erde bebt unter meinen Füßen.

Das muss ich ergründen. Also gehe ich der Sache nach. Nein, ich gehe nicht dorthin, sondern nehme den Lotossitz ein, schließe meine Augen, atme alle Fragen aus, kaum dass sie entstehen. So schicke ich sie hinaus, warte auf Antworten:

Ist da eine Schlucht dahinter?

Fallen dort Felsen von oben herab?

Wann hört das alles auf? Hat es denn Anfang und Ende?

Soll ich noch warten? Wenn es aber niemals endet ...? Dann werde ich ja alt und grau und schließlich hier an diesem Ort sterben.

Wenn alles schon eine »Ewigkeit« währte und immer wieder Felsen fielen, noch immer fallen, dann wäre unten schon längst keine Schlucht mehr da, es sei denn, sie leerte sich immer wieder - oder aber sie wäre bodenlos.

Und überhaupt, wo kommen denn all die Steine her?

Muss ich durch das Felsentor?

Gibt es nur *diesen einen* Weg für mich?

Wenn ja, dann wie und wann ...

Ich, ich, ich bin, bin ...

Allmählich verstummt die Fragenflut.

Stille entsteht. Stille ist.

Atme die Berge ein, also auch das Poltern vor mir und den Raum zwischen den Tönen. Falle mit den Steinen, werde/bin nun einer von ihnen, falle in die Tiefe, falle aus schweigenden Höhen hinab, tauche in den aufgewühlten See ein, der ohne Grund scheint. Auch da unter Wasser hört das Fallen nicht auf. So steige ich wieder mit dem Schall, dem Hall rasend empor und schaue hinab.

Dort unter mir schlängelt sich mein Leuchtenden Pfad durch ein Felsentor und eine schwarze Schlucht. Schaue zugleich von unten hinauf. Sehe nach allen Seiten die Wände im Fallen. Bin eins mit allem, bin alles in Einem, Leben und Stein, Menschlein auch im Lotossitz und Tor – schaue das Tor, die Enge, und die herandonnernden Felsen, die im Nirgendwo verschwinden. Denn da ist gar kein Wasser mehr - kein See am Grund. Auch kommen die Felsen weder von höchsten Gipfeln noch aus Himmeln darüber. Aus dem Nichts fallen sie in blauen Himmel hinein, durchschweben ihn, denn sie glühen nicht auf, schlagen ein und rollen die steilen Hänge hinab, um schließlich alles zu zermalmen.

»Nichts« dort oben aber bedeutet: niemand kann die Felsen überfliegen. Es gibt nur einen Weg: den durch die Schlucht der fallenden Felsen. Das ist der Weg durch das Tor. Durch ihn schlängelt sich ja auch mein Pfad. Also werde ich ihn beschreiten.

Was ich damals nicht sah, nicht sehen konnte, jenseits von Stein und Nichts, war ein Spiegelbild. Auf der anderen Seite saß ein anderer Mensch, ein alter Mann.

Was er tat, willst du wissen? Auch, wer er war?

Nun gut. Jetzt, wo ich es weiß, kann ich es dir ja sagen. Dieser Manfred tat nichts außer dem Einen: Er saß einfach nur da und wartete darauf, dass die Felsen nicht mehr fielen, dass er aufstehen und seinen Weg fortsetzen könnte, also wartete er auf seinen letzten Atemzug - das Ende.

Ich öffne die Augen und weiß meinen Weg.
Nur einen Augenblick lang tauchen wieder Fragen auf:
Wie ist dies alles entstanden?
Wer hat dieses Tor und diese Schlucht gebaut?
Doch die Fragen rasen vorbei, sind schon verschwunden.
Schweigen folgt, Stille in mir. Ich sehe auf und staune.

So dicht vor mir und hell und wunderschön, jetzt himmelblau, dann rot und grün und gelb, in allen Farben schillert da mein Leuchtender Pfad, der längst ein Teil von mir geworden ist. *Er* ist es, der mich immer weiter führt, von damals an, fast mein ganzes Leben lang. Längst hat er das Felsentor durchschritten.

Wohlan! Folge auch ich ihm nach!

So steige ich nun ohne Laut noch immer im Lotossitz weiter empor, schwebe durch das Tor in die Schlucht hinein. Bin Mensch und Pfad, bin Warten und Fallen, bin Sein und Werden, bin alles - eins!

Und in fernen Zeiten erzählen sich Wesen, die keine Menschen mehr sind, diese Geschichte von Manfred dem Magier. Bilder summen und träumen sie sich von Geist zu Geist und Seele zu Seele zu: »Und die Steine und Felsen trafen ihn nicht, alle fielen sie rauschend vorbei, rasten lautlos durch seinen schwebenden Körper hindurch. Unversehrt durchquerte er so die Schlucht und traf nicht auf den alten Mann auf der anderen Seite, den Zauderhaften. Jenseits der Schlucht lebten andere Wesen, die er nie zuvor gesehen hatte. Wenige nur kennen sie, können sie finden und an ihrem Leben teilhaben. Kein Mensch kann das. Denn dazu muss man zum Wandel fähig sein, seine Gestalt verändern und wirklich zu solch einem Wesen werden. Kein Mensch kann dies tun, es sei denn, er ist ein Magier ...

Ein Summen weckt mich.

Ich lande und befinde mich in einem Tal. Kein Winter, kein Schnee, keine Kälte. Schaue empor. Das Summen ruft mich so wie einst die Volle Mondin Dort Oben einen jungen Mann auf einer Bank im Park. Ich höre, ich lausche, ich gehorche, denn magisch zieht mich das Summen an, schwebt heran, dorthin nach oben, zum Ast des gewaltigen Baumes, wo *so* viele Nester hängen.

Doch es ist kein Menschenkörperschatten, der auf sie fällt. Schattenwellen bewegen sich über diesen *einen* großen Körper aus Tausenden von Riesenbienen.

Ich schaue ihnen zu. Verharre still hier oben. Denn ich

bin nicht ihr Feind und beginne mich zu verwandeln.

»Wir sind das Volk«, höre ich Tausende kleiner Seelen in mir flüstern. Also versenke ich mich, werde eins mit allen: Königin und Arbeiterinnen, Puppen, Larven und Eiern, Pollen, Honig und Waben.

Ein gewaltiges Summen - *ein* Volk.

»Wir sind das Volk!«

Riefen das nicht irgendwo einmal auch Menschen, die genug vom Alten und der Grenze hatten, hinaus? Alles wollten sie haben – haben! Und was bekamen sie dann?

Wir aber und die anderen Völker leben hier unten. Monatelang wohnen wir hier, fliegen aus, sammeln Pollen und Nektar.

Jetzt jedoch ist keine von uns draußen, denn Regen strömt, stürzt aus den Himmeln. Wassermassen fallen, fließen an unseren Flügeln ab. Still sitzen wir alle zusammen auf der Wabe, bis der Regen endet. Unsere schwirrenden Flügel schütteln Tropfen in die Weite.

Ich sehe/höre/rieche die Träume der Königin, die alles weiß. Ich fühle in mir, was längst vergangen ist. Ich sehe ...

Da ist ein Meer von Feuer, das ist das Gras - Menschenhände entfachten es bei Dürre. Es brennt die Welt – ein Flammenmeer! Wir fliegen auf, wir fliehen, wir fliegen empor. Wir kommen davon. Wir überleben. Wir sind noch immer ein Volk von Bienen.

Damals war der Bombaxbaum kahl. Jetzt aber, wo der Monsunregen endet, locken die wundersamen, gewaltigen, roten Blüten.

Summend fliegen wir hinaus.

Fliegen, das war schon immer ein Traum, denkt es Menschengedanken irgendwo tief in mir und weint, weil dieser Traum noch immer nicht in Erfüllung ging. Menschenworte, die für uns Bienen ohne Bedeutung sind, tauchen auf, schwirren und summen nur kurz herum:

Flügel aus Wachs und Federn, Flugmaschinen, Ballons und Zeppeline, Flugzeuge und Raketen, Fallschirme und Paraglider. Was immer diese Worte - Silben - Laute bedeuten mögen, niemals können sie unseren Flügeln gleich sein, die uns Bienen aus dem Rücken wuchsen - einst im Puppenstubentraum. Wir fliegen, wir nähern uns den Blüten. Wir sammeln summend den Pollen und saugen den Nektar ein. Berauscht taumeln wir ...

Ich öffne meine Augen. Hier liege ich also im warmen Schoß von Mutter Erde und träumte wohl, eine Biene zu sein. Doch bin ich ja ein Mann, und was bedeuten Männer schon in Hautflüglerstaaten? Aufzucht und Bemutterung innen, dann der Drohnenflug und Spermaübertragung der Gewinner und ein Gemetzel - die Drohnenschlacht - für alle Männer, die ohne Stachel wehrlos sind. Oder aber war es mehr als ein Traum, war ich doch in einer von ihnen/in allen und kehrte dann, um der Starre zu entgehen in kühler Nacht in meinen Menschenkörper zurück..
Ich gehe weiter und gelange an den Eingang einer Höhle, schaue hinein, gehe ein paar Schritte, lasse mein Stirnlicht leuchten, sehe sie dort oben hängen und verstehe. Fledermäuse. Verwandte von der Art, die ich einmal war. Auch sie ernähren sich von Insekten und nicht wie die, die mich einst besuchten. Andere Säfte, nicht Nektar, nicht Honig, nicht Gelée Royale, andere tranken *sie* damals, trinken sie andernorts auf einem anderen Kontinent. Sie sind nicht süß, sondern salzig: rotes Wirbeltierblut. Fische, Amphibien, Reptilien, Vögel, Säuger, also auch Menschen, also auch ich, wir alle haben dieses hämoglobinhaltige Blut. Salzig ist es, rot ist es auch in Menschenaugen - bei Licht - zunächst.

»Sie? Wer?«, fragst du.

Vampire meine ich, die echten, die Fledermäuse, *sie*, die Vampirin, und *ihn*, den Vampir. Erinnere mich, schaue empor, verwandle mich.
Einst vor langer Zeit im W<small>ALD</small> geschah es, dass sieben Vampire einen Menschenmann besuchten und bissen.
Jetzt sehe ich alles, nehme die Welt mit ihren Sinnen war, dabei war *ich* es doch damals, den sie fanden, der ihnen, die alle am Verhungern waren, den Viertelliter Blut von ganzem Herzen gab, ja, vom Herzen her da floss es

reichlich, doch nicht alles floss dahin zurück, damals, vor langer Zeit in einer Welt mit Namen Wald ...

Wir hören die anderen neben und hinter uns. Wir antworten ihnen in unserer Sprache. Wir fliegen wie jede Nacht, so auch heute, geradlinig und ein bis zwei Meter über dem Boden die Route ab, orientieren uns dabei mit unseren Augen in der mondbeschienenen Nacht an den Baumsilhouetten, Hügeln und Gewässern. Vor der Landung verwandelt sich unser kurzes Klicken von ein- bis zweimal pro Flügelschlag in eine Salve von Ultraschallortungslauten. Hungrig lassen wir uns auf seinen Schultern nieder und setzten unsere in den Nasenaufsätzen befindlichen Kälte- und Wärmerezeptoren ein, um die gut durchbluteten Hautstellen zu entdecken. Dann reiben wir mit unseren Zungen seine Haut mit dem Betäubungsmittel ein. Also spürt er keine Schmerzen, jetzt, wo wir synchron kleine Hautfalten zwischen unsere rasiermesserscharfen Schneidezähne nehmen und so winzige Hautlappen mit einem Biss abtrennen. Mit schnellem Zungenschlag lecken wir nun das am Gerinnen gehemmte Blut auf. Dann kehren wir in unsere Tageshöhlenverstecke zurück und füttern unsere Jungen und Schwestern, die leer in der Nacht ausgingen.

Auch ich kehre wieder in den Augenblick zurück, die Gegenwart, das wahre Sein. Aus, Ende mit diesen Vampirträumen – und finde mich mit dem Kopf nach unten hängend unter der Decke wieder.

Bin ich also nun selbst zur Fledermaus geworden, denke ich noch, da steige ich auch schon mit all den anderen auf. Hier sind wir nicht nur wenige, wie damals in weiter Ferne. Tausende sind wir hier, Legion.

Flatternd fallen wir von den steinernen Decken hinab in den freien Raum, dem Ausgang der Höhle, dem Grenzenlosen dahinter streben wir zu, fliegen in die lockende Nacht hinaus.

Hungrig sind wir – doch nicht auf Blut.

Hunger hier und Hunger dort, Dort Oben unter den Menschen wie auch Hier Unten, in unseren Bäuchen und in ganz anderen Wesen nicht weit entfernt von hier in einem kleinen Dorf.

Ein Mensch ist gestorben. Die Angehörigen haben sich versammelt und bieten den Geistern, das sind die mit fürchterlichen Qualen gestraften einst so habgierigen Menschen, ein Opfermahl. Die Hände des Priesters formen die Mudras – eins folgt dem anderen, alle aber fließen sie ineinander. Eins wird der Priesterschamane mit den mantrischen Silben aus seinem Mund und dem Teppich aus Klang, den seine Helfer mit Trommeln und Glocken erzeugen.

So wandelt sich die Speise für die von ewigem Hunger geplagten Geister in den göttlichen Nektar Amrita, den nun all die um den Tisch herum materialisierten gierigen Mäuler durch ihre grashalmdünnen Hälse so lange einsaugen, bis ihre kugelrunden Bäuche fast platzen.

Ohne das Mantra aber würde sich das Mahl nicht verwandeln, würden die ruhelosen Seelen in ihrer Gier vielleicht einen winzigen Schluck Wasser trinken oder auch nur ein einziges Reiskorn schlucken und schon in unlöschbaren Flammen aufgehen.

Soweit geht alles seinen Lauf, ganz so wie immer. Dann jedoch hallen Schreie durch die Nacht.

Tausende sind wir, Legion. Wir sind hungrig. Also stürzen wir uns nicht auf Geister und Dämonen, sondern auf – Menschen - denken diese und laufen schreiend davon.

Doch wir fliegen über sie hinweg zum See, wo so viel Leben ist. Dort jagen wir über den Wassern nach all den fliegenden Insekten und auch nach denen, die auf der Oberfläche laufen. Wir orten sie, wir fangen sie. Nicht alle können wir erbeuten. Denn manche tauchen blitzschnell weg, verstecken sich im Uferbereich, andere - Nachtfalter- senden Laute aus, die unsere Echoortung stören, lassen sich im Flug fallen, wenn wir uns ihnen nähern.

Vor einem Augenblick noch war ich einer vom Schwarm, nun habe ich mich von den anderen getrennt. Also lande ich und nehme wieder meinen Menschenkörper an, kehre auf die feste Erde zurück, stehe auf und schaue mich um, allein inmitten flatternder Fledermäuse.

Sie umschwirren mich nicht, lassen sich nicht auf mir nieder. Warum sollten sie auch, sie sind ja keine Vampire.

Die Menschen aus dem Dorf jedoch sind längst in ihre Hütten geflohen.

Die Fledermäuse sind gesättigt und kehren heim.

Ich bin kein bisschen müde, also gehe ich in den dämmernden Tag hinein. Wer weiß, welche Dinge und Wesen er mir zeigen wird.

Diese Berge sehen ja so aus, als wären sie einst lebendig gewesen. Menschenähnlich erscheinen sie meinen Augen. Lebten hier einst Riesen, die dann zu Stein erstarrten?

Wem begegneten sie hier, wen sahen sie an, wenn es denn so geschah?

Doch bei der Schwerkraft der Erde und in diesen Höhen, mit welchen Lungen und welchem Blut sollten sie je gelebt haben?

Oder waren sie aus weniger dichter Materie geschaffen, leichter als gedacht, mit hohlen Knochen, wie sie Vögel heute besitzen und Flugsaurier einst besaßen?

Was geschieht hier bei Nacht?

Sind dann die Felsen noch immer Felsen oder erwachen sie in der Dunkelheit im schwachen Licht der Vollen Mondin, strecken dann gähnend ihre Glieder aus und erheben sich aus ihren Träumen?

Ach ja, seltsame Bergbewohner scheinen hier zu leben.

»*Trolle* werden sie genannt«, spricht die Stimme in mir, »nachts sind sie munter, doch der erste Sonnenstrahl lässt sie zu Stein werden.«

Geister, Dämonen und jetzt auch noch Trolle, das kann ja wirklich drollig werden. Wie können denn da die wenigen Menschen hier überleben? Wie wehren sie sich bei Nacht?

Von der Fütterung der hungrigen Geister hörten wir schon, vom Mantra, das Nahrung in Amrita verwandelt. Doch auch ohne Opfergaben kann man sich der Dämonen und auch der Trolle erwehren.

Schau einfach, wem Manfred nun begegnet, lausche, ohne den Sinn der Worte zu erfassen – und verstehe!

Ich biege um eine Ecke und bleibe stehen.

Denn dort sitzt einer, der einen anderen Weg als ich beschreitet. Er bewegt sich nicht, sitzt einfach nur so da.

Ich lausche dem murmelnden Strom seines Mundes! Höre die Worte. Es ist ein *Mantra* - eines von vielen. Es ist das Mantra, das Dämonen abwehrt:

»UM TARE TUTARE TURE
SARVA DUSCHING BIKAANEN BHAM PEH SOHA«

So erklingt es immer wieder, von kurzen Pausen unterbrochen, aus seinem Mund. Und das dauert lange, sehr lange. Doch alles, was einen Anfang hat, hat auch ein Ende. Irgendwann schläft der alte Mann ein.

Ich aber folge weiter meinen Lebensweg, der jetzt, kaum ist das Mantra verstummt, wieder als Pfad vor mir die mondin- und sternenbeschienene Nacht durchleuchtet, unsichtbar für andere Menschenaugen, doch hell und klar für meinen Geist.

Nach Hause, denke ich und bin kein fremdes Wesen mit Namen E. T., sondern noch immer ein Magier in einem Menschenkörper. Mein Pfad, der leuchtet mir jetzt heim, fällt mir ein. Doch nicht nur das. Er scheint nun auch noch zu summen.

Sollten das schon wieder Bienen, Wespen, Hummeln, Hornissen oder welche Hautflügler auch immer sein?

Warm scheint es mir auf einmal hier oben. Wie seltsam! Ob es hier Vulkane gibt? Steigen hier warme Dämpfe aus der Erde auf, die niemals Schnee und Eis dulden und das Wasser sich zu einem See sammeln lassen?

Menschenstimmen flüstern in mir immer nur die *eine* Zahl »300«.

Verwundert bleibe ich stehen und schaue hinab.

Ja, 300 Schwärme, denke ich. So viele wilde Bienen leben also dort unten.

Wenige Menschen nur aus dem Dorf in der Nähe kennen den Weg zu ihnen. *Sie* allein sind es, die zwei Mal im Jahr den Honig mitsamt den Waben ernten, doch nicht jetzt.

Menschenleer ist dieser Ort nun - doch bienenbevölkert.

Ich werde – nein, weder Biene noch Fledermaus, sondern Rabe und fliege hinab und land und nehme wieder meinen Menschenkörper an.

Manfred tritt heran und greift eine Wabe und öffnet sie und nimmt sich den Honig wie ein Bär. Er trägt ein Bärenfell. Er ist ein Bär. Und schon ist er bienenumbraust, umhüllt vom summenden Schwarm. Dreht sich im Kreis, die Wabe fügt sich wieder ein, dreht sich zurück im Kreis, die Wabe heilt und alles wird wie zuvor - bis auf ein wenig Honig, der nun den Bienen fehlt.

Tausend Stachel stechen seinen Körper, versuchen es - vergeblich. Denn dieser hat sich längst mit einem glatten Panzer überzogen. So bleibt kein einziger Stachel stecken, so vergeuden die Bienen kein Gift und müssen auch nicht sterben.

Bienenumschwärmt, welch ein zorniges Summen, werde ich selbst Teil – ein einziger Mann, umringt von so vielen Frauen! –, werde ich selbst zum Schwarm. Zusammen sind wir ein Bienen-Menschen-Magier-Schwarm. Alles dreht sich rasend schnell, löst sich auf.

Ich öffne meine Augen. Da ist kein Tal, kein Abgrund und nirgendwo ein Bienenschwarm. Also war alles nur ein Traum.

»Von einem Nepaltal«, flüstert die Stimme in mir.

Ich befinden mich in den Bergen, und es ist eisig kalt. Dort liegt mein Ziel, dort muss ich hin. Ich stehe auf und schaue empor und gehe weiter. Dort träumen die Höchsten Berge.

Ich gehe noch immer, wie schnell die Zeit vergeht, schon dämmert es. Über mir leuchten hell Mondin und Sterne. Denn klar und schwarz ist die Nacht.

»Hier Oben ist es schon lange nicht mehr so dunkel wie einst einmal. Hier leuchten die Menschenstädte bei Nacht«, flüstert die Stimme in mir. Dann folgt ein Redeschwall: »Wo die Platten zusammenstoßen, türmt sich das Gebirge auf und wächst jeden Augenblick. Dort unten in den Tiefen der Erde stoßen die Platten aufeinander. 'Himalaja', lautet der Name des Gebirges, Hier Oben und auch Dort Unten bei dir.«

Wo Berge sind, gibt es auch Täler, denke ich, mit oder ohne Bienen, und gehe weiter.

Täler sieht der Geier unter sich mit »Adler«augen, auch einen Menschen so winzig klein - allein.

Meine letzte Meile. Und dann wird alles zu Ende sein? Welch schwerer Weg ohne hölzernes Kreuz auf den Schultern, und doch ... jetzt spüre ich die Jahre im Kreuz und in den Knochen. Alt bin ich geworden auf meinem Weg, der mir einst so endlos schien.

Fliegen, denke ich, und sehe dem Geier zu, der dort oben noch immer im Wind ohne einen einzigen Flügelschlag kreist. Ja, fliegen, schweben, durch die Lüfte gleiten, statt mühsam über den Boden zu laufen.

Wie lange ist es her, dass ich da oben flog?

Wie viele Jahre sind vergangen, seit ich in der STADT staunend an Frühlings-Sommertagen über die Häuser schaute? Wenige Wochen nur waren die Mauersegler da, dann zogen sie wieder fort. Tag und Nacht verbringen sie in den Lüften, es sei denn sie bauen ihre Nester aus Lehm an Felswänden oder Menschenhäusern, es sei denn, sie ziehen ihre Jungen auf. In den Lüften aber jagen sie Fliegen und Mücken und ... und schlafen dort sogar.

Fliegen, denke ich. Rasend dahinsegeln oder einfach nur in der Thermik schweben. Warum nicht?

Doch Manfred verwandelt sich nicht.
Ist er dafür zu alt und schwach geworden?

So setze ich mich hin, nehme den Lotossitz ein, schließe meine Augen, erhebe meinen Geist, meine Seele und steige auf. Jetzt bin ich Gast für kurze Zeit im Geierkörper und sehe durch seine Augen hinab. Wie scharf mir das Bild im ersten Augenblick doch scheint, so ungewohnt klar, doch dann ist es so, wie es immer schon war.

Dort unten sitzt ein Mensch mit gesenkten Augenlidern.

Schwebe weiter dahin über all die Berge und Täler auf der Suche nach Aas. Schaue genau, was die anderen tun, ob sie Nahrung fanden. Sehe Berge und Täler unter mir, denn jetzt schlage ich mit meinen Flügeln, denn jetzt fliege ich, *weil* ich es will und *wohin* ich will.

Kehre zurück in meinen Menschenkörper, lasse den Geier dort oben mit sich allein, stehe auf und drehe mich im Kreis, sehe mich dabei um, vergleiche die Bilder beider Perspektiven – Boden und Luft - und weiß, wohin ich gehen werde, denn ich habe meinen Leuchtenden Pfad durch seine Augen gesehen.

Einst aber mag er es sein oder ein anderer, eine andere oder wohl eher viele von ihnen, die meinen Körper zerhacken, zerstückeln und meine Eingeweide, meine Muskeln, mein Knochenmark essen, um ihren Hunger zu stillen. Teile von mir werden sie ihren Jungen bringen, um in ihnen weiter zu leben. Einer aber von ihnen, einer wird ...

Eine Träne fällt aus Manfreds rechtem Auge, eine zweite aus dem linken folgt, während er nach Westen ins Rot des Abendsonn schaut, dorthin, wo alles begann. Dann dreht er sich um, steigt weiter in der Nacht empor, die immer eisiger wird. In ihrem Licht dort oben, dem Licht der Vollen Mondin kann er sehen.

Langsam setze ich Fuß vor Fuß in dieser sauerstoffarmen Höhe, mit einem Herzen, das nicht mehr das jüngste ist.

»ER kommt«, flüstert die Stimme in mir, »ER kommt, bald wird es geschehen, bald wirst du deinen letzten Kampf auf Erden bestehen, ER kommt.«

Nein, unter der Erde weilt ER nicht mehr. Jetzt steigt ER als Sturm dort fern im Norden auf.

Rasend kommt ER voran.

Jetzt hat ER die Gipfel erreicht, wo die Götter wohnen.

Blutig rot dämmert der Abend.

Zeit vergeht.

Nacht, in der nirgendwo die Volle Mondin leuchtet, in der niemals Sterne in der Schwärze funkeln.

Denn ER ist die Wolke, die alles verdeckt.

Denn ER - zuvor nur Schnee und Staub - senkt sich nun herab.

Denn ER ist so stark wie nie zuvor.

Die Todesspirale

Es gibt absolut nichts
was erreicht werden könnte
HUANG-PO

Mächtig steht ER da. Dann stampft ER auf.
Und die Erde erbebt unter seinen Füßen, die sich verwandeln wie auch SEIN ganzer Körper.
Und alles, was Beine hat - und keine Beine hat -, und alles, was Flügel besitzt, flieht: läuft oder fliegt davon.
Und die Wasserquellen in den Wüsten versiegen.
Und Mensch, Tier und Pflanze sterben dahin.
Nur für kurze Zeit vermehren sich die Fliegen, deren Maden sich nähren und wachsen.

Dies alles sehe ich. ER war es! In den Wüsten weilte ER einst, denke ich und denke an dich, meine Liebe, Nairra. Ich sehe dies alles hier in den Bergen und weine über deinen, nein, über meinen nicht mehr fernen Tod. Viele Namen trägt ER, der kein Daimon/Dämon ist, weder im guten alten, noch im verteufelten Sinne. ER ist einfach anders, ein Wesen von außerhalb der Welt, ER ist ES und ist es doch nicht, ein Teil von dem, das dort am Grunde des Ozeans liegt und träumt, ein Teil nur, für die Oberfläche geschaffen, für Tag und Nacht und Trockenheit. ES ist unsterblich. Niemand kann ES töten - in diesem Universum. Und nichts auf der Erde hält ES auf. Also ist auch ER unsterblich. Und niemand hält IHN auf? So wird ER alle töten, die ER töten muss? Weil es IHM aufgetragen wurde - von wem, von wo? Von oben? Weil ER es einfach tun muss, da ER und ES aus einer Welt kommen, die in einer Sache wie die unsere ist: wo Töten Alltag ist? Unaufhaltsam zieht ER über die Erde - und unter der Erde dahin – schwimmt durch die Meere und taucht in tiefste Höhlen-Höllentiefen hinab. Nichts kann IHN zerstören, also auch nicht feurigflüssige Lava, die alle Ordnung löscht. Denn ER wandelt über die Erde und träumt zugleich in IHM dort unten in den Tiefen des Meeres, wo ES zugleich innerhalb und außerhalb unseres Universums existiert.

Wenige Menschen leben hier oben in den höchsten Bergen dieser Erde. Doch auf meinem langen Weg begegnete ich – meist umging ich sie - immer wieder kleinen Gemeinschaften, aber auch Einsiedlern, wie es sie früher auch anderswo gab. Einsiedler in den Bergen? Ja, Männer waren es, die da für sich alleine leben, nicht allzu fern von kleinen Dörfern und nicht ganz oben in den schneebedeckten Gipfeln. Einsiedler in Höhlen und Hütten

Einen von denen, die Unsterbliche genannt werden und deren Körper es zumindest nicht sind, einen uralten Mann fragte ich: »Wie lebt der Mensch hier oben in diesen luftdünnen Höhen?«

Lächelnd antwortete er mir: »Wir trinken Buttertee, literweise den Tag, der verdünnt das Blut. Wir atmen das Leben mehr ein als aus. Tausend Schläge des Herzens - so lang halten wir den Atem an.«

Einen traf ich einst und sprach ihn an und erzählte ihm von all den anderen, die ich niemals traf. Er sah so aus wie jene mystische Gestalt, die den Zigeunern bei ihren Wahrsagungen hilft.

Dort steht er am Eingang der Höhle, in seiner Rechten die Lampe des okkulten Wissens, in seiner Linken den Zauberstab. Er ist der Weise, der Einsiedler vom Tarot, Karte 9 der Großen Arkanen. Er ist es!

Er nickt mir zu.

Ich komme näher und sehe sein altes weises Gesicht und – weine.

Weinend fallen wir uns in die Arme.

Weinend falle ich mir in die Arme.

Denn *er* ist *ich*. *Ich* bin *er*. *Wir* sind *eins*. Weiser und Magier vereint.

Ich verstehe, was ich schon immer wusste: Geburt – Leben – Tod. Wie einfach alles ist: Wir werden uns treffen, ER und ich, *einer* von uns wird sterben, der *andere* aber leben. *Wir* werden uns treffen – irgendwann und irgendwo, in nicht allzu ferner Zeit.

Und *sie*?

Sie dürfte für IHN gestorben sein für alle Zeit. *Sie* hat *ER* längst vergessen, der sie einst tötete. Für IHN ist sie tot, und so ist es gut.

Unterbricht mich der Einsiedler in meinem Redeschwall mit wenigen Worten: »Was redest du da?«

Ja, ich rede und rede immer nur von mir. Wohlan, rede ich in Stille, lerne ich zu schweigen!

Also setze ich mich ins Gras und falte meine Beine ein.

Also sitze ich still im Lotos und schweige und lache, lache nicht mehr bei all dem Leid aller Zeiten in allen Welten, und weine und – lächle, sehe in mir ... Also schweigt mein Geist noch immer nicht. Ich sehe den Berg mit Namen Gozu und weißt, wer hier ewig lebt? »Hoyu« wird er genannt. Von hundert Vögeln ist er umflattert, einem bunten Artenschwarm, die ihm ihre Lieder singen und ihm mit ihren Schnäbeln Blüten reichen.

Noch leuchtet die Aura. *Noch* fliegen die Vögel ihm zu.

Doch *schon* beginnt er seinen Untergang zu den Menschen, wie Zarathustra andernorts zu andrer Zeit.

Dann taucht er in die Nebel ein, ein Licht der Reinheit, dem Lotos gleich.

Ich gehe weiter und ... wieder ist da ein Tal.

Hier liegt es träumend und doch so lebendig vor meinen Augen. Himalaja-Birken wachsen am Hang, deren Stämme nicht gerade in den Himmel emporwuchsen, sondern sich unter der Winterlast des Schnees bogen.

Ich schaue hinab, nehme meinen Rabenkörper an, fliege hinunter und werde dort unten wieder Mensch.

Oase, der bewohnte Ort, der fruchtbare Ort und der Ort der Stille.

Im Osten des großen Kontinents auf einem grünen Hügel im Tal, einer Oase inmitten von Eis und Stein, sitzt Manfred, während Moyo in einer anderen Oase im Norden des alten Kontinents – Wasser, Palmen, Menschen und die Rufe der Dromedare an der Tränke – in der großen Wüste weilt.

Manfred sitzt im Lotos, schließt die Augen, atmet ruhig und tief ein und aus und ...

Unten bin ich nun im Tal.

Oben aber in den Bergen liegt Schnee. Dort scheint aus der Ferne die Welt erfroren und tot. Doch ich weiß es besser. Überall auf dieser Erde ist Leben, also auch dort. Unter dem Schnee leben noch immer Flechten, Moose und Gräser. Winzige Insekten und Spinnen überwintern dort. Auch Mäuse bauten sich hier unter dem Schnee Gänge. Doch die Schneeeule, die nun durch die Lüfte gleitet, hört sie rennen und stürzt hinab. Dann greifen die spitzen Dolche ihrer Fänge zu: Aus ist's mit der Maus.

Unten blühen überall Azaleen. Umgeben bin ich von den roten Blüten der Rhododendren hier unten im Tal. In. Ach ja, rot und grün, Farben sind da endlich wieder überall nach dem monotonen Grau und Weiß. Rot in Menschen-Vogel-Insektenaugen, doch nicht in den Augen der Katze, also auch nicht in denen des Schneeleoparden, der hier lebt.

Sonn geht auf über dem schneebedeckten Gipfel.

»Kailas«, spricht die Stimme in mir.

Staunend stehe ich da und schaue empor – und schaue hinab. Zwei Seen liegen da zu meinen Füßen. *Manasarowar* ist der Name des reinen Sees, der heilende Kräfte in sich trägt. Pilger umwandern ihn, manche messen ihn gar mit ihrem Körper aus: Sie werfen sich auf die Erde, stehen auf und werfen sich wieder nieder, bis ihr Körper der Länge nach den See umrundet hat. So erhoffen sie, aus dem Kreislauf des Irdischen erlöst zu werden und ins Nirwana einzugehen. Überall sind Gebetsfahnen und Andachtsplätze.

Der andere aber wird *Rakas Tal* genannt, sichelförmig und ein Hort schrecklicher Dämonen. Also ist dies der Ort, an dem ER sich in Gestalt von Schnee und Sturm niedersenkt, um dereinst aus dem Schlaf wieder aufzuerstehen. Denn eisig ist es hier, also fühlt ER sich hier geborgen.

Und während ER dort unten am Grunde des Sees - oder tiefer? – lag ...

Ich habe dieses Tal nun betreten.

Und da kommen sie, nicht aus den Wassern, sondern aus den Höhlen ringsum.

Alt und schwach, dachten wir, wäre Manfred geworden. Alt, ja, doch schwach ..., sieh selbst: Umringt von Dämonen in der Schwärze der Nacht und in diesem abgelegenen Tal bricht brüllend und katzengleich fauchend der Drache aus Manfred heraus, rasend schnell verwandelte sich sein Körper, dreht sich im Kreis, speit Feuer. OM strahlt blau in seiner rechten Hand und mäht die Schwarzen nieder, die noch immer aus den Höhlen quellen, SEINE Kinder, die ER mit wem auch immer dort unten in der Tiefe zu welcher Zeit auch immer zeugte. Augenlos sind sie, farblos müssten sie als Höhlenwesen sein und sind es doch nicht. Schwarz sind sie und tragen die vielfältigsten Körper. In allen Größen wimmeln sie heran.

Die Kleinen verbrennen im Drachenfeuer, die großen zerschlägt Manfred mit seinem Schwert.

Irgendwann ist alles zu Ende. Mag sein, weil keiner mehr von ihnen lebt, weil sie es aufgegeben haben oder weil bereits der Morgen dämmert, falls sie denn wahre Wesen der Nacht, den Vampiren gleich sein sollten. Stille am Morgen und Berge von Leichen. Krähen fallen ins Tal ein, Geier landen.

Und du fragst dich, wie ein alter schwacher Mann, der Manfred nun geworden ist, so etwas noch einmal vollbringen konnte. Doch schau, was tags zuvor geschah, vor der Nacht und all dem Gemetzel. Daher kam all seine Energie.

Ich schaue auf, schließe meine Augen, breite meine Arme aus und öffne meine Handinnenflächen den Himmeln, ähnlich dem, wie es andernorts und weit entfernt Sumpfschildkröten mit ihren zu Rudern verbreiteten schwimmhautbesetzten Füßen tun.

Ein Vogelmann am Morgen ist es, der all dies sieht, der vom Wipfel, seiner Warte, schaut. Von dort singt er seine Lebenskraft den anderen zu: »Hört her! Schaut auf! Was für ein Kerl ich doch bin! Hier bin ich!«

Manfred wandelt sich und wächst zu einem gewaltigen Philodendron-Baum heran, der seine Blätter träumend entfaltet und dem Licht zu dreht. Dann trinkt er das Sonnenlicht am Morgen, am Mittag, den ganzen Tag bis zum Abend, an dem er wieder in seinen Menschenkörper zurückkehrt.

Weiter gehe ich meinen Weg wie seit Anbeginn, nehme jedoch wieder Rabengestalt an, fliege aus dem fruchtbaren Tal, werde oben wieder Mensch und gelange schließlich in das Rakas-Tal, wo SEINE Kinder leben. Sie waren es, einige von ihnen aus einer Höhle von vielen, die auf mich einstürmten, die ich niederzwang.

Am gleichen Ort zu anderer Zeit.
ER steht da und fühlt sich um bei Nacht. Und während ER sich auf der Stelle dreht, verdunkeln sich Mondin und Sterne über der Erde. Und drehend wandelt ER sich. Aus Einem werden Viele - die noch Namenlosen.
In ferner Zukunft in fernen Welten - für Menschen wird es in einer halben Ewigkeit sein, mögen 10 000 oder 100 000 Erdenjahre vergehen, stehen alle Neuen Wesen einmal in ihrem ach so langen Leben für Sekunden still im Gedenken an den großen Tag, als der Vater ihrer Väter und die Mutter all ihrer Mütter geboren wurden. Zahllos stehen sie da und schweigen zwischen, unter und jenseits der Sterne, Planeten, Monde und Asteroiden, sie alle, die aus Menschen und Nichtmenschen hervorgingen. Von vielerlei Gestalt sind sie, denn all die Welten und das All sind anders als die Erde.
Dies alles geschieht zu einer Zeit an einem Ort, an vielen Orten zu einer Zeit, dies alles geschieht.

Ich setze meinen Weg fort und weiß, bis zum Ziel ist es nicht mehr weit . Begegnete ich bisher nur Pflanzen, Tieren, Einsiedlern und einfachen Bauern – abgesehen von SEINEN Dämonen, so erblicke ich nun, kaum um die Ecke gebogen, in Stein gehauen, Fels im Fels, ein Kloster.

Ich sitze bei den Mönchen, die mich freundlich zu sich aufnahmen, und meditiere. Dünn ist die Luft ringsum, tausende Meter über dem Meeresspiegel. Und all die Berge schlafen und träumen, leben da ringsum, sie, die nicht immer Berge waren, erdgeschichtlich noch so jung, vor kurzem erst aufgefaltet wurden und einst wieder schrumpfen werden.

Werden – Sein – Vergehen.

Nicht nur oben, sondern auch unten im Meer bilden sich neue Tiefen heraus, werden zu Gipfeln und Plateaus.

An den warmen Gestaden dort unten in den tiefsten Meerestiefen aber liegt ES noch immer träumend.

Jetzt erwacht ES, fühlt all die anderen Teile zugleich, die sich einst von IHM trennten, die dort oben - an der Oberfläche im Licht, in den Lüften und auf dem Land wandeln: IHN und SIE und ...

ER ist auf dem Weg zu seinem letzten Kampf auf Erden. Es wird ein Leichtes für IHN sein, Manfred zu besiegen, denkt ER, dachte ER schon immer. Denn alt und schwach ist Manfred der Magier geworden. Menschen entstehen und vergehen ja so schnell. Und wie weich und schwach sie doch sind. ER weiß es, denn ER traf sie auf seinem Jahrmillionen langen Wanderungen, ER schuf sie mit. Also wird es geschehen: ER wird diesen Winzling töten. Bald wird es sein, bald. Wie sollte es auch anders sein, es sei denn, es geschähe da ein Wunder.

Ja, wäre dies hier eine andere Welt, nein, nicht die Dort Oben, sondern eine von vielen, die Menschen sich Dort Oben erträumen, dann ... geschähe das Wunder, dass der Schwache den Starken besiegt.

Wäre dies ein altes Buch, worin etwas von einem kleinen Hirten namens David und einer gewaltigen Kampfmaschine von Mensch mit Namen Goliath stände, dann hätte der Kleine, scheinbar so Schwache und Chancenlose eine Schleuder und einen Stein ...

Wäre dies eine Welt mit Namen Hollywood, dann gäbe es zum Schluss ein Happyend. Ach wie schön und rührend!

In den Höllenwelten aber herrschen andere Gesetze. Dort siegt der Starke und – verliert zugleich. Wird es auch hier so sein?

ER lacht, sieht Manfred vor/unter/über sich und wartet geduldig. Denn nichts und niemand kann IHM widerstehen, hier, in diesem Höllenreich mit Namen Erde.

Was tut er da?, frage ich mich, der ich gerade auf meinem schmalen Pfad um die Felswand komme, bei dem, was meine Seele nun erblickt. »Was tut er da?« , flüstere ich mir verwundert zu.
»Er tanzt den Tanz der Erde«, spricht eine Stimme hinter mir. »Er tanzt den Tanz des Sonn. Er tanzt den Kuss von Sonn und Erde am Morgen. Er tanzt sein Leben, sein Leben tanzt ihn.«
Ich drehe mich um.
Da ist niemand, der diese Worte spricht.
Also schaue ich wieder nach vorne.
Der Tänzer ist verschwunden.
Seltsam, seltsam, denke ich und gehe grübelnd weiter und erinnere mich an einen anderen Tänzer, an seinen Tanz. Ja, auf einem Hügel geschah es. Ich sah ihn schon aus der Ferne und kam heran und sah ihn an. Er war ein alter Mann. Ich sah ihn an und erkannte mich in ihm wieder und wurde eins mit seinem Körper und tanzte so in ihm mit ihm, setzte mich dann, lachte und weinte vor Glück, trat wieder aus seinem Körper aus, setzte mich gegenüber auf einen Felsen, der seine Form verlor und sich meinem Körper anpasste. Sessel wurde er mir, so warm und weich und hart zugleich. Ich aber achtete nicht darauf, sondern sah nur *ihn* an, den alten Mann, und fragte ihn stumm, wie auch er mich auf die gleiche Art zur selben Zeit fragte: Warum sind wir hier? Wer sind wir? Was tun wir hier?
Keiner von uns hatte eine Antwort.
Kein Gedanke, kein Ton. Wir beide schweigen. Wir beide lächeln.
Wir beide beginnen uns im Nachtwind zu wiegen, bewegen unsere Körper. Unsere Seelen schwingen mit.
Tai-chi-tanzend öffnen wir Raum, öffnen wir Zeit. Längst haben wir unserer Augen geschlossen. Und doch sehen wir in uns das All. Rotes und blaues Licht im weißen Leuchten vereint.

Wir hören. Wir riechen. Wir fühlen. Wir leben. Wir singen.

Denn wir sind weiße Sterne in der Schwärze des Universums.

Denn wir sind Schwärze im WEISS dahinter/darüber/darunter.

Denn wir ...

Ich öffne meine Augen. Ich stehe auf - noch in der Nacht, noch vor dem Morgen. Diese Träume, denke ich, denn ich erinnere mich an alles, lächle und gehe weiter unter dem Sternenhimmel und dem Licht der Vollen Mondin dahin. Steige empor, immer weiter hinauf ins Gebirge, gelange endlich auf ein kleines Plateau.

Dort vor mir im Morgendämmern sehe ich zwei Wesen, Silhouetten nur, nicht weit vor mir, die *mir* als Menschen erscheinen. Doch ich weiß, dass ein Wolf da Wölfe riechen, hören, sehen würde und eine Katze Katzen und ein Adler Adler.

Lautlos für Menschenohren bewegen sich die beiden, schwanken, wanken, gleiten dahin. So lassen sie die Nacht enden, so rufen sie den Sonn heraus, herauf, zwei Schatten, die nicht das Unwandelbare Letzte boxen. Und doch lautet so der Name dessen, was sie da leben, es ist: Tai Chi Chuan.

Sie sind Yin und Yang, Yang in Yin und Yin in Yang.

Sie waren, sind und werden Fluss des Lebens sein, ewiger Wandel, fließender Tanz, Werden ohne Anfang und Ende.

Diesmal bleibe ich auf Distanz, setze mich nicht weit von ihnen entfernt auf einen kleinen Hügel und sehe ihnen zu.

Sie ist in meinen Augen ein schwarzes Mädchen, sieben Jahre alt mag sie sein, mit Kräusellockenhaar und strahlenden braunen Augen.

Er aber ist ein alter chinesischer Mann von siebzig.

Frau und Mann, jung und alt, was für Gegensätze! Und doch sind sie eins in allen Bewegungen, also auch im Augenblick, als der Sonn den Nebel verzehrt.

Hinter ihnen im Tal aber, tief unter dem Bergrat, dem kleinen Plateau, auf dem sie tanzen und wo ich sitzend schaue, brennt das weite Land wie Feuer. Ein schwarzer Schatten ist der Fluss, von Flammen umschlossen.

Jetzt stehe ich auf, trete näher.

Sie weichen zurück.

Ich verstehe. Das ist das Prinzip, den Stoß des Gegners ins Leere fallenzulassen. Aber bin ich denn ihr Gegner?

Seltsam, da ist ein geistiges Lächeln als Antwort der beiden auf meine Gedanken: Ich komme in Frieden.

Sie weichen zurück, nicht etwa in einem Ruck. Nein, weiterhin im Fluss fließender Körper gleiten sie dem Abgrund zu, den Flammen entgegen, die jetzt den Grat des Felsens erklimmen.

Und ich folge ihnen tanzend, losgelöst von den Sorgen der Welt tanze ich ihren Tanz hinab ins Tal aus Feuer. Stimme ein in den Klang der Welt. Auch *ich* bin nun ewiges Gleiten durch Raum und Zeit, auch *ich* bin ins Schwarze schlagende weiße Welle, Yang, das ins TAO, Tai-chi, hinüberschwebt.

»Es ist ein Tor«, singt Manfred der Magier und hebt seine Arme im Tanz. Und der Leuchtende Pfad erscheint wieder vor ihm. Und er folgt ihm. Und niemand sonst ist da. Die beiden, Mädchen und Alter, sind längst verschwunden, eins geworden mit der übrigen Welt, mit dem nun erlöschenden Flammenmeer. Allein der Magier tanzt seinem Weg in ewigem Gleichgewicht von rechts und links, vorne und hinten, tanzt durch das Tal der tausend Wunder in einen neuen Tag hinein.

Bäume wachsen hier im Tal. Und dort, schau da, sieh an, ein großer Vogel sitzt da in seinem Nest, zwei Beine, doch flügellos, sitzt im Geäst der Krüppelkiefer und übt sich ewig im Zazen. Das ist ja Tao-Lin.

Ich sehe ihn und halte im Tanz inne, atme aus, atme ein, atme aus und ein, trete näher und frage: »Meister, ich träumte einen seltsamen Traum. Ich träumte, dass dort draußen jemand schlummert und einen Traum mit Namen DER LEUCHTENDE PFAD träumt. *Mich* träumt er in diesem Traum, und nicht nur mich, sondern *uns alle*. Sagt mir, was geschieht, wenn der Schläfer erwacht. Was wird mit uns allen geschehen?«

Tao-Lin, der Meister im Baum bewegt sich nicht. Auch seine Lippen flüstern keine Worte. Doch in mir sprechen seine Gedanken. Ich höre die Worte, höre sie nicht nur in mir, auch meine Ohren hören die Worte, die so viele Stimmen an so vielen Orten in so vielen Zeiten sprechen, singen, rufen: »Es gibt keinen Unterschied zwischen den Welten, zwischen Leben und Tod. Höre das Herzsutra in dir schlagen:

Form ist nichts anderes als Leere.

Leere nichts anderes als Form.

So sind wir Form und Leere, eins von Anbeginn. Auch du wirst Erleuchtung erlangen, irgendwann und irgendwo in irgendeiner Gestalt!«

Ja, das ist es: es gibt so viele Wege, denke ich, und jeder Mensch/jedes Lebewesen geht einen anderen Weg, seinen eigenen.

Dann spricht der Stimmenchor - in dem ich nun auch nichtmenschliche Stimmen erkenne. Katzen miauen, Wölfe heulen – sie alle aber singen in mir/mit mir das Sutra des Herzens, immer und immer wieder:

»gate gate paragate parasamgate bodhi svaha!

Gegangen, gegangen, darüber hinaus gegangen, vollkommen offen, erleuchtet, gegrüßt!

Die Form ist die Leere, die Leere ist die Form.

Die Form ist die Form. Die Leere ist die Leere.

Erwacht in Einheit von Geist und Seele.

Ich grüße die andere Seite, wo die Illusionen enden, wo kein Leiden mehr ist: Shunyata.

Alle Dinge sind nichts als Erscheinungen, das wahre Wesen der Welt aber ist Shunyata, Ku, die Leere, Beruhigung der Vielfalt, die nicht mit Worten zu beschreiben ist, die nur *du selbst* erfahren kannst.

Form ist nichts als Leere und Leere nichts als Form.

Manche wählen den Weg des Schwertes – wie auch du und deine Sieben Samurai einst einmal vor langer/kurzer Zeit. Sie starben, du lebst. Und OM, dein Schwert, ist doch noch immer, wenn auch verborgen, bei dir. Wirst du es noch einmal gebrauchen? Der wahre Meister kämpft nicht mehr.

Du meditierst und schaust und lächelst längst. Die Dämonen hast du getötet. Nun wirst du nur noch IHM gegenüberstehen.

Andere beschreiten den Weg des Tees, des Ikebana ... Der eine tut es wenige Minuten lang und schon zerreißt der Blitz die Wolken. Dann ist da nur noch Lachen. Er lacht und lacht und lacht ... Vielleicht geht es bei ihm so schnell, weil er in seinem vorigen Leben kurz vor dem Durchbruch stand. Ein anderer braucht ein Leben lang, um für wenige Sekunden dorthin zu gelangen, oder aber schafft es nie: zu verkrampft, zu besessen, zu umfangen von Gedankenströmen. Es gibt so viele Wege! Und jeder muss seinen eigenen Weg gehen. Du kannst ihn für niemand anderen beschreiten. Du kannst niemanden zwingen. Du kannst nur ein wenig helfen, führen.«

»Ja!« , denke ich und weine Tränen der Erinnerung an den Tod meiner Sieben Samurai und meiner ewigen Liebe Nairra. Auch wenn sie als Moyo wiedergeboren wurde und alles, was war, für immer ist, weil nichts vergeht. Nairra war nur kurz bei mir und starb - verschwand.

Ich gehe langsam weiter. Irgendwann schaue ich auf. Muss wohl ziemlich abwesend gewesen sein. Lege meine rechte Hand mit der Innenseite an meine Stirn. Schalte mein Denken ab, bin Stille.

Denn ich stehe vor einem verschlossenen Tor. Kein Schlüssel, kein magisches Wort.

Was für ein Tor ich doch bin!, denke ich dann. Welch ein Tor vor dem Tor!

Denn jetzt fällt es mir wieder ein.

Sei Weiß, sei schwarzer Raum! Sei alles und nichts zugleich!, denke ich und atme ein, atme tief, atme Stille. Dann stoße ich alles aus.

Und das Tor zerfällt zu Staub.

Ich gehe hindurch.

Auf der anderen Seite drehe ich mich einmal im Kreis.

Schneebedeckte Gipfel, so weit das Auge reicht. Es ist eisig kalt. Ich werde nicht zum Bär, ich lasse mir mein Bärenfell wachsen, bin jetzt Menschenbär, Bärenmensch. Warm umhüllt gehe ich nun weiter meinen Weg, der mir endlos emporzusteigen scheint.

Noch ist da kein Ende abzusehen

Berge ringsum, Berge unter mir und über mir. Auch *in* mir sehe ich Berge. Dort fliegen Geier über mir. Dort sehe ich Höhlen in den Bergen, die ich einst durchschritt, und auch die, die ich niemals in diesem Leben durchqueren werde.

Nebel weichen zur Seite, die Volle Mondin leuchtet über dem NEBELLAND.

Die Drachen erwachen.

Smorré-Aié erhebt sich aus ihren Träumen, bricht auf zu ihrem Sohn. Sie sieht ihn jetzt so alt und schwach zwischen Steinen und Schnee schneckengleich einen schmalen Pfad in endlosen Serpentinen Schritt um Schritt um Schritt emporstapfen.

Ob sie ihn noch rechtzeitig erreichen und ihm in seinem Kampf gegen IHN beistehen kann?

Denn auch dort leben Drachen, doch es sind Drachen einer anderen Art.

Schau, jetzt verwandeln sich die Felsengesichter, die du eben noch für Menschengesichter oder Trolle hieltst, jetzt verformen sie sich und werden zu Drachen, die nun - seit Jahrhunderten, Jahrtausenden - endlich wieder ihre gewaltigen Münder öffnen und wieder Feuer zu spucken beginnen.

Das Kloster, in dem Manfred weilte, brennt, verbrennt mit allen Mönchen.

Doch das Dorf unterhalb bleibt verschont.

Dann ziehen die Drachen der Berge der Drachin aus dem Nebelland entgegen und jagen sie zurück nach Hause.

Andernorts singen Menschenmünder von der *einen* Höhle, der Höhle unter dem Geiergipfel, dem Felsen, wo Buddha einst am Ende seines Lebens saß.

Wo mag sie nur liegen? An welchem Ort zu welcher Zeit?

Spielt das denn irgendeine Rolle?

Einige Menschen glauben es zu wissen.

Ich weiß es nicht, wusste es nicht und wollte sie nie erreichen. Warum auch?

Seine Erleuchtung ist *seine* Erleuchtung. *Sein* Weg ist *sein* Weg.

Mein Weg aber ist *mein* Weg. So einfach ist das.

Drehe mich im Kreis und bin auch schon an Ort und Stelle. Hier also!

Setze mich in den Lotos.

Versenkung.

Draußen rast die Zeit.

Erwacht - *noch* nicht vollendet - sehe ich die Bilder aus der Leere und der Zeit treten. Klar und real sehe ich in mir den großen Geier, der schaut mich aus großen gelben, rot umrandeten Augen an.

Er ist von der Art, deren Hals nicht nackt, sondern von einem Bart bedeckt ist. Wie seltsam, da kann der doch nicht in Gedärmen wühlen oder doch?

»Du also?«, frage ich ihn in seiner - Bartgeiersprache.

Er nickt.

Und ich weiß, was geschehen wird. Er wird es sein, der ...

Ich stehe auf und gehe langsam weiter. So also, denke ich, weine nicht, hülle mich am Abend in Wärme, schlafe ein und wache auf.

Da war ein Traum, der immer deutlicher wird, den ich einst einmal irgendwo und irgendwann träumte, den ich nun wieder träume, immer wieder von Neuem:

Dunkle Wolken verdecken den Sonn. Schwärze steigt aus den Bergen auf. Zunächst scheint es, als speie da ein Vulkan Aschenmassen aus tiefsten Höllentiefen in den Himmel empor. Dann jedoch sehe ich weder Asche noch Rauch, sondern etwas alles ausfüllen und das Licht schlucken. Es ist, als wäre da etwas aufgestiegen, winzig klein zunächst, das wuchs, das wächst, das immer größer wird und alles ringsum schluckt: ein Schwarzes Loch.

Jetzt hat mich die Schwärze erreicht und schon umflossen. Bin vollkommen blind. Und die Stimmen der Welt verklingen in meinen Ohren. Kein Duft gelangt mehr in meine Nase. Keine Gedanken von nirgendwo, nichts mehr ist da in mir außer der S c h w ä r z e.

Erwache. Schlief ich denn? War da nicht schon Schwärze vor der Schwärze des Schlafes? War alles wieder *nur* ein Traum?!

Ich erinnere mich an eine andere Welt, viel kleiner als diese Bergwelten hier. Da ist ein anderer Mensch, groß von Gestalt, doch unbedeutend und unauffällig in seiner Welt mit Namen S<small>TADT</small>. Ist *er* mein Schöpfer? Bin *ich er*?

Er ist mein Schöpfer. Ich bin wie Er. Ich bin nicht Er. Denn *Er* ist kein Magier. Denn *seine* Welt ist anders. Wir leben in *zwei* Welten. Also unterscheiden wir uns.

Dort lebte er einst in einem kleinen Zimmer unter dem Dach und hörte den Ruf. Also stand er auf, ging im Schlafanzug die Treppe hinab und hinaus in die Nacht und stand unten auf der leeren Straße. Von unten sah er zu seinem Dachzimmer auf, wo noch immer gelblich ein Licht brannte. Dann drehte er sich herum und erblickte *sie* dort oben, die so still dort leuchtet, die ihn rief und weckte, die ihn noch immer ruft, ohn' Unterlass!

Er sah in seiner Welt die Volle Mondin an.

Ich schaue die Volle Mondin.

Dann öffnet sich mein Mund. Ich schreie den Schrei, den niemand hört. Ich steige auf, verlasse meinen gefolterten Körper, sehe ihn noch immer dort unten stehen. Sehe meine Kleidung brennend zu Boden fallen. Haut reißt auf an Händen, Armen, Beinen, Füßen, an Brust und Bauch. Fleisch beginnt zu kochen, schmilzt langsam brodelnd in *ihrem* blauen Licht dahin.

Jetzt öffnet sich die Erde. Längst ist dort schon kein Pfad, keine Straße mehr, sondern nur ein schwarzes Loch.

Funken funkeln in der Tiefe: Feuer. Ein Feuerkreis lodert dort weit unter mir - steigt auf.

Sehe das leuchtende Schwert in meiner verkohlten Rechten, das sich nun verkürzt und eins zu werden scheint mit der verbrannten Hand, dem Arm. Kurz nur blitzt es auf in kreisendem Schlag. Getroffen, fällt mein Schädel vom Rumpf getrennt hinab und verschwindet im Höllenkreis aus Feuer.

Noch aber steht da so ganz mutterseelenallein in der Nacht mein kopfloser, skelettierter Körper. Schwärze ringsum.

Strahlend fährt mein Schwert mir in mein Becken. Dort hindurch, wo einst mein Bauch - Hara war. Fast ist es wie *Seppuku, Hara-wo-kiri, Harakiri.*

Jetzt bin ich endlich frei. Tanze hinfort. Schwärze reißt auf. Hindurch! Schwebe lachend und weinend zugleich - ein Stern unter vielen - im Sternenmeer.

Das also war der Traum, die Zukunftsschau? »Und was bedeutet er?«, frage ich mich flüsternd selbst und denke mir auch schon die Antwort: Tod. Was sonst!

Also sterbe auch ich! Natürlich.

Und werde wiedergeboren? Vielleicht!

Meine Seele spricht mir durch meinen Mund altbekannte Worte zum Troste zu: »Jetzt ist jetzt ist jetzt - sonst ist nichts!«

Also öffne ich meine Augen und sehe die Sterne aus schwarzen Himmel strahlen.

Und da ist die Volle Mondin. Grell und hell leuchtet sie in meinen Augen.

Ich atme sie ein. Lange Zeit verharre ich im Staunen.

Dann spüre ich den Wandel: Morgendämmern. Eiseskälte in den höchsten Bergen der Erde. Also erhebe ich mich und nehme den Lotossitz ein, versenke mich, lasse den Sonn im Zentrum meiner Stirn leuchten. In der Wurzel, dort unten beim Geschlecht, wo das erste Chakra liegt, bin ich mit der Erde verbunden.

Eins sind wir nun alle drei: Mutter aller Erdenwesen, Sohn und Vater - Erde, ich und Sonn - eins in diesem *einen* Augenblick, der nur einen Sekundenbruchteil, also Ewigkeiten, währt, der nur einmal an einem Ort zu einer Zeit geschieht. Jetzt sind wir eins.

So geschah es.
Doch nichts bleibt jemals unverändert für alle Zeit.
Irgendwann steht Manfred auf, reckt sich, dreht sich einmal im Kreis und geht weiter.

Zu Fuß?
Ja und nein. Er steigt empor. Doch da ist kein Mensch mehr, der sich schnaufend Schritt für Schritt durch den Schnee hinauf wühlt. Schau hin! So schnell verwandelt sich ein Magier. Schon ist's geschehen: Dort, wo vor Sekunden noch ein Mensch sich mühte, steigt nun ein Kolkrabe auf im Wind. Noch schlagen seine Schwingen. Dann kreist er auch schon auf den Aufwärtswinden empor.
Zeit vergeht.
Der Rabe schwebt noch immer empor.
Dann geschieht, was geschehen muss. Es geht zu Ende. Der Rabe landet und wandelt sich.

Habe ich meinen alten Menschenkörper nun wieder, hier oben, ganz oben auf dem Gipfel des höchsten Berges. Drehe mich einmal um mich selbst, schaue mich um. Längst wuchs dunkle Haut mir über die Augen, die »Sonnenbrille«, die mich vor dem Erblinden schützt. Also sehe ich, also lache ich, also lebe ich. Und drehe mich noch immer voller Lust. Und rufe mein »Hallo!« in die Welt und lausche den Echos von unten mit Wolfsohren, die mir hier oben an meinem Menschenkopf eben erst wuchsen.

Ich setze mich und frage mich, was nun geschehen wird. Es ist Tag. Weiß der Schnee und dunkel der Fels an den Hängen, wo er nicht liegen blieb. Eisig kalt wäre es hier für den nackten Affen Mensch, doch der trägt dicke Felle, wenn er *hier* überleben will. Auch mir wuchs längst ein Bärenfell und doch kein Bärenkörper.

Und da ich meine Zukunft nicht sehe, setze ich mich wieder nieder in den Lotossitz, schließe die Augen, trete aus meinem Körper aus.

Sehe mich von fern winzig klein und schwarz im Weiß der Welt hier oben sitzen. Trete näher und lache, denn seltsam sieht dieser Yogi doch aus: ein Bär, dessen Fell sich nun weiß färbt, so dass auch ich ihn nun fast nicht mehr hier oben im Schnee sehen kann.

Atme die Stille ein, fahre in meinen Körper hinein.

Meine Augen bleiben geschlossen. Bilder steigen auf, fallen herab. Erinnere ich mich?

Es geschah/es wird geschehen/es geschieht einmal vor langer Zeit/einst irgendwann/jetzt, nicht in einem fernen Land, sondern hier oben in einem abseits gelegenen Tal, nicht in dieser extremen Höhe, aber doch hier in den Bergen, wo nur wenige Menschen leben.

Wann war das nur? Geschah es mir? Ich weiß es nicht. Da traf ich den alten Mann, dessen Augen weit offen standen. Und doch sah er nichts, denn er war blind. Sprechen aber konnte er. Und er tat es in einer seltsamen Sprache, die ich alsbald verstand. Mit leiser Stimme, nah und näher kam ich heran, sprach er mich an, der alte blinde Mann.

Blind war er und ein Meister im Überleben und - ein Meister des Sehens.

»Was ist es, das du siehst?«, fragte er mich.

Und ich redete und redete und erzählte ihm von all den Dingen, die mich bewegten. Fast nichts aber sagte ich ihm von der Landschaft um uns. Wie sollte ich sie beschreiben, ich hatte es nie gelernt. Immer war ja alles für mich dagewesen, denn ich konnte von Geburt an sehen und glaubte es noch immer zu können.

Also nannte ich *ihn* blind und *mich* sehend.

So belog ich mich selbst, denn *ich* sah nichts - *er* aber sah alles.

»Was ist es, das du siehst?«, fragte er mich ein zweites Mal.

Allmählich begann ich zu begreifen, verstummte und schaute mich um, begann - zum ersten Mal? - wieder? - immer wieder? - *wirklich* zu sehen.

Staunend legte ich mich ins hohe Gras unter die zweistämmige Birke, sah das Blättermeer sich dort oben im Wind wiegen.

Dem Rauschen lauschen, dachte ich und versank ...

Dort in den ewigen Träumen, die alles Lebendige träumt, treffen wir uns. In einem lächelnden, sehenden Mann erkenne ich den Blinden wieder. Dort lebt er.

Ich aber kehrte wieder zurück in den Außenraum, Erde, dorthin, wo ich Augen habe zu sehen und einen Geist, es wahrhaft zu tun.

Was ist es, das du siehst?«, fragte er mich nun ein drittes und letztes Mal.

Und ich sehe endlos sich erstreckende Gräsermeere und undurchdringliche Wälder, spiegelnde schlafende Seen, die Brandung des Meeres und endlos scheinende Wüsten aus Stein und Sand. Schweigend schaue ich dies alles und denke ihm zu: Ich sehe dies alles, nenne es Heimat, nenne es Erde, und sehe ihn in allen Dingen nicken und wundere mich, schaue genauer hin, erkenne Bekanntes in seinem Lächeln, Spiegelbilder, erinnere mich.

Schaut mich ein Greis aus dem Spiegel einer Pfütze an.

Ich bewege meine Lippen, um ein Wort zu sagen.

Und auch das von Falten durchzogene Gesicht dort vor mir bewegt seine Lippen.

Ich sehe ihn sterben und … Tränen weinen meine Augen, Tränen fließen an meinen Wangen hinab, tropfen und rollen schillernd weiter den Leuchtenden Pfad entlang. Sehe ihn verschwommen hinter Schleiern hinter meinem Rücken verschwinden und verbleichen. Ach, mein Weg, so leuchtend begann er einst in jungen Jahren. Erinnere mich an all das, was ich einst erlebte.

Und der Spiegel wandelt sich, wie auch meine Gestalt sich immer wieder verändert. Da ist Kristall, ein Diamant dort tief in mir. Er singt ein tiefes Lied der Trauer. Spricht das Spiegelbild: »Großer Magier, was hast du erreicht? Magie ist Macht. Wo ist deine Macht geblieben? Bist du noch Magier, bist du noch Mensch? Wer bist du? Was hast du verloren? Was hast du gewonnen?«

Irgendwo von fern ein Singen, Worte sanft wie ein warmer Sommernachtswind, kommen näher, jetzt sind sie da: »Es gibt absolut nichts, was erreicht werden könnte« , singt der Wind mir in mein Ohr. »Absolut nichts!« »Nichts! »

Ich nicke, ich weine. Ich schließe die Augen.

Ich öffne meine Augen. Schlafe ich, träume ich? Wie kam ich hierher, wie kam ich hin, wo ich nun bin?

Ich rufe mein Schwert.

Meine rechte Hand greift ins Leere. Mein Schwert OM kommt nicht.

Feuer bricht hervor aus fernen Räumen.

Rote Flammenzungen steigen auf, schreiben lodernde Zeichen in die Schwärze dieser stern- und mondinlosen Nacht.

Gewaltig leuchten die Feuer am Himmel, strahlen mir in Augen, Hirn und Seele.

Vier Buchstaben nur sind es, keine Vokale dazwischen:
S H T N

»Das ist nur ein Name!«, brüllt donnernd SEIN Lachen, »*ein* Name von so vielen, ein Menschenname, mehr nicht.«

Sheitan!, denke ich, Satan.

Meine dunkle Seite, mein anderes Ich oder mehr?

Du bist es, Drefman! Du bist ER, und ER ist ES.

Die brennenden Zeichen am Himmel weichen auseinander, verteilen sich auf die vier Himmelsrichtungen: Nord und Ost und Süd und West. Dann stehen sie still.

Im Zentrum von allen aber geht Manfred dahin, schrumpft immer mehr ein. Winzig klein scheint er nun zu sein, als wäre da kein Magier mehr, sondern nur noch ein Mensch.

Ein Donnern aus den Himmeln. Die Erde bebt. Ein leuchtend roter Blitz noch fern, dann näher, schon sind es zwei, dann drei, dann vier: Ein Blitz aus jedem Zeichen. Ein Blitzgewitter, das nun mit einem Zwerg (der Manfred heißt) zu einem roten Licht verschmilzt.

Licht fällt. Feuer. Stehe in Flammen. Kein Schmerz.

Trete heraus, sehe mich von außen: ein rotes Flammenmeer in schwarzer Nacht.

Trete wieder in meinen brennenden Körper ein, sehe andernorts ein schwarzes Flammenmeer in roter Höllennacht.

Wir brennen in Liebe und Hass. Wir brüllen, singen und flüstern lautlose Worte. Wir sprechen. Einer fragt, der andere antwortet:

»Was bist du? Ein Magier? Ein Gott? Was bist du schon? Ein Mensch - nicht mehr als belebter beseelter Staub!«, brüllt ER.

»Ich bin *Mensch* und *Magier*. Kein Mensch ist wie ich, denn keiner steht so nah der Ewigkeit«, antworte ich.

»Du bist *nichts* in Anbetracht der Räume und Zeiten, Wesen und Dinge hinter den Dingen!«, lachen SEINE Gedanken in mir.

»Ich bin Teil des Ganzen, bin einer und alles zugleich«, stammle ich.

»Ein wenig Weisheit am Lebensende? Die nützt dir jetzt nichts mehr. Schau!«, donnert SEINE Stimme und lässt die Berge erzittern.

Dann erhebt ER sich, wird zum Riesen. Schwärzeste Schwärze steigt aus IHM auf und breitet sich aus.

Das Licht flieht.

SEINE Schwärze brandet dem brennenden, piepsenden Zwerg entgegen und hüllt ihn ein.

Eine Ebene bei Nacht, soweit das Auge reicht im Licht der Vollen Mondin.

Für den, der sehen kann mit restlichtverstärkten Augen, ist dort ein winziger Punkt, der wächst und wächst, nicht weil er näher kommt, sondern weil du dich ihm rasend näherst. Dort scheint ein Mensch zu sein.

Ein Mensch liegt dort im Staub der Erde. Welch Wunder, dass er noch lebt. Verbrannt ist seine Haut, so schwarz, verkohlt vom Feuer, das der andere aus dem Innern der Erde mitbrachte für diesen einen Augenblick.

Sieben Raben kommen geflogen, finden Manfred, verbinden und pflegen ihn. Längst haben sie sich in Menschen verwandelt -, erblicken seine blinden Augenhöhlen - nein, ihm hätten sie die Augen niemals genommen. Verbrannt sind auch Nase und Mund und Ohren. Niemals wieder würde dieser Körper sehen, riechen, sprechen und hören. Dann verlassen die Sieben ihn wieder, die ihn fanden und verbanden, mit ihrem Abschiedslied und besten Wünschen: »Alles Gute!« - einem Krächzen in Menschenohren, wenn es denn hier welche gäbe – Halt! Hier gibt es ja einen Menschen, der ihre Sprache versteht. Doch der kann sie jetzt in seinem Zustand weder hören noch sehen. Und doch träumt er von ihnen:

Sieben Raben kommen zu mir und heilen mich mit Rabenmagie. Sieben Raben, die einst Sieben Delfine im Meer und Sieben Samurai im Wald waren.

Rabe war ich, Rabe bin ich. Eine Rabin sitzt auf Posten an den Grenzen zum Nebelland. Rabenliebe, Rabenkinder.

Zwei Raben kommen geflogen und landen nicht weit von mir und unterhalten sich auf rabisch, einer Sprache, die ich im Wachsein und Träumen verstehe.

Also spricht die Rabin: Hier sind wir frei, du und ich, Raben in Rabenkörpern. Und läge da nicht ein Mensch, verbrannt, gepflegt, von den unsrigen geheilt, wie seltsam doch, ach deshalb, daher also, soso, wäre er nicht hier, dann ... doch auch so sind wir ja frei. Niemals lassen wir uns auf den Hüttendächern der Menschen nieder, denn *die* gibt es hier nicht, nur diesen *einen* Menschen, der selbst ein halber Rabe ist. Hier sitzen wir nun ganz oben auf den Wipfeln dieser gewaltigen Birke mit gespaltenem Stamm - und schauen hinab.

Ja, denkt der Rabe der Rabin zu, die ihn aus wunderschönen schwarzen Augen still betrachtet, seltsame Dinge erzählen sich die anderen, die wie wir auf zwei Beinen gehen und doch so arm dran sind, so minderbemittelt, denn ihre Arme haben keine Federn, merkwürdige Dinge erzählen sich doch diese flügellosen Wesen, die sich selbst *Mensche*n nennen. Also gaben sie auch uns einst Menschennamen und stellten uns in die Dienste ihrer Menschengötter. Doch unsere wahren Namen werden sie *niemals* erfahren. Wir sind weder Hugin noch Munin und gehören erst recht nicht *ihrem* Odin. Wir sind nicht die Raben, die sich Menschen erdachten. Also sendet uns niemand in die Weite der Welt.

Ich bin ich und du bist du. Hier sind wir frei.

Ich erwache in tiefer Nacht und Stille, taste mit meinen Händen ringsum nach einem Stein, bis ich einen finde, der die passende Lage und Größe hat. Auf ihm lasse ich mich nieder. Dann betaste ich meinen Körper. Mein Fleisch ist durch die magischen Künste der Raben geheilt - also müssen sie wirklich gewesen sein. Raben heilten mich, die in mancherlei Menschenglauben gar keine Vögel, sondern Götter sind. Knochen, Muskeln und Haut sind wieder neu, also auch mein Tastsinn. Alle anderen Sinne aber sind dahingegangen. Die Bilder sind erloschen. Still ist die Welt dort draußen. Dunkelheit müsste in mir herrschen - und Schweigen. Doch noch immer singen tief in mir, verklingen schon in weiter Ferne Lichter, Schatten, Farben und all die Düfte dieser Welt.

Dann steigt aus der Stille in mir ein Lied empor und wächst, schwillt an. So traurig ist es, so fröhlich zugleich.

Welten werden in mir geboren. Ich rieche und schmecke, denke und fühle Erde.

Blind und taub und stumm bleibt mein Menschenkörper, bis die Zeit kommt, wo du und ich und Licht und Schwärze wieder eins werden, wo unser Ruf das Morgen durchbricht, wo Erde von neuem bebt, wo Menschen niederfallen zum Gebet, wo Licht die Wolkenwand durchbricht, wenn wiedergeboren immer wieder alles von Neuem beginnt.

Denn ewig ist die Wiederkehr von Geburt und Leben und Tod. Alles vergeht, alles besteht - ewig. Ich und du und wir ... Sehe all diese Welten und Wesen in mir, höre sie und rieche und schmecke und denke und fühle.

Dann erlöschen alle Sinne. Schwärze. Stille. Leere.

Schau von oben, schau aus den Himmeln hinab!
Dort kniet Manfred auf nacktem Fels, nein, dort kniet er auf einem Flechtenteppich zum Gebet.
Wie klein ist doch der Mensch inmitten der mächtigsten Berge der Erde, wie winzig ist der doch, der sich einst für einen großen Magier hielt.
Schau seinen alten, schwachen, kranken Körper.

Eine Stimme steigt aus dem Schweigen auf.

Noch ist sie fern. Doch sie kommt näher und näher, singt hell und klar und voller Liebe, so ist es, als wäre da die Stimme einer Frau.

Und *das* sind die Worte, die Moyo singt: »Hallo Manfred, weißt du, was geschah? Dein Leuchtender Pfad dort draußen ist erloschen. Dort draußen, doch nicht in dir. Du schreitest weiter auf ihm voran, bis zum Ende und darüber hinaus. Weine nicht unsichtbare Tränen aus leeren Augen-

höhlen, sondern freue dich über die Freiheit!
Und auch hier in dieser Welt wirst du weiterleben. Sohn oder Tochter, Tochter oder Sohn. Fühle es in mir wachsen.«

Träume ich von deiner Stimme, die zu mir spricht? Singt und klingt so süß dein Lied hier tief in mir? Hast du wirklich zu mir gesprochen? Werde ich in meinem hohen Alter Vater? Werde ich mein Kind noch sehen? Wie lange werde ich noch leben?
Bald werde ich gehen, bald ...

Manfred »schaut« auf, er hebt sein Haupt, so winzig klein und ganz allein, dreht sich im Kreis. Eine Träne aus Lymphe, aus Blut, woher auch immer, eine Träne rollt aus seiner linken Augenhöhle die Wange hinab und ... fällt.«Ewig« dauert ihr Fall - so ist es, als wäre alles nur ein Zeitlupentraum.
Doch schau genau! Was Manfred nicht sieht, denn er ist blind und könnte es auch nicht mit Augen schauen! Schau, was sich alles in der einen Träne spiegelt, die noch immer fällt: Eine schwarze Welt in einem weißen Kosmos - das ist T-her, woher ES stammt. Andere dunkle Punkte dehnen sich aus im WEISS – Universen wie das unsere.
Du siehst dies alles in der einen Träne. Du siehst und verstehst. Du trittst zurück.
Die Träne hat die Erde erreicht und trifft auf nackten Fels.

Jetzt schließe ich meine Au-, ach die sind ja nicht mehr da. Wie warm der Sonn doch scheint - und das hier oben auf dem Gipfel der Höchsten Berge! Ich kann Ihn fühlen, spüren auf meiner dicken Narbenhaut. Breite meine Menschenarme zur Seite aus, als wäre ich ein Vogel, als hätte ich mich wieder verwandelt, als wollte ich davonfliegen. Doch ich halte sie still und lasse mich nach hinten fallen.
Und während ich dem Schoß der Erde leise und langsam entgegenschwebe - tausende Meter weit, während ich so niederfalle, schaue ich augenlos auf und sehe Ihn Dort Oben tief in mir.

Auf und ab bewegen sich seine Finger dort auf einem Brett mit Buchstabentasten.

»Keyboard«, flüstert die Stimme in mir.

Worte einer fremden Sprache erscheinen dort vor ihm – nicht in der Luft, sondern in einem Ding, dessen Namen ich nicht kenne.

»Monitor«, flüstert es in mir.

Denn Er Dort Oben weiß, dass ich alles sehe, denn Er weiß, dass ich jetzt lesen und verstehen kann. Denn wir waren und sind eins.

»Das sind Buchstaben, die Worte bilden, die formen Sätze in einer Sprache namens Deutsch«, flüstert Er.

Ich weiß, was Er Dort Oben schreibt.

Er weiß, dass ich es weiß, weil Er es so will.

Er formt diese Welt aus seinem Geist, der Seine Welt Dort Oben spiegelt. Wie anders als die meine mag sie sein?

Er schreibt mein Leben auf.

Ich sehe ihn weinen über all das, was bald in meiner Welt geschieht.

Dann ... Leere - Gedanken unterbrochen schon im beginnenden Fluss - Rien ne va plus - Still stehende Zeit - Alles ruht - Leere.

Und du, liebe(r) LeserIn, schau hin und lausche!
Noch immer fällt Manfred im Zeitlupenfall.
Draußen dreht sich die Erde weiter. Nicht alles ruht, nur alles in ihm.
Da naht es schon: Aus der Stille wird der Ton geboren. Am Anfang ist der Klang - noch vor dem Wort.

Höre etwas summend um meinen Kopf kreisen, das jetzt in mich fährt. Es ist eine glühende Kugel, die lachend zerschellt. Mit ihr zerfällt die Welt. Alles wird, wie es einst einmal irgendwo war, anderswo in diesem Augenblick ist. Alles hat sich verändert.

Es geschieht irgendwann auf einem steinernen Hügel im Irgendwo.

Dort steht ER so still.

Eine warme Nacht. Kein Wind weht. Es ist wie ein Sommer auf Erden.

Auch dort ist Manfred so allein, so winzig klein, in der Weite verloren. Er sah IHN nicht kommen. Er wird IHN niemals gehen sehen. Er steht vor IHM, dessen graue Kutte wallt.

Noch immer weht kein Wind. Stille Nacht - heilige Nacht.

Kein Laut in mir, doch Ich weiß, dass da etwas ist. Dann fühle ich SEINE Präsenz, höre SEINE Stille, sehe augenlos SEINE Gestalt so nah, so dicht vor mir. SEIN Bild in mir aber ist ohne Gesicht.

So lasse ich das Zentrum meiner Stirn leuchten, fällt mein suchender Strahl auf SEINEN Körper, der noch immer wartend da steht.

Mein Licht trifft und verliert sich in endloser Schwärze, die ich augenlos in mir sehe.

Ich verstehe, dass ER, der da vor mir steht oder schwebt oder ruht, weder ein Mensch noch irgendein anderes Wesen dieser Erde und dieses Universums ist. SEINE graue Kutte umschließt nichts als Schwärze.

ER, der gewaltig unseren kleinen Magier überragt, hebt die Arme empor. Sie sind wie Menschenarme. Die kennt ER, denn ER hatte Jahrmillionen, sich ans Erdenleben anzupassen, denn ER traf viele Menschenarten und Individuen auf SEINEM weiten Weg bis ins Jetzt, schlüpfte in viele Menschenkörper und wirkte auch an der Entstehung der heutigen Menschenart mit. Jetzt streckt ER in Menschengestalt SEINE Arme empor.

Das Licht auf Manfreds Stirn erlischt. Dunkel wird das Chakra dort im Zentrum. Seine Augen öffnen sich nicht. Hara, sein Bauch, schreit auf. Auch dort und überall darüber und darunter erlöschen die Chakren. Dann sinkt Manfred vor IHM nieder auf die Knie. Seine letzten magischen Kräfte gehen dahin, entschwinden in SEINE über ihm schwebenden Hände.

Es hört nicht auf, scheint einfach nicht zu enden, für den, der einst Manfred der Magier war.
Und Manfreds Körper? Vergeht auch er, geht auf in IHM?
Nein. Denn da war noch ein einziges strahlend weißes Licht, das brannte winzig klein tief verborgen in seinem Innern. Jetzt bricht es aus ihm heraus und wächst. So wird Manfred ein brennender Stern.
SEIN schwarzer Körper zerfällt in einen Schwarm von Einzelwesen.
Sind es Tausende von Seelen SEINER Opfer, die IHM nun entschlüpfen und nach Hause zurückkehren?
Sie alle bis auf eins fallen dem winzigen Licht Manfred entgegen.
Sie alle verglühen im Weiß, vergehen im Licht, das bleibt. Es wandelt sich, nimmt wieder einen Körper an, wen wundert's in dieser körperhaften Welt.
So haben wir nun wieder einen Menschen vor uns, den wir alle kennen. Und ist er auch taub und blind und stumm, wir kennen ihn, wir sehen ihn, wir haben ihn wieder: Manfred ist es, der also doch noch nicht erloschen ist, sondern noch immer existiert.
Doch auch ER ist nicht erloschen. Ein Teil der Schwärze wurde nicht ausgesandt, so verging es auch nicht im WEISS, sondern blieb zurück. Jetzt rast es heran wie ein Blitz, der niemals bei Nacht leuchtet, niemals im dunklen Raum. ER ist es, ein Teil von IHM, der Schwarze Pfeil!

Höre in mir nur kurz ein Sirren. Doch es hallt, hallt und hallt noch immer wider.
Aufprall und Schmerz in meinem Nacken. Etwas hat mich dort getroffen, abgesandt aus den Tiefen der Erde, der Unterwelt oder woher auch immer. Und eine Stimme aus Schwärze brüllt von fern und tief in mir: »Komm! Komm zu MIR! Komm zu UNS!«
Mit der Stimme kommen Bilder, leuchten in der Schwärze: SEIN Schwarzes Gewand, das Augen in der Schwärze niemals sehen können, nehme ich wahr. Da sind Ströme von Blut, die sprudeln aus SEINEM unsichtbarem Leib.

Schon lähmt das Gift des Schwarzen Pfeils, es breitet sich in Kopf und Körper aus.

Während ich noch immer dem Schoß von Mutter Erde entgegenfalle, mit ausgebreiteten Armen, gespreizten Beinen, als hinge ich an einem liegenden Kreuz, wie ein verwelktes Blatt im Herbst taumelnd von einem Baum hinuntersegelnd, mit dem Rücken zur Erde hin, während ich noch immer falle, geschehen so viele Dinge: Höre das Rauschen des Meeres, den Schlag der Wellen an einem weiten Strand aus Sand. Ich krieche aus dem Wasser empor an Land, vermehre und verändere mich – so viele Gestalten nehme ich an -, erhebe mich in die Lüfte, kehre ins Meer zurück, bleibe auf trockener Erde.

Mein Körper dort draußen fällt noch immer im Zeitlupenfall - ich sehe ihn fallen.

Schwärze brennt in meinem Herzen, denn das Schwarze Gift hat es erreicht. Bilder steigen in mir auf. Sehe mich dort sitzen. Ist es TIBET? Es könnte das höchste Hochland der Erde sein. Denke einen Augenblick an ein anderes Land, an Lovecrafts LENG und seine weiten Ebenen von KADATH.

Und schon bin ich unter der Erde, irgendwo und irgendwann.

Viele Menschen sitzen im Lotossitz, sitzen in Kreisen, brennende Kerzen neben sich, in einer Höhle, die so gigantisch ist, dass ich ihre Wände niemals sehen könnte, wäre da genügend Licht für meine blinden äußeren, für meine sehenden inneren Augen, deren Decke ich nur erahnen kann, dort oben weit über mir.

Irgendwo ganz außen, so fern, im äußersten Kreis in Nischen sitzen die schweigenden Mönche. Kam jemals ein Wort über ihre Lippen? Lang ist es her, wenn es denn jemals geschah.

Doch Wandel wird sein, muss sein. Nicht mehr viel Zeit bleibt. Erschreckender Gedanke, dessen Ursprung ich nicht mehr kenne. Ich weiß: Alles wird gleich zerfließen.

Nichts zerfließt.
Und doch - Manfred stirbt.
Denn der Schwarze Pfeil hat ihn getroffen.

Erblicke mich selbst unter den Mönchen. Ich bin der letzte, der erste, ich bin der, der im Ursprung sitzt, im Zentrum der Kreise von schweigenden Mönchen.

Sie aber sehen mich nicht an. Ihre Augen sind geschlossen. Sie schauen ins Nichts.

Und auch mir beginnt die Welt zu entgleiten.

Von fern, vom äußersten Kreis? Ach nein, vom Außenende der Spirale, die die Mönche bilden - von dort erklingt, schwillt an der Ton. Aus der Unendlichkeit dort draußen und zugleich aus tiefsten Tiefen in mir kommt er. *Er* ist mehr als nur irgendein Klang, *er* ist die *eine* Silbe, das *eine* Wort, das Mantra *OM*.

Ich sehe in mir, wie sich die Münder der Mönche öffnen. Der Gesang schwillt an. Alle in den äußeren Kreisen singen. Näher kommt der alles durchdringende Klang, gewaltig singt es OM.

Jetzt öffne auch ich Mund, Brust und Bauch.

Körper, Geist, Seele, alles singt nun OM.

Mutter Erde bebt.

Endlos und pausenlos gleich einem gewaltigen Kanon dröhnt OM durch die Tiefen.

Und während ich singe, sinke ich nieder, denn in mir wirkt das Gift des Schwarzen Pfeils, sinke ich singend sterbend zu Boden. (»108«, flüstert eine Stimme in mir).

Ich sehe in mir die 108 Mönche, sie singen OM. Ich sehe sie und weiß: irgendwo jenseits müssen die anderen 108 sein, die nicht singen, sondern schweigend sitzen (ZAZEN, Sitzen in Versunkenheit).

Schwarzer Blitz aus Schwärze - die große Leere öffnet sich.

Noch immer höre ich den Ton, den Klang der Welt.

Die Mönche singen das Wort der Worte: OM.

Und die Erde bebt noch immer.

Fern, so fern, irgendwo ist ES, das hört den einen Ton und zittert.

Denn ES liebt weder Licht noch Klang. Und dennoch ist Klang in IHM und in SEINER schwarzen Kleidung, SEINER Haut.

Klang ist nun die Welt, ist OM.
ES schreit!

Schwebe empor und sehe mich dort unten mit vornüber gebeugtem Kopf sitzen. In meinem Nacken steckt ein schwarzer Pfeil, der ohne Leben ist. ER hat sich längst aus dem Pfeil zurückgezogen, von ihm getrennt, ist längst gegangen. Und auch sonst ist niemand da. Ich bin allein. Alles ist still, kein lebendes Wesen weit und breit.

Meinen Menschenkörper wird niemand mehr retten. Unaufhaltsam steigt das Pfeilgift empor. Nerven gefrieren, mein Gehirn erstarrt. Letzte Gedanken stottern und zittern:

Sitze an einem weißen Strand aus Sand. Es ist das Watt eines nördlichen Meeres. Aus meinen Augen fließen Tränen, die langsam still hinuntergleiten.

Vater Sonn versinkt am Abend still im Meer.
Wie ein Sturm steigt die Flut.
Falle mit dem Kopf nach vorn in den Sand.
»Komm!«, spricht eine Stimme in mir.

Ich folge dem Ruf. Doch drehe ich mich noch einmal um. Höre ein Dröhnen, ein Grollen, tiefer noch als selbst das OM. Schaue alles augenlos, verstehe:

Felsen stürzen auf die singenden Mönche herab.
Kerzen erlöschen.
Niemand schreit, niemand flieht, niemand wartet auf den Tod.

Alles singt, ist *ein* Klang - Einklang im Leben, im Sterben, im Tod.

Noch immer stürzen Steine aus dem Nichts.

Es ist der Klang, der Ton, es ist OM, es sind die Menschen, die das *eine* Wort erklingen lassen, sie lassen die Höhle zerbersten.

»OM OM OM ...« , singen die letzten Mönche, so lange sie Münder haben zu singen, immer wieder: »OM OM OM« .

Blut spritzt aus zerschmetterten Köpfen und zerquetschten Körpern.

Ersterbende Lichter, fallende Felsen.

Nun ist da eine Todesspirale entstanden durch IHN und OM und ...

Etwas in mir weiß es, sieht den ganzen Raum von oben.

Doch ein anderer Teil träumt. Ein anderer Teil singt. Ein anderer Teil ist All, ist eins geworden mit der Welt.

Jetzt verstehe ich, was geschieht:

Sahasrara: das ist das Öffnen des siebten Chakras über dem Scheitelpunkt meines Kopfes, OM, der heilige Laut, ein Licht wie Zehnmillionen Sonnen, Glückseligkeit, tausend Blätter trägt der Lotos.

108 Mönche - die lebenden und die toten - singen OM AH HUM.

Über der Stirn der inneren Gottheit flammt weiß das *OM*, ein rotes *AH* in ihrer Kehle, strahlt blau das *HUM* aus ihren Herzen.

Dann erlischt auch *sie* in mir.

Kein Ego mehr - *ein* Geist - Leere - für einen winzigen Augenblick und nicht für eine Ewigkeit wie bei dem Erleuchteten - Buddha.

Sahasrara-Chakra, Shivas Sitz, des Gütigen, des Freundlichen, des Gottes der Auflösung und Zerstörung.

So löst sich mein irdischer Körper auf.

Denn Shiva ist der Zerstörer der Weltlichkeit, der uns Weisheit gewährt. Auf Nandi dem Stier reitet er davon, und ich ...

Außen begann es - dort fielen die Steine zuerst – nach innen setzt es sich fort. Es nähert sich dem Zentrum, er nähert sich ihm: *es* - das Sterben, *er* - der Tod der fallenden Felsen.

Nur wenige Mönche leben noch und singen. Es sind diejenigen, die im Herz der Spirale sitzend meditieren.

Doch das Wort, doch der Klang, doch das Mantra OM klingt lauter als zuvor, als sängen die Toten noch immer weiter, mächtiger als alle Lebenden, mit vielfacher Stärke.

Dies alles sehe ich von oben. Schon fern nehme ich dies alles doch noch in mir wahr, was längst ohne Bedeutung für mich ist. Sehe, höre, fühle, wie die letzten Mönche im Zentrum vom herabstürzenden Gewölbe zerquetscht werden.

Lichter und Leben sind erloschen. Schwärze ist dort überall.

Doch noch immer singt nun mundlos Klang, singt Wort, singt Silbe, singt der heilige Laut OM.

Und was geschieht mit mir?, frage ich mich so leicht und beschwingt.

Denn mein Körper ist zerfetzt, zerbrochen, gestorben, liegt dort tot unter der Erde, von Felsen bedeckt! Denn mein Körper wurde vom Schwarzen Pfeil getroffen. Von seinem Gift zerfressen ist mein Hirn. Denn mein Körper fiel und prallte auf. So fern ist mir und längst vergangen mein Menschenkörper.

Ach, da taucht er ja vor mir auf, steigt aus schwarzem Meer empor: mein Leuchtender Pfad.

Höre ich nun den Ruf der Vollen Mondin ein letztes Mal?

Dort strahlt sie so hell und klar und voll wie niemals unten auf Erden.

Und mein Weg führt dorthin und weiter, immer weiter?

Verstehe. Mein Körper bleibt zurück, er gehört der Erde.

Dort aber vor mir - und ringsum - hier ist das All, ist anderer Raum, ist Weite. *Hier* ist die Heimat meiner göttlichen Seele.

So steigt sie nun auf. Nichts hält sie jetzt mehr, nichts!

Sehe alles vor mir: Weiter führt mich mein Pfad. Zunächst ist da die Mondin, dann folgen die Planeten und Monde, dann ... Die Sterne sind mir Weg und Ziel.

»Es werde Licht«, spricht die Stimme in mir, »und die Kernfusion in den Sonnen zündet.«

Nähere mich dem Zentrum meiner Galaxie, ein Schwarzes Loch, das alles an sich reißt. Ringsum brennen so viele Sonnen, wie ich sie nie zuvor sah. Hier ist Nacht wie Tag am Rande, wo sich noch immer, doch jetzt so fern, die Erde als eine von vielen anderen Planeten um einen gelben Stern bewegt.

Ich schaue stumm. Da ist nur Staunen.

Manfreds Körper geht. Dort unten zerfällt er zu - nein, denn Manfred war kein Vampir, also zerfällt er nicht zu Staub. Doch er ist zerquetscht, zerfetzt, zerrissen. Alles, was blieb, sind Stücke von Fleisch und Knochen und ein schwarzer Pfeil, der sich löst und klirrend - ein Laut, den keine Menschenohren hören - auf steinerne Erde fällt.

Leuchtend und ungerührt von all dem Leid und Sterben und Tod - seien es Dinosaurier oder Menschen oder ... steht dort oben ruhig und still die Volle Mondin am Himmel, die alles sah, die alles sähe, hätte sie Augen, die hinter schwarzen Wolken nun verschwindet.

Zeit vergeht.

Menschen kommen, die räumen Berge von Schutt beiseite und graben. Sie graben Menschenleichen und Leichenteile aus.

Wie oft dies alles wohl schon geschah, hier und andernorts?

Menschen bergen die Verwundeten und Toten aus eingestürzten Häusern, wühlen mit bloßen Händen nach ihren Verwandten, buddeln mit Schaufeln und Maschinen Leichen unter den Trümmern von Betongiganten, Zwillingstürmen gar, hervor, doch all das geschieht in einer anderen Welt. Dort werden die Toten wie Lebende hergerichtet, in Särge aus Holz gelegt und schließlich unter die Erde gebracht, begraben - oder aber in ihren Särgen verbrannt: Erde zu Erde, Asche zu Asche, Staub zu Staub.

Andernorts zu Füßen der höchsten Bergen, in Indiens Tälern, bleiben die Tiere einfach auf den Feldern liegen, bis die Geier kommen und essen. Menschenkörper bringen die Priester nach oben, aufs Dach hinauf, denn Geier haben Flügel. Sie landen und hacken und schlingen, essen die Knochen frei, die dann durch Gitter nach unten in ein Säurebad fallen. Dort lösen sie sich auf. So geschieht es fern der Ströme. An den Flüssen jedoch werden die in Tücher gehüllten Leichen verbrannt, treiben brennend den heiligen Strom Ganga hinab.

Dort weilte auch Manfred einst, sah dies alles und weinte Tränen der Vergänglichkeit um seinen baldigen Tod, schaute sich um, sah die Lebenden und die Toten und wusste, dass er dort nicht sterben würde. So war er nur für kurze Zeit am Ufer des Flusses zu Gast und badete im heiligen Fluss, ja, der die Asche so vieler Menschen gestern, heute und morgen mit sich trägt.

Dort oben, dachte er einst in seinem Traum mit geschlossenen, zuckenden Augen, sah die Berge, das Kloster und IHN. Dort oben, dachte er, hörte und fühlte so viele Leben auf einen Schlag vergehen, ein Festmahl für Geier, Raben und Bakterien.

Hier oben gibt es keine breiten Ströme und kein Holz, um Tote zu verbrennen. Hier oben sind Mönche aus den Nachbarklöstern gekommen. Sie nehmen sich der Leichen an: »Jetzt, da du tot bist und deinen Körper längst verlassen hast, jetzt, da dein Körper wieder eingeht in den Kreislauf der Stoffe, wie es seit Anbeginn geschieht, als Vieles aus Einem wurde, jetzt zerhacken wir dein totes Fleisch in hundert kleine Teile und geben es den Geiern zum Fraß.«
So kehrt das Fleisch in den Kreis des Fleisches zurück. Denn Geier machen keinen Unterschied zwischen toten Tieren und toten Menschen, also füttern sie ihre Jungen auch mit Menschenfleisch.

Und die Geier versammeln sich zur gleichen Zeit bei den drei Großen Pyramiden im Norden Afrikas.
Moyo rief sie.
Und wer half ihr dabei? Waren es die Alten Götter Ägyptens?
Nein. Es war die Drachenmagie von Smorré Aié, ihrer Schwiegermutter.
Moyo schickt die Geier nicht den weiten Weg bis hinauf in den Himalaja, sondern ruft den *einen* Geier, der schon ganz in der Nähe von Manfreds Körperresten weilt. Er wird das tun, was zu tun ist. So soll es sein, und so geschieht es: Einer der zahlreichen Geier, der eine, der *noch* dort oben kreist, der alles sah, was dort unten geschah, dieser *eine* von einer seltenen Art ist ein Bartgeier - aus der Nähe - doch nah ist er dort oben niemandem - leicht erkennbar an seinem langen schwarzen Bocksbart und seinen rotumrandeten gelben Augen.
Jetzt ist er endlich gelandet und hat mit scharfem Schnabel ein Menschenbecken gepackt.

Die Mönche kennen seine Art und beachten ihn nicht. *Sie* tun *ihre* Arbeit.

Er tut *sein* Lebenswerk. *Er* lebt *sein* Leben. Jetzt fliegt er mit dem Leichenteil empor und lässt es aus großer Höhe einfach fallen. Wieder landet er, diesmal jedoch neben dem zerbrochenem Becken. Mit diesem Trick gelangt er ans Mark, das er jetzt mit seiner Zunge aus den Knochen schlürft. Dann fliegt er wieder auf, landet erneut bei den Leichen und erblickt mit Geieraugen einen winzigen Knochen, den er bei *diesem* Angebot niemals beachten dürfte. Doch fällt er ihm seltsamerweise auf - wir wissen, warum. Er pickt und packt ihn mit dem Schnabel

Licht!

Die Mönche schauen auf: ein Wunder!

Licht tritt aus dem kleinen Knochen aus und in den Fuß des Geiers über, wandert sein Bein weiter hinauf und dringt in seinen Körper ein. Dieser leuchtet bläulich-weiß. Magische Kraft kittet Knochen und Geier fest zusammen, gibt ihm genügend Kraft für den langen Flug, der nun beginnt. Denn der Bartgeier hat sich in die Lüfte erhoben, steigt auf. Schon kreist er dort oben.

Winzig erscheint er den Mönchen, die nun wieder an ihre Arbeit gehen.

Von überallher ertönt es. Gebetsmühlen, Gebetsräder an den Klöstern und vom Bach, vom Fluss getrieben flüstern, sprechen, summen sie alle die Mantras, besonders aber das eine Mantra des Mitleids, MANI genannt, verschieden ausgesprochen und doch identisch. Dort unten Im Flachland singen sie: »om mani padme hum«. Hier oben in den Bergen aber tönt es von überallher: »UM MANI PEME HUNG«. Dort unten ist es das Mantra des großen Mitleidsvollen Bodhisattva Avalokiteshvara, dort unten im Süden in der Ebene. Hier aber ist es das Mantra von Chenresig. Andernorts im Südosten ist das Mitleid mit allen Wesen weiblich, es ist die liebreizende Kuan Yin. Und auch hier gibt es eine mit Namen Tara, die zugleich Mädchen und Mutter ist. Doch all dies sind nur Menschennamen für etwas über, neben, unter, diesseits, jenseits - *in* allen Dingen.

Und Menschenwerk ist vergänglich.

Also zerfließen jetzt im warmen Licht des Mittagssonn die göttlichen Figuren aus Butter.

Einst starb Moyo und wurde wiedergeboren. Jetzt starb Manfred und ...

Mönche in den Bergen singen das Mani UM. Mönche im Tal singen OM.

Einfache Menschen vergessen die wandernden Geister nicht in ihrem allumfassenden Mitleid. Einer bietet ihnen ein Opfer: Drei Reiskörner legt er, eins nach dem anderen, vorsichtig und voller Andacht mit den Essstäbchen in den Lotos des Steinsockels hinein und spricht das Mantra. So verwandeln sich die Körner in ein festliches Mahl.

Mit dem Geier geht Manfreds Knochen auf Reisen - in den Alten Westen. Der Geier gleitet, schwebt, fliegt dorthin, wohin ihm ihre Stimme befiehlt. Weit ist der Weg, aus höchsten Höhen hinab zum Meeresspiegel.

Kein Mensch namens Manfred verlässt nun aufrecht sein Zuhause, wie es zu Beginn der Reise in ferne Welten geschah, um dann aufzusteigen in nie erlebte Höhen. Nirgendwo ist ein Leuchtender Pfad zu sehen und doch ist da ein Strahlen am Himmel bei Nacht, ein winziger Punkt dort weit oben, dem die Winde günstig sind, der sich schnell bewegt, so wie alle seiner Art.

Weit ist die Reise des Geiers durch Raum und Zeit, bis er den Sand der wachsenden Wüste mit Namen Sahara, bis er Ägypten erreicht, dort vor der großen Pyramide, der größten der großen Drei, den Knochen auf dem Altar aus Sand niederlegt und seinen Lohn erhält: frisches Knochenmark aus schon geteilten Knochen vom Kamel.

»Moyo!«, würde Manfred lachend rufen, »du bist es ja!«, sähe er ihr ins Gesicht. Doch dieser eine Knochen, der von ihm blieb, hat keinen Mund.

Manfreds Seele ist fern. *Sein* Körper aber - keine Muskeln, sondern nur der *eine* Knochen, den der Geier *ihr* brachte, der Geier, der sich nun am Mark labt, *sein* Fleisch bleibt stumm.

Ausklang

Rückkehr nach T-her

ES ruft IHN
Dampfende Tränen aus Wasser weint ER
Denn längst ist ER Teil der Erde geworden
ES kehrt mit IHM und IHR
– mit all SEINEN Teilen – heim

Abschied

WIR schreien auf. WIR rufen alle Teile zurück, die WIR in die Universen sandten, die fast so sind wie WIR, andere Höllenwelten, schwarz, wie WIR nun wissen, doch niemals so schwarz wie WIR. WIR sind T-her. Wir rufen alle heim: »!mieh trhek« »!mieh trhek« »!mieh trhek«

Und die Teile hören den Ruf und kehren nach Hause zurück.

Von einem hörten wir, denn ES stürzte brennend vor Jahrmillionen aus den Himmeln, versank im Erdenmeer, tauchte auf, tauchte unter und teilte sich. Und SEINE Teile erhoben sich in die Lüfte und gingen an Land. So wurde ER aus IHM unter dem Meer geboren, ER, der von dem Leben dort oben lernen sollte.

Viele Namen gaben Menschen IHM, der da über die Erde schritt - auf zwei, vier, sechs, acht, zehn, Hunderten von Beinen - und durch die Lüfte flog, als es dann Menschen nach Jahrmillionen gab, die sprechen konnten und ihr Wissen ihren Nachkommen weitergaben, von Mund zu Mund, in Stein gehauen, auf Papier geschrieben und auf CDs gebrannt.

WIR schreien auf und rufen alle Teile von UNS aus allen Universen zurück. Denn (WEISS) presst uns zusammen, jetzt streichelt es UNS mit SEINEM »Atemhauch« - es brennt, es schmerzt! - und singt das Lied der Einheit:

WIR gehören zusammen
SCHWARZ und WEISS
Und all die Farben
ALLES ist EINS – ALLES ist ...
GOTT

ES erinnert sich, während ES durch die Weite treibt, dem Ruf des Ganzen folgt. ES erinnert sich an alles, was zu allen Zeiten dort in der großen Mutter Schwärze geschah: Herrliches Kreischen, Zappeln und Wuseln, Stöhnen und Schreien. All die Körper/Geister von Wesen, die WIR entdeckten, sie alle leben hier in uns und vergehen nicht, entstehen nicht neu, wandeln sich nicht und verändern sich doch, sie alle sind Teil von UNS. WIR sind T-her – Schwärze, Chaos – im Weißen Raum.

WIR senden UNS aus in die anderen Universen, die fast so schwarz sind wie WIR.
WIR suchen, WIR finden.
WIR wollen hinaus, versuchen es immer wieder, bis es gelingt.

Diesmal schaffen WIR es, endlich, nach so langer Zeit und *so* vielen vergeblichen Versuchen, denkt ES, das winzige Teil des Ganzen, das sich gerade von der großen Schwärze T-her trennte. ES lacht, brüllt, jubelt und schreit. Denn IHM ist es gelungen, sich so weit hinauszulehnen, wie es nie zuvor ein Teil schaffte, hinaus, hinein in ...
Der Jubel verebbt. Brennend stürzt ES zurück.
WIR schreien auf: »*WIR wollen hier raus!*«.
Das aber ist verboten, darf niemals, nie, darf einfach nicht geschehen.

Vollkommen umgeben von WEISS ist T-her. Und doch herrscht grenzenloser Jubel in dieser Höllenwelt. Denn endlich ist es einem winzigen Teil der Schwärze gelungen, sich aus dem Ganzen loszulösen, die Grenzen zu durchschreiten und dieses sich immer mehr zusammenziehende WEISS, dem nur noch wenige schwarze Universen widerstehen, zu verlassen.

ES bricht hervor. ES taucht aus dem Schwarzen Loch im Zentrum einer Galaxie aus leuchtenden Sternen auf. ES taucht in einem fast schwarzen All auf. ES taucht in einer Galaxie, die die Menschen Milchstraße nennen, auf.
So treibt ES SEINEM Ziel entgegen, dem Rande zu, dem Sonn, der Erde, wo ES niedergeht ins Meer.

Dies alles geschah vor 65 Millionen Erdenjahren.

Zunächst ist auch ES ohne Form – so wie T-her, wenn sich dort nicht gerade Körper träumend aus Erinnerungen formen. Dann nimmt ES Leben um sich herum wahr, passt sich an und wechselt Körper, wie Menschen Kleider wechseln. So gewinnt ES Geschlechter hinzu.
ES bleibt ES in der Tiefe.
Und ES wird SIE: Frau im Meer, in der Luft, auf dem Land.
Und ES wird ER, ein Teil von vielen.

ER schwimmt empor als Riesenkalmar und wandelt sich im Sturm zum Albatross und geht an Land. ER behält SEIN männliches Geschlecht bis zu der Zeit, wo ER wieder mit IHM dort unten im Meer verschmilzt.
Jahrmillionen wanderte ER über die Erde.
ER nahm so vieles wahr, war an vielen Orten, doch nicht überall und immer nur zu einer Zeit an einem Ort: ER war im Osten, im Westen, im Zentrum Afrikas, damals, als es trocken wurde und versteppte. Immer wieder kam ER mal vorbei. ER sah, wie Menschen aus Menschenaffen entstanden, sah viele Arten entstehen und wieder vergehen. Denn wenige waren sie zu Beginn, kleine Gruppen nur und schwach. ER war in Afrika und auch im Osten Asiens, wo der aufrechtgehende Mensch (*Homo erectus*), eine Million Jahre lang lebte. Immer war ER da, in welchen Körpern auch immer. Wieder und wieder begegnete ER diesen Affen-Menschenaffen-Menschen und …

Manchmal ignorierte ER sie einfach, dann wieder tötete ER sie ohne Grund oder aus Gründen, die Menschen niemals verstehen können - aus Hunger, Vergnügen? - dann wieder ließ ER sich verehren und beschenken als Gott.

So gaben IHM die Vormenschen und Menschen viele Namen, die heute kein Mensch mehr kennt. Denn niemals wurden sie aufgeschrieben. Und fänden sich Zeichen, so wüsste niemand, wie sie gesprochen werden. Und was sind schon Namen ohne Laut?

ER und auch SIE und ANDERE, die männlich oder weiblich oder beides waren, wandelten dort oben über die Erde, durch die Lüfte und in den Wassern, während ES in den Tiefen des Meeres geborgen träumte.

ES erinnert sich an mehr. Und hätte ES ein Menschengesicht und Augen und Tränendrüsen, so würde ES vielleicht jetzt weinen. Gedanken in IHM. In Menschenworten, -ohren, -geist klingen sie wie folgt: Einst wurden WIR aus WEISS geworfen, aus dem weißen Kosmos – Ordnung und Licht. Aus den Himmeln geworfen, ausgestoßen aus WEISS, das ohne Makel ist, brüllten WIR UNSEREN ersten Schrei. Einst wurden WIR in schwindende Schwärze verbannt, das ist T-her. Einst wurde EINS aus UNS, der Heimat-Schwärze-T-her, in anderen Raum gesandt, in ein schwarzes Universum, das Chaos ist und Entropie, das sich ausdehnt, bis alles erlischt.

Abgelöst und schreiend durch Nichts geschleudert, wiedergeboren in streichelnd-eisiger Schwärze - so erwacht das schwarze Kind. Paradiesisch ist alles ringsum, denn ES findet sich in einem Universum wieder, wo blaue, weiße, rote Sterne brennen und leuchtende Wolken aus Sternenstaub verwehen. So treibt ES dahin und fühlt sich *so* geborgen. Träumend treibt ES durchs All, *einer* Galaxie von vielen entgegen, *einem* Sonn von vielen zu. Auf *einem* Planeten wird ES landen, hinunterfallen.

Gefallen und wieder gefallen und immer wieder gefallen.

Falten sich die Räume über IHM auf, denn alles ist getan. Und ER gibt alle Form auf und wird wieder wie ES.

Falten sich auf die Räume über IHR, denn alles ist getan. Und SIE gibt alle Form auf und wird wieder wie ES

Und SIE und ER fallen hinauf in die Schwärze und werden eins mit dem Ganzen, das einst auf Erden niederging.

Denn ES - das schwärzeste Schwarz – ist nun nach 65 Millionen Erdenjahren aus tiefsten Meerestiefen aufgestiegen und träumend durch den Spalt geschwebt – den äußeren und inneren, der sich zwischen den Universen auftat. ES ist erwacht aus SEINEN Träumen. Nach Hause ist ES unterwegs, das ist T-her.

T-her? Rückkehr?

Was sind das für Worte? Wer rief sie UNS zu?

Erinnern an Schmerzen. Höllenqualen. Dieser *eine* Ton, dessen Namen WIR nicht nennen – diese Farbe – dieser Nichtgeruch ...

Sind WIR nun tot, im Schattenreich für alle Zeit, die dieser Erde noch bleibt, gefangen?

Wenn es aber nicht so ist, *wo* sind WIR dann? *Wann* sind WIR? *Was* sind WIR nun? Träumen WIR im *Zwischenraum*? Sind WIR schon im *Jenseits*? Zuhause?

So tasten WIR mit zahllosen Armen, lassen die neue Welt erbeben, die UNS so feuerwarm umhüllt. Betasten ist Begreifen.

Halten nun still. Lassen Gedanken verklingen, rasen dahin, vergehen im Licht.

Leere.

Tauchen auf Yin und Yang im TAO.

Dreht sich von Weiß mit schwarzem Kern zu Schwarz mit weißem Kern.

Schwarz, das ist, das war, das ist ...

Dreht sich weiter, schneller, immer schneller, rasend schnell.

WIR fallen.

Tauchen auf. Verstehen. Das alles ringsum ist nicht Stein. Es lebt. Es ist wie ... nein ... WIR sind alles hier. Ein Teil von UNS wurde hinausgesandt und ist zurückgekehrt. *Diese*

Welt lebt. Diese Welt sind *WIR*, nun wieder eins geworden, wie einstmals schon vor Äonen. Tasten und Fühlen, doch niemals Sehen. Denn Licht ist nur dort außen, wo ... WIR nennen den Namen nicht. Hier bei UNS herrscht himmlische Schwärze, hüllt uns streichelnd ein, ach, wiegt uns sanft in Schlaf und Traum. Steigen Gedanken empor, fallen, wirbeln und öffnen sich, Erinnerungen an längst vergangene Welten, die in UNS weiterleben: Irgendwo, da war ein All, ein schwarzer Kosmos mit leuchtend weißen Punkten, die wurden von Affenwesen auf einem Planeten, einer von vielen, die um einen dieser Punkte kreiste, Sterne genannt. Und mehr war da noch in der Nacht: eine große weiße Scheibe, die Volle Mondin. Erde war der Name des dritten Planeten, wo WIR waren, doch nicht viele, sondern nur EINS von UNS. So allein, so fern vom Ganzen. Wie schrecklich hell der Tag vom Licht des Sonn dort war!! »Flieht! Versteckt euch in den kalten Wassertiefen der Erde! Kriecht unter Rinde und Laub, verbergt euch in Spalten und Höhlen, grabt euch in die Erde ein, werft Sand auf eure Körper und wartet auf das Aufgehen der Dunkelheit! Erst dann erwacht, Kreaturen der Nacht!«

Hier aber in der Schwärze, die nicht nur in UNSEREM augenlosen Körper ist, hier aber in der allgegenwärtigen Schwärze ist nichts und niemand außer UNS. Nichts lebte hier vor UNS an diesem Ort, die WIR von Zeit zu Zeit gingen, Teile in alle Welten aussandten. Nichts wird hier nach UNS sein. WIR sind hier für alle Zeit. Hier ist UNSER Haus. Hier ist Heimat. Alles sind WIR hier. WIR sind T-HER.

Alles vergeht
Etwas widersteht
Leben genannt
Jeder/jede/jedes
sind Teil vom Ganzen

T-her
Schwärze im WEISS
Insel im Meer der Stille

Drachen-Menschen-Panther-Mütter

Hier auf Erden
und unter den Sternen
für immer und ewig vereint?
Niemals!

ERINNERUNGEN

Schwester
Gattin des Osiris
dem du Horus gebarst
Zauberreiche Menschenmutter
Deine Namen rufen wir
in die Nacht

eschu - ISIS - ese

Nun ist Manfred tot. ES/ER/Drefman hat die Erde verlassen. Zwei von dreien sind unserem Blick entschwunden.

Was aber wurde aus der dritten? Wo ist Moyo? Was tut sie in diesem Augenblick - jetzt?

Nichts bleibt jemals folgenlos in diesem Universum. Alles was geschieht, zieht anderes nach sich.

So ist es. Du weißt es. Jedermann und jede Frau und auch die große Drachin, Smorré-Aié, wir wissen es alle. Sie sieht, was geschieht. Sie kommt näher.

Und so wundert es niemanden, dass auch Liebe und Sex zwischen Manfred und Moyo - als Leoparden in der Savanne - nicht folgenlos blieben. Leben entstand und wuchs in ihr heran, die nun dort im Sand liegt, müde und durstig in der Sonnenglut und jetzt ihre Augen schließt ...

Wind weht Sand über ihren nackten, schwarzen Körper.

»(Duft, Donner, Blitz)«

Diese magischen Worte spricht die Drachin aus der Ferne und nicht von unserer Welt.

Tief in dir hörst du ihre Stimme flüstern, voller Mitgefühl, so sanft und zart und doch so stark, denn Widerspruch duldet sie nicht.

Deine Pantherseele faucht und deine Menschenfrauenseele zittert.

So sehr ähnelt sie Manfreds Stimme: *seiner* Stimme als Mensch und Leopard zugleich.

Die Stimme spricht, nein, singt Worte dir zu. Tief hinein in deine Seele haucht sie Leben, bläst hinfort den Sterbetraum:

Lebe!

»Hebe dein Haupt,
schüttle ab den Sand,
öffne deine Augen und schau dich um!
Nicht weit von dir wartet deine Rettung:
Oase – Wasser – Leben.
Krieche hin, trinke, ruhe dich aus
und gebäre dann!«

Du erwachst und hebst deinen Kopf aus dem Sand, schüttelst ihn ab und reibst ihn dir von den Augenlidern. Dann gehorchst du der Stimme aus deinem Traum. Du krabbelst auf allen Vieren hin, erreichst mit letzter Kraft das Gras, die Pflanzeninsel - das Wasser.

Du benetzt deine Lippen und füllst die Schale deiner zusammengelegten Hände mit dem köstlichen Nass, schüttest es dir über den Kopf und leckst es mit der Zunge von den Lippen, dann trinkst du einen kleinen Schluck und lachst und - trinkst.

Ruhe. Erholung.

Oasis – ouahé - das ist der bewohnte Ort in der Wüste, die fruchtbare Stelle mit Wasser und Pflanzen. Palmen sind da, eine Quelle - der Teich. Datteln wachsen dort oben.

Dort wimmelt es von Leben. Selbst Libellen jagen hier Fliegen, Spinnen lauern, und Fledermäuse - ruhen noch versteckt bei Tag, warten auf das Abenddämmern. Leben im Überfluss.

Oase, das ist der stille Ort der Erholung. Und doch sind da Altern und Tod, aber auch Geburt.

Du legst dich auf den Rücken in den Schatten der Palmen und schläfst ein - ein letztes Mal allein!?

Du träumst, alles wäre bereits geschehen, du hättest es längst hinter dir. Denn bald ist es so weit. Dein Baby will raus, früher als ein Menschen-, später als ein Leopardenkind. Es will in die Welt hinaus.

Du erwachst. Es ist Nacht. Die Wehen beginnen.

So kniest du dich neben dem Stamm der Palme, unter der du schliefst.

Diese Schmerzen, die immer wieder wiederkommen und dich nicht wundern sollten, denn alles muss sich für die Geburt weiten.

»Endorphine dämpfen den Schmerz«, murmelt eine Stimme.

Nadeln stellst du dir in den Wehenpausen vor, die stichst du dir an ausgewählten Stellen der Energieströme in die Haut und wunderst dich nicht, woher dieses Wissen kommt. So ist alles leichter zu ertragen.

Klar ist der Sternenhimmel über der großen Wüste, hell und weiß strahlt die Volle Mondin.

So schien sie auch damals, als Eva, die erste der neuen Menschenart, die sicherlich nicht Eva hieß, ihr erstes Menschenkind gebar.

War auch sie in der Kälte allein?

War der Vater des Kindes bei ihr?

Brannte damals ein Feuer in der Nacht?

Oder geschah es am Tag?

Wie es auch gewesen sein mag, es ist vergangen. All dies war, geschah. Jetzt ist jetzt, der Augenblick, der zählt.

*Moyo hält sich kniend am Stamm der Palme fest und beißt den Wehenschmerz in ein Stück Holz, das sie sich zwischen die Zähne schob. So klein unter dem Baum scheint sie dir zu sein. Und doch ist sie von großer Gestalt und dunkler Haut, so wie es alle Männer und Frauen aus ihrem Volk im G*RÄSERNEN *M*EER *des Südens sind.*

Jetzt glaubst du gar ein Flimmern zu sehen, als wandle sich ihr Menschenkörper für einen Augenblick in den einer Schwarzen Pantherin. Illusion mag es sein. Denn schau, da kniet doch wieder nur die Menschenfrau!

Jetzt ist der Augenblick und hier der Ort, wo Universen zusammenrücken, sich auffalten, einfalten und überschneiden.

Denn die alte Drachin erscheint, es ist Smorré-Aié. Sie weint. Und jede Träne erstarrt im Fall zum Edelstein, der glitzernd das Mondinlicht bricht und dann vor Moyo niederfällt, die dort noch immer in den Wehen kniet, die in immer kürzeren Abständen folgen.

Stöhnend vor Schmerzen gebärt Moyo ihr Kind.

Jetzt wandelt sich die Drachin: ihr Körper schrumpft auf Menschendimension. Nein, die Gestalt einer alten Menschenfrau nimmt sie nicht an, sie bleibt ihrem Drachenkörper treu, doch streckt sie ihre Arme und Hände vor. Schau, jetzt streichelt sie Moyos Kopf - wer hätte nicht gerne solch einen Drachen zur Schwiegermutter! Voller Liebe schaut diese hinab und wartet.

Und Moyo schwebt - noch immer kniend mit geschlossenen Augen - einige Meter empor. Sie spürt es nicht bei all dem Schmerz und der Konzentration auf das eine Ziel: Gebären. Noch immer beißt sie auf das Holz und hält sich wieder am Stamm der Dattelpalme fest.

»Pressen, pressen!«, wiederholen sich endlos Worte in ihr.

Der Kopf des Babys erscheint und dann das ganze Kind. Alles geht gut.

Smorré-Aié, die vor ihr und unter ihr steht, fängt ihr Enkelkind auf und hält es jetzt an den Beinen. Kopfunter hängt es da, hustet das Fruchtwasser aus der Lunge, atmet zum ersten Mal Luft in dieser neuen Außenwelt, schreit den ersten Schrei: »Geboren!«

Es ist ein Mädchen.

Grün leuchtet die Nacht ringsum – denn hier wirkt Drachenmagie, die alles durchdringt und auch die Oase von irgendwo und irgendwann hierher rief. So wird kein Mensch noch sonst wer stören. Jetzt nimmt die Drachin Moyo allen Schmerz, lässt die Nabelschnur zerfallen, stoppt den Blutfluss, streichelt sanft und heilt zugleich.

Doch noch ist nicht alles vorüber.

Ein zweites Baby taucht auf. Und wieder geht alles gut. Und wieder geschieht es, wie es eben geschah: Zweite Nabelschnur und Nachgeburt lösen sich im grünen Licht auf.

Es ist ein Junge.

So werden die Zwillinge geboren, fern von den Menschenmassen der Erde Dort Oben, ferner noch von T-her, doch nah der magischen Drachen-Elben-Welt.

Moyo lächelt und schaut die winzigen Menschen an, die die Drachin ihr entgegenhält.

Sie nimmt sie in die Arme.

Meine Babys, denkt sie so glücklich, unsere Kinder, wo immer du bist, Manfred, der du mich verlassen hast - für im..., nein, nur für einen Augenblick der Ewigkeit.

Dann singt sie mit letzter Kraft die Namen ihrer Kinder in die Welt:

»Ihr beide sollt von der den Namen tragen, die starb, die Manfred vor mir liebte, die in mir weiterlebt, jetzt und hier und immerfort, wenn wir alle eins werden! *Nairra* sollt ihr beide heißen! Dich, meine Erstgeborene, nenne ich *Rani*, und du, mein Sohn, bist *Ra.*«

Wiedergeburt

Mer ist der Name, den die alten Ägypter dem gigantischen steinernen Grabmal gaben, das Jahrtausende später Pyramide genannt werden wird. Drei große Pyramiden neben kleineren und dem Sphinx werden dann dort in Giseh stehen. Cheops-Pyramide wird der Name der größten lauten.

Deine Seele, Pharao, steht nun vor dem ersten der kleinen Tore, der Tür aus Stein mit den kupfernen Griffen, die kein sterblicher Körper überwinden kann und auch keine Seele außer der deinen.

Und nichts werden sie in der Welt Dort Oben in ferner Zukunft dahinter finden, wenn sie dort ein Loch hineinbohren, die Wand entfernen, nichts.

Pharao

Du sprichst die magischen Worte
Du schreitest hindurch
Du betrittst nicht die Barke der Nacht
und nicht die des Tages im Erdenlauf
sondern steigst auf
zu deiner Wiedergeburt
in den Sternen

Tausende von Jahren später. Einen Knochen von Manfreds Körper, einen einzigen, winzigen Knochen nur, das letzte Glied vom kleinen Finger seiner rechten Hand trug Mut der Geier nach Ägypten und brachte ihn Moyo.

Mitternacht.
Menschenleer und still ist nun die Welt, verzaubert vom Licht der Vollen Mondin. Hell und klar leuchten die Sterne hier in Ägypten, nicht fern vom großen Strom mit Namen Nil. Wo eben noch Fackeln brannten, herrscht nun Schwärze.

Deine Kinder schlafen.
Du aber bist wach.
Manfreds Knochen liegt in deinen Händen, der *eine* Knochen ist alles, was dir von dem Geliebten blieb.
Du beginnst dich langsam mit geschlossenen Augen im Kreis zu drehen.

Während sich Moyo dreht, verwandelt sie sich in eine Schwarze Pantherin, die auf ihren Hinterbeinen stehend und sich drehend Manfreds letzten Knochen mit beiden Pfoten hält.

Du aber, liebe(r) LeserIn, denkst an eine Dressur in der Manege des großen Zirkus, Leben genannt?

Doch müsstest du dich dann auch fragen: »Wer und wo ist Moyos Dompteur?«

Ich aber frage dich: »Und wer dressierte dich?«

Du öffnest deine Augen und siehst im Licht der Vollen Mondin noch immer den Knochen in deinen Pfo... - Händen. Als Mensch kniest du nieder im Wüstensand, hältst seinen Knochen mit beiden Händen fest umschlossen vor deiner Brust, senkst voll Demut dein Haupt, schließt Augen, Ohren und Nase und Mund.

So lässt du die Stille ein, lauschst dem Rauschen der Leere in dir und siehst, was da geschah/geschieht/geschehen wird:

Da ist keine Mondin mehr. Und auch die Sterne sind gegangen. Schwärze ringsum, nicht nur für Menschen-, sondern auch für Katzen-Panther-Augen.

»Öffne deine Augen! Du weißt, *wo* du bist«, flüstert eine Stimme in dir. »Halte *seinen* Knochen empor, drehe dich noch einmal im Kreis, doch diesmal nach links! Auch in *seinen* Überresten ist noch Magie. Du erinnerst dich, du weißt, *wer* du bist.«

Du tust alles für deine Liebe, du tust, was und wie es dir die Stimme befiehlt und hältst inne, als es geschieht:

Licht erstrahlt aus *seinem* Gebein, ringsum tauchen Wände auf. Also stehst du nicht mehr oben im Wüstensand, sondern in einer verborgenen Kammer irgendwo weit unterhalb der größten Pyramide, wenn du dich denn noch auf dieser Erde befindest?

In der Ferne hörst du Schakale heulen, draußen, jenseits. Ob du es bist, Anubis, Hüter aller Geheimnisse, der da spricht?

Und jetzt ist die Zeit für Magie, die Wiedererweckung von den Toten. *Sein* Körper soll neu entstehen, sich ergänzen aus einem Teil, vollständig werden.

So sprichst du die magischen Worte dem Flüstern der Stimme in dir nach, die vielleicht die einer Göttin ist. Lyrisch ist alles, so kurz:

»PET ... MU ... TA ...
ANKH ... GEREH ... CHASET ... CHABAS ... ANKH«

Und das bedeutet:

»Himmel ...Wasser ... Erde ... Leben ... Nacht ...
Wüste ... Sternenhimmel ... Leben.«

Das sind die einzigen Worte ...

Halt, da sind noch andere Worte, die da übersetzt lauten:

»Du wirst wieder Leben
du wirst ewiges Leben
du öffnest deine Augen
du öffnest deinen Mund
du öffnest ...«

Diese Worte singst du in die Stil... Da ist keine Stille mehr, sondern ein Murmeln und Summen und Ächzen und Stöhnen und Singen aus tausend Mündern ringsum. Es ist, als wären sie alle erwacht. Denn längst sind da Gesichter von Menschen, Katzen, Krokodilen, Schakalen und anderen Wesen, deren Namen du nicht kennst. Sie alle sind dort, wo eben noch Steine waren, Gesichter aus der Unterwelt, aus Osiris' Reich, Gesichter von Körpern, von Mumien, Jahrhunderte, Jahrtausende alt. Längst müssten sie vertrocknet sein.

Und dann geschieht das Wunder: Manfreds rechter kleiner Fingerknochen beginnt zu wachsen. Nicht dass er größer würde, nein, das nicht. Er wächst nicht im Volumen, sondern in die Länge: dort ergänzt sich, was fehlt. Und so entstehen all die anderen Knochen des Fingers, der Hand, des rechten Armes, das ganze Skelett, dann Muskeln, Sehnen, Haut, Adern, die Organe im Bauch und Herz und Lunge bis hin zum Gehirn.

So wiederholt sich etwas, das einst vor langer Zeit geschah, als wäre da, als wärst du eine Göttin mit Namen Isis, die den zerstückelten Leichnam ihres Gatten und Bruders Osiris wieder zusammenfügt, den einst Seth, der andere Bruder ihr nahm.

Ist dies die ewige Wiederkehr des Gleichen?

Nun liegt vor dir ein vollständiger Mensch, ein alter Mann, wo eben nur ein Knöchlein war. Also ist da kein schreiendes Baby, das wird kein zweites Mal aus dem Mutterkörper in die Weite der Welt hinausgepresst, sondern Manfred mit unversehrtem, jedoch altem Körper. Er rührt sich nicht.

Lebt er? Atmet er?

Da ist kein Atem, kein Puls, kein Nervenblitzen irgendwo tief im Innern.

Starre Augen - Stille.

Aus Andersraum und Anderszeit flüstert, summt, erklingt ein Lied - kein Hallelujah, auch ist da kein fallender Stern, keine Könige aus dem Morgenland -, singt ein Wesen, das es heute auf Erden nicht gibt - es sei denn in Märchen und Träumen und im Nebelland - singt die Drachin ihr Wiegenlied. Smorré-Aié, sie ist es, Manfreds Drachenmutter.

Einst sang sie dieses eine Lied bei seiner Empfängnis. Einst sang sie es, als sie sein Ei legte. Einst sang sie es, als er schlüpfte und dort bei ihr im Nebelland im Dunkel der Nacht erwachte. Und sie sang das *eine* Lied, das in Drachenseelen widerhallt wie das Rauschen von Laub in Menschenohren, Klang und Licht zugleich, ein leuchtender Pfad in der Nacht, *sein* Leuchtender Pfad, der ihn eines Tages aus der Menschenwelt Stadt hinfort in andere Welten rief, hin zu seiner Drachinmutter und seiner großen Liebe. Denn er war

- und ist es für alle Zeit - ein in der Menschenwelt geborener Mensch und zugleich ein Drache der Drachenwelt.

Nun singt *sie* für sich, für ihn und für dich.

Denn sie ist seine Drachenmutter. Denn sie sah sein Leben, seinen Tod und sein Weiterleben in vielfacher Form. Denn sie sah noch mehr: Nairra/Moyo, seine ewige Liebe, also dich, und auch Drefman/IHN/ES, den Feind, die Schwärze, den ...

Jetzt aber ist jetzt, nicht gestern noch morgen, jetzt ist jetzt. Jetzt singt sie summend sein Wiegenlied, das sie schon bei seiner Geburt aus Menschengeist und Drachenei, aus Materie und Magie sang. Jetzt singt sie das Lied seiner ferneren Heimat, das ihn fortzieht aus Ägypten, fort von der Erde, hinfort in andere ferne Räume und Zeiten, ihn, der einst ein Mensch mit Namen Manfred war.

Nie kann es sein. Doch es ist so.

Ist es so? Holst du Manfred mit Hilfe seiner Drachenmutter von den Toten zurück?

Du tust das, was seit Anbeginn Frauen-Mütterwerk ist: Das ist gebären.

Doch einen Körper hat er bereits. Also hauchst du ihm die Seele ein?

Tränen tropfen aus deinen Menschenaugen auf ihn hinab.

Ist Leben in ihm?

Du lauschst mit Pantherohren und hörst seinen Atem und das Schlagen seines Herzen.

Du schaust aus Menschenaugen und siehst im strahlenden Licht dieser Kammer, dass seine Augen noch immer starr sind.

Er hat einen Körper, Atem und Puls, er lebt und lebt doch nicht. Einem Zombie gleich liegt er noch immer auf steinernem Boden vor dir.

Jetzt nimmst du ihn in deine Menschenarme, neigst dich hinab, leckst ihm mit deiner rauen Pantherzunge das Gesicht, küsst ihn als Menschenfrau auf seinen Mund, der sich nicht öffnet deiner Zunge, denn er bleibt seelenlos.

Von irgendwo, von fern - von nah weht leise heran ein

warmer Atem aus einem unsichtbaren Mund - ein Lebenshauch? - wird Wind und Ton und Klang, singt und lacht und spricht - dort draußen oder »nur« in dir?:

Ein Licht bei Nacht

Manfreds Seele erwacht
Sein *Bâ* kehrt zurück in den Körper
den sein *Ka* längst verließ

Geworden, gekommen, gegangen, denkst du und schaust ihn noch einmal an. Wie alt Manfred dir nun erscheint – ein Tattergreis von 80 Jahren vielleicht und - tot. Also lässt du seinen Körper hinter dir zurück.

Und die inneren Organe werden aus Manfreds Körper wie von Zauberhand entnommen - ganz nach dem alten Brauch - und in Gefäßen verwahrt. Und sein Körper wird eingeölt und umwickelt. Schon liegt er dort aufgebahrt in einem steinernen Sarkophag, dessen Deckel sich nun schließt. Doch dieses geschützte Haus trägt kein Udjatauge zum Sehen und keine magische Tür. Dieser Sarg befindet sich in dieser einen Kammer, die niemals von Menschenhand gefertigt wurde, also keine Kammer ist, sondern nur ein Ort unter vielen in einer von zahlreichen Höhlen- und Unterwelten, der Welt der Toten, wo Osiris seit seiner Wiedererweckung herrscht.
Überall an den Wänden der Kammer innen und außen wiederholt sich nun die einzige Hieroglyphe des Sarges. Es ist das Bild der Himmelsgöttin Nut, die mit ihren zur Seite gestreckten, abgewinkelten Armen und Händen das Himmelsgewölbe in Ewigkeit für Manfred hält.
Nun kann Manfreds Menschenkörper auf Erden ruhen, denkst du.
Doch da geschieht es im Innern des Sarkophags: Sein Körper und all seine Organe, alles zerfällt zu Staub, als wäre er ein Vampir im Tageslicht, als zerbliese ein Drachenhauch aus Feuer seinen Leib.
Jetzt ist kein Bâ mehr da, das Manfred an die Erde bin-

det. Niemals mehr wird es aus seinem Grab schauen, denn da ist kein Auge. Niemals wird es herumirren und Lebende erschrecken. Sein Körper ist auf Erden endgültig zu seinem Ka gegangen - gestorben.

Also kann Manfreds Seele andernorts wiederauferstehen, doch nicht im Nachttotenreich von Osiris, nicht auf Erden, aber dort oben in der Umlaufbahn von Satelliten und Raumstationen.

Jetzt hast du Abschied vom Geliebten genommen. Jetzt musst du gehen. Raus aus der Tiefe wieder nach oben in die Welt von Licht und Leben.

Wie aber lautet das *Sesam öffne dich* für die Kammer, in der du bist?

Wohin wird die Tür sich öffnen?

Zurück in die Menschenwelt oder in anderen Raum, in andere Zeit?

Gar weiter hinab ins Totenreich?

Nein!

Warme gelbe Kerzenflammen brennen überall ringsum.

Keine Türen – nirgendwo.

Keinen Schritt tust du – in diesem Raum/zu dieser Zeit.

Spieglein, Spieglein an der Wan...

Da ist keine Wand, nirgendwo und auch kein Spie..., aber ein Wasserbecken unter dir.

Du schaust hinein.

Jetzt bricht es auf, Ströme ergießen sich in die Unterwelt.

Du stehst am Rand und schaust hinab.

Dein Blick fährt auf der Barke ins Totenreich - hinab, hindurch und wieder hinauf.

Auf der einen Seite des Spiegels ist die Frau. Das bist du, Moyo. Du bist hier und schaust hinein.

Manfred aber schaut heraus. Eine Träne fällt aus seinem rechten Auge, die von Leid und Sterben spricht und den Spiegel auf der anderen Seite trifft.

Ein Lächeln empfängt deine linke Wange.

Du schaust empor.

Noch ist dort alles schwarz. Du bist noch immer in der

Kammer unterhalb der Pyramide.

Jetzt leuchten dort oben Sterne.

Also schoben sich die Steine der Pyramide zur Seite?

Dort über dir spiegelt die Volle Mondin deine Seele wer weiß wohin.

Spiegel unter und über dir, Spiegel in dir.

Namen flüstern und rufen sie dir zurück, die du nur den *einen* Namen »Manfred« sprichst:

»Nairra – Ra – Rani – Rainar – Nairra – Rani – Ra«.

Drei von diesen Namen kennst du: Nairra, Ra, Rani.

Nairra, mein alter Name.

Und meine Kinder Rani und Ra, schlafen sie noch?

Du siehst ihre Träume in dir. Geborgen und warm verpackt im Drachenatem ihrer Großmutter Smorré-Aié ruhen sie in einer Decke im Wüstensand.

Doch wer mag dieser *Rainar* nur sein? Ein einziger Name für das Zwillingspaar?

Du öffnest deine Sinne der Welt - nichts hörst du, nichts riechst du, nichts siehst du – nichts. Alles ist still, geruchlos und schwarz.

Dann aber - ganz allmählich – wächst da ein Schimmern von Grün in deinen Menschenaugen und ein Rauschen in deinen Pantherohren wird zu Lauten, es riecht nach frischem Gras.

Jetzt verzerren sich auch die Wände ringsum, lösen sich auf, setzen sich wieder neu zusammen, verschieben sich. Alles fließt, bis eine Flut von Gerüchen und Tönen dich endgültig überwältigt und Licht dich blendet.

Da ist keine Pyramide mehr, kein Sand.

Dies alles ist verschwunden.

Ringsum lebt Savanne.

Es dämmert der Morgen eines neuen Tages herauf.

Langsam erhebt sich aus dem Staub ein Mensch. Aufrecht steht die dunkelhäutige, fast schwarze Frau. Sie ist nackt. Sie benötigt keine Kleidung, denn es ist warm. Ihr Blick geht nach Osten, dem Sonnenaufgang zu.

Du weißt, wo du bist. Das ist das Land, das du kennst.

»Nicht der Ort, sondern die Zeit hat sich geändert, und doch ist es auch der Ort. - Parallelwelt heißt die Lösung«, flüstert eine Stimme dir zu.

Keine Wüste weit und breit.

Keine Pyramiden.

Keine Menschen außer dir und deinen beiden Kindern Rani und Ra, die mit dir an diesen Ort und diese Zeit gelangten und die du nun endlich wieder in die Arme nimmst und dir an deine Brüste legst.

Hier bin ich, denkst du. Ich lebe. Hier werden meine Kinder erwachsen werden. Ich bin nicht Isis, die Schwester und Gattin des Osiris, dem sie Horus gebar. Denn Manfred konnte ich nicht wieder zum Leben erwecken - nicht hier in seinem alten Körper, und doch vielleicht …

So war es, so geschah es. Die Männer, alle, bis auf den neugeborenen Ra, waren dahingegangen, das »starke«-schwache Geschlecht, beide vom Antlitz der Erde verschwunden: Der eine starb, der andere wurde zurückgerufen – nach Hause. Jetzt gibt es weder Manfred noch IHN auf Erden. Übrig blieben die Frauen und ihre Kinder/Enkelkinder.

Auch die Drachin Smorré-Aié kehrt in ihre Welt, eine Zwischenwelt, ins Nebelland *zurück.*

Moyo, die einst als Nairra lebte und in Manfreds Armen starb und wiedergeboren als Massaimädchen und Schwarze Pantherin zugleich wieder erwachte und ihre große Liebe wiederfand, sie hat überlebt und wird noch Jahre/Jahrzehnte auf einer anderen Erde verweilen, um dann zu gehen - wie wir alle. Doch wird sie nach ihrem Tod nicht nur im Namen, sondern vor allem in den Genen ihrer Kinder weiterleben, wie es auch der Vater – Manfred tut.

Noch sind ihre Kinder, die Zwillinge Rani und Ra, bei ihr. Moyos Muttermilch lässt sie wachsen. So vergeht die Zeit. Jahre rasen dahin. Sie werden älter und älter und leben ihr eigenes Leben in Savannen, Wäldern und Wüsten, ihr Leben, das - wie alle Leben – voller Lust und Schmerz und Leid und Freude – ein Leben voller Wunder ist.

Vieles erbten sie von ihren Eltern: von ihrer Mutter, sich in eine der vielen Katzenarten zu verwandeln, vom Vater, zu jedem anderen Wesen zu werden, in jedem anderen zu sein, ohne es zu versklaven, zu quälen oder gar zu töten und – sich in Drachen zu verwandeln.

Denn wahrlich, sie waren weder Menschen, Leopardenwesen noch Drachen, sondern die Eltern einer neue Art, die sie aus sich und mit anderen zeugten und gebaren, die auszog zu den Sternen – auf den Spuren ihres Vaters - Manfreds - Seele. »Aber das ist eine andere Geschichte und soll ein andermal erzählt werden«, wie ein Mensch, der einst Dort Oben auf Erden lebte, wunderbare Bücher schrieb und den Namen Michael Ende trug, so schön in seiner Unendlichen Geschichte immer wieder sagte.

Worte und Erinnerungen
(Lyriktitel von Rainar Nitzsche in Kapitälchen)

Alles vergeht
Als alter Mann geboren
Das ist ER - das ist ES von T-her
Den mit roten Wangen ...
Denn Wüste ist die Welt
Der große See ...
Die Welt - ein Tor
Dreimal ruft der Rabe ...
Du sprichst die magischen Worte
Du wirst wieder Leben
Dunkel ist jetzt ohne Ende ...
Einst wird einer kommen
Es gibt absolut nichts
ES ruft IHN
Hier auf Erden
Insel im Meer der Stille
Manfreds Seele erwacht
Mit wehendem Haar
Nichts ist ewig, alles ist ewig!
PET MU TA
Schwester
Warum weinst du?
WIR gehören zusammen
WIR sind Teil des Ganzen
Wüstennacht - Leben erwacht
Insel im Meer der Stille
(Erzähler)
ER und ICH
Pseudemys scripta elegans
Definition
Tschuang-Tzu
Friedrich Nietzsche
Stille Wasser sind tief
Pharao
(Altägypt. Wiedererweckung)
Polarnacht
Die Prophezeiung
Huang-Po
Abschied
Erinnerungen
(T-her)
Ein Licht bei Nacht
Tschuang-Tzu
Der Weise aus den Bergen
(Altägypt. Begriffe)
eschu - ISIS - ese
Worte des Magiers
GOTT
WIR sind GOTT
Vormenschen-Weisheit

Wichtige Personen, Lebewesen und Begriffe

Abid: Altägyptischer Name für die Gottesanbeterin (s.u.)

Aborigines: s. Ananga.

Ananga: So nennen sich die wohl schon vor 65 000 Jahren nach Australien eingewanderten dunkelhäutigen »Ureinwohner« Australiens, die allgemein unter dem Namen *Aborigines* bekannt sind.

Ankh (Anch): Das Henkelkreuz - Zeichen für Leben, göttliches Auge - ist der Spiegel aus Kupfer, der das Licht einfängt und steht für Hathor, die Göttin der Liebe und der Sterne.

Anubis: Altägyptischer Totengott in Gestalt eines Hundes, Schakals oder eines Menschen mit Hundekopf. Er führt die Verstorbenen ins westliche Totenland, mit seinem Schlüssel öffnet er die Unterwelt. Als Herr der Reinigungsstätten ist er Schutzgott der Einbalsamierer. Als Totengott wurde er später von Osiris verdrängt.

Bâ: So heißt bei den alten Ägyptern der geistige Teil eines Individuums, der den Tod überdauert und gerne die Lieblingsplätze des Toten aufsucht. Es ist die herumschweifende Seele, dargestellt als Seelenvogel, einer Vogelgestalt mit Menschenkopf. - Manfreds Bâ verlässt aufgrund Moyos magischem Ritual endgültig seinen Körper. Es wird eins mit seinem Ka. So erwacht seine Geist-Seele im Erdorbit und beginnt ihre Reise zu den Sternen.

Bär (Familie Ursidae): Zwei Arten - Braunbär (*Ursus arctos*) und Eisbär (s.u.) begegnen uns hier. - Manfred verwandelt sich in einen Braunbären, ER nimmt einen Eisbärenkörper an.

Bartgeier: s. Geier

Bastet (Bast, Pascht): Ägyptische Göttin, Personifikation der Salbe. Zunächst in Löwengestalt mit Sachmet verschmolzen, seit dem Neuen Reich mit Katzenkopf dargestellt. Ihr Hauptkultort war Bubastis. Dunkle Begleiterin der Hexen. - Moyo begegnet ihr bei den Pyramiden.

Bhagirathi: s. Ganga

Buddha (Sanskrit: der Erwachte): Ein Mensch, der vollkommen erleuchtet aus dem Kreislauf der Wiedergeburten erlöst ist und die vollkommene Befreiung erreicht hat. Neben dem historischen Buddha Shakyamuni (Siddhartha Gautama), werden in alten Texten weitere Buddhas erwähnt.- Hier erinnert sich

Manfred an die Höhle unter dem Geiergipfel, wo der historische Buddha an seinem Lebensende saß.

Chabas: Altägyptischer Name für den Sternenhimmel.

Chakra (Sanskrit: Rad): Zentrum feinstofflicher Energie (Prana, Kundalini) im Menschen. Sieben Hauptchakren werden unterschieden: Das erste und unterste ist das Wurzel-Chakra *Muladhara* zwischen Geschlechtsorgan und Anus, hier ruht die Kundalini. Das sechste mit Namen *Ajna*-Chakra liegt oberhalb der Nasenwurzel in der Mitte der Stirn, wird auch »drittes Auge« genannt und ist Sitz der bewussten Wahrnehmung und der höheren Geisteskräfte. Das siebte heißt *Sahasrara*-Chakra und liegt oberhalb des Kopfes. Seine Keimsilbe ist OM, es strahlt ein gewaltiges Licht aus und gehört zu einer höheren Ebene der Wirklichkeit als die anderen sechs Chakren. Hier wohnt Shiva. Wer hierher gelangt, der empfindet höchste Glückseligkeit und Erkenntnis.

Dalí, Salvador: Spanischer surrealistischer Maler. - Dinge und Wesen aus seinen Gemälden tauchen vor Manfred in der Wüste auf, werden lebendig und vermischen sich: ein Wels aus der Wasserwelt, ein Tiger aus dem Landelement und ein Geier aus der Luft.

Drefman: s. ER

Dromedar (*Camelus dromedarius*): Einhöckriges Kamel, das einst in den Trockengebieten Innerasiens weit verbreitet war. Seit mehr als 5000 Jahren ist es ein Haustier des Menschen und wird in Arabien seit langem als Transport- und Reittier eingesetzt. Es kann lange dursten und sehr viel Wasser auf einmal trinken. - Nairra wird von einer Imuhar-Karawane aufgenommen und bewegt sich täglich um die 20 Kilometer weiter nach Norden, den Pyramiden von Giseh entgegen.

Dschinn (ginn): Dämonische Wüstenwesen Arabiens, ursprünglich Naturgeister. Hierzu gehören auch die Ghul, blutsaugende und menschenessende Wüstengeister in Tiergestalt. Dschinn kommen im *Koran* und in *1001 Nacht* vor und sollen König Salomo bei seinem Tempelbau geholfen haben. - Hier befreit Manfred mit dem Schlag seines Schwertes OM einen Dschinn aus seinem Steingefängnis.

Eisbär (*Ursus maritimus,* Polar Bear): Große Bärenart des Nordpolargebietes, wandert mit der Eisdrift rund ums Polargebiet, erjagt Robben, erbeutet auch Lemminge und ernährt sich von Aas und Beeren. - ER verwandelt sich in einen Eisbären und schwängert eine Bärin. Zwei Kinder kommen zur Welt, werden aber von einem anderen Bären getötet.

Eisfuchs (*Alopex lagopus*): Fuchsart mit weißem Fell, aber auch mit Farbvarianten (Blaufuchs), verbreitet im ganzen Nordpolargebiet, begleitet Eisbären auf der Jagd, isst alles, was er erwischen kann.

Elfenbeinmöwe (*Pagophila eburnea*): Lebt in Jagdgemeinschaft mit Eisfuchs und Eisbär in den Polargebieten.

ER: Ein schwarzes Wesen, das sich vor vier Millionen Jahre von ES aus T-her abtrennte und seitdem die Oberfläche der Erde - Land und Luft - durchforscht. ER ist es, der als Manfreds Gegenspieler im ersten Teil der Pfad-Trilogie unter dem Namen Drefman die Sieben Samurai und Nairra tötet. Formlos sowie in vielerlei Gestalt, vor allem als Eisbär und Mensch, aber auch als Albatross, Baum, Bison, Eisdämon, Erdbiene, Erdmännchen, Feuer, Fledermaus, Höhlenlöwe, Kröte, Krötenagame, Nacktmull, Sandwurm, Wasser reist ER über die Erde bis in die Polargebiete. Einst aber in Afrika vor 2,5 Millionen Jahren war ER für die Vormenschen ein Gott, denn ER veränderte sie und half ihnen beim Überleben. Vor 1000 Jahren überlebte ER als Nordmann Erik in Grönland und schritt über die weiten Prärien Nordamerikas. ER liebt die Kälte, also liebt ER die Pole der Erde, ihre Tiefsee und die Höchsten Berge.

Er Dort Oben: Das ist der Träumer, der die Pfadwelten träumt, Manfreds »Gott«, der ihn und seine Welt erschuf, vermutlich ein gewisser Rainar Nitzsche.

Erdmännchen (*Suricata suricatta*): Zu den Reißtieren gehörende Schleichkatzen, die in der südafrikanischen Kalahari Kolonien bilden, tagsüber auf die Jagd gehen und sich dabei von Gliedertieren, aber auch Mäusen, Vögeln, Eidechsen und Schlangen ernähren. Beim Anzeichen einer Gefahr erheben sich Wächter auf ihre Hinterbeinen und suchen mit ihrem ausgezeichneten, farbtauglichen Gesichtssinn die Umgebung, vor allem den Himmel - Luftfeind Geier! - ab. - ER wird kurz einer von ihnen, stolz, dass sie IHN akzeptieren. Also verlässt ER sie ungeschoren.

ES (ES von T-her): siehe ER und Anhang von *Wandlungen der Drei*.

Eskimo (Fleischesser): s. Inuit

Fee: Naturgeist, bewohnt den Wald, eine Quelle oder Grotte. Auch Schicksalsgöttinnen werden Feen genannt (Moiren, Parsen, Banshee). - Hier fragt sich Manfred, ob da nur eine Fata Morgana ist, die die Fee Margan (Koralle) in unseren Sinnen erzeugt.

Fennek oder Wüstenfuchs (*Fennecus zerda*): Lebt in den Wüsten Nordafrikas und Arabiens, gesellig und nachtaktiv, gräbt sich blitzschnell in den Sand ein.

Fledermaus (Säugetierordnung Chiroptera): Die Mausschwanzfledermaus *Rhinopoma microphyllum* besitzt einen fast körperlangen dünnen Schwanz, den sie rückwärts in enge Schlupfwinkel kriechend als Tastorgan einsetzt. Sie lebt gesellig in den alten ägyptischen Grabkammern, kommt auch von Vorderasien bis Indien vor. - Manfred verwandelt sich in eine von ihnen. Außerdem kommen vor: Nilflughund s.u., Riesenabendsegler s.u., Vampirfledermaus: *Desmodus rotundus*, s. Anhang von *Der Leuchtende Pfad des Magiers*.

Ganga: Indische Flussgöttin, entspringt einem Fuß Vishnus und fließt in Mondin und Sterne empor. - Hier ist der Fluss, besser bekannt in der männlichen Form Ganges, gemeint, der einst Bhagirathi hieß.

Geier: Manfred verwandelt sich in Ostasien in einen Mönchsgeier (*Aegypius monarchus*), den größten Altweltgeier, der im Tiefland wie auch im Gebirge lebt, auf Bäumen nistet und neben krächzenden auch miauende Laute von sich gibt. Im Traum in Südamerika segelt er als Kondor dahin (mehr über Altwelt- und Neuweltgeier s. Anhang von *Wandlungen der Drei*). Der langschwänzige, spitzflüglige Bartgeier (*Gypaetus barbatus*) nistet in Gebirgen an Felsen. Er ist dafür bekannt, größere Knochen aufzuheben und aus großer Höhe auf Felsen aufschlagen zu lassen, so dass er mit seiner speziellen Zunge ans Mark gelangen kann. - Hier trägt er einen Fingerknochen von Manfreds Leichnam aus dem Himalaja bis nach Ägypten zu Moyo hin.

Ghul: s. Dschinn.

GOTT: Der EINE, die EINE, EINES, JAHWE, GOTT, ALLAH - also ETWAS, das ALLES ist, allmächtig und alles umfassend - WEISS und SCHWARZ und alle FARBEN, Himmel und Höllen, männlich, weiblich und ohne Geschlecht, wie auch immer IHN sich Menschen und alle anderen denkenden, fühlenden Wesen vorstellen.

Auch die LEERE und ihr Vergehen darin - NIRWANA - ist GOTT.

Gottesanbeterin (Abid): Mit den Schaben verwandte Insektenordnung (Mantodea, Fangschrecken) mit weltweit 1800 Arten. Am bekanntesten ist die Art *Mantis religiosa*. Typisch für alle Gottesanbeterinnen sind die angewinkelt erhobenen Vorderbeinen, die zum Beutefang dienen und als betende Haltung interpretiert wurden. Die Männer werden übrigens nicht immer von den Frauen bei der Paarung verzehrt. Auf der Brustunterseite besitzen Gottesanbeterinnen ein Gehörorgan, das die Ultraschalllaute jagender Fledermäuse registriert und es ihnen ermöglicht, mit einer plötzlichen Flugänderung jagenden Fledermäusen zu entkommen. Es gibt im Mittelmeergebiet weitere Arten, z.B. *Empusa pennata*. Auch Gottesanbeterinnen wurden mumifiziert und im Totenbuch erwähnt. - Hier sieht Moyo die Mumien in der Totenstadt Theben liegen.

Hathor: s. Ankh

Hieroglyphenschrift: Altägyptische Schrift mit mehr als 1000 Zeichen, die seit 3000 v. Chr. bekannt ist. Sie besteht aus Bildern von Lebewesen, Körperteilen etc. und Symbolen.

Höhlenlöwe (*Panthera leo fossilis*): Größere Unterart des heutigen Löwen, die vor Hunderttausenden von Jahren lebte. - Hier verwandelt ER sich in einen Höhlenlöwen und isst einen zuvor getöteten Menschen, mit dessen Blut ER ein Höhlenbild malte, auf.

Horus: Altägyptischer Himmelsgott, als Falke dargestellt. Er trägt die Sonnenscheibe und ist so mit Rê verbunden. Sohn des Osiris und der Isis.

Imuhar (Imazighen = Freie Menschen, meist als Tuareg bezeichnet): Nomadischer Berberstamm der Sahara, berühmte Kamelreiter, Frauen unverschleiert, Männer mit blauen Schleiern, Matriarchat: die Frau ist die Herrin des Zeltes und wählt den Ehepartner. Sie halten Herden aus Kamelen, Schafen, Ziegen und Rindern. Einmal im Jahr zieht die große Karawane nach Norden zu den Städten. - Eine dieser Karawanen sammelt die fast verdurstete Moyo auf.

Inuit (auch Eskimo = Fleischesser genannt): Menschen mongoloider Herkunft, die die Nordpolargebiete bewohnen. Im Norden Amerikas verdrängten sie die Indianer, in Grönland vernichteten sie die Wikingerkolonie. Bekannt sind sie durch ihre Jagd auf Robben, durch Hundeschlitten und Iglus, aus Eis erbaute Wohnungen. - ER trifft auf sie in SEINER Eisbärengestalt als Nanuk.

Isis (Eschu, Ese): Ägyptische Göttin, die Zauberreiche, die ihren vom Bruder Seth getöteten und zerstückelten Bruder und Gatten Osiris mit Hilfe von Nephthys und Thot zu einem Leben im Jenseits wiedererweckte und von ihm den Sohn Horus empfing, der den Platz seines Vaters an der Seite von Rê einnahm, während Osiris Herr der Unterwelt und Richter sowie Vegetationsgott für die Pflanzen wurde. - Verkörpert sich Isis hier in Moyo, die Manfreds Körper aus einem Fingerglied wiedererstehen lässt und versucht, ihn von den Toten zu erwecken?

Ka: Altägyptischer Begriff für die Lebenskraft, die den Menschen immer begleitet und auch nach dem irdischen Tod weiterexistiert. »Zu seinem Ka gehen« heißt sterben.

Lotossitz, Volle Lotus-Haltung (Padmasana): Aufrechter Sitz mit ineinandergefalteten Beinen, rechter Fuß auf linkem Schenkel, linker Fuß auf rechtem, die Hände ruhen zusammengelegt zum Dhyani-Mudra im Schoß. Günstig für Atmung und Meditation, im Hatha-Yoga und Zen angewandt. - Manfred sitzt und schwebt in dieser Haltung zeitweise in den Höchsten Bergen.

M: Altägyptische Hieroglyphenentsprechung für die Eule.

Manfred der Magier: Der Held und Ich-Erzähler. Als uralter Mann zurückgekehrt erinnert er sich, erzählt uns sein Leben, das ihn in mancherlei Gestalt durch verschiedene Welten führte, und wird dabei immer jünger. Er beginnt mit seinem Aufbruch/Ausbruch aus der Welt Stadt in die Waldwelten der Erde, durchs Nebelland über Gräserne Meere hinweg immer weiter nach Osten, seinem Ziel, den Höchsten Bergen, zu. Wir begegnen ihm hier real und in seinen Träumen in vielerlei Gestalt, vor allem in seinem ersten Körper als Mensch/Drache sowie als Bär, beseeltes Wasser, Fledermaus, Katze und Kolkrabe, aber auch als Anchoveta, Birke, Dromedar, Dschunke, Kondor, Kormoran, Mönchsgeier und Wüstenspringmaus.

Mantra: Kraftgeladene Silbe oder Folge von Silben. Die ständige Wiederholung verändert das Bewusstsein, ein Weg zur Erleuchtung. Bekannt ist das älteste Mantra des tibetischen Buddhismus OM MANI PADME HUM (s. unter OM).

Mau (Miu): Das ist der Name der ägyptischen Katze. - Manfred in Gestalt eines Katers begegnet ihr bei den Pyramiden, s.a. Bastet.

Mausschwanzfledermaus: s. Fledermaus.

Mer: Ägyptischer Name für die Pyramide.

Miru: Schreckliche Unterweltgöttin der Maori auf Neuseeland, bewohnt das »Tor der Nacht«. - Einst trat ER in diese Höllenwelt ein und wählte sie sich als SEIN Haus.

Mönchsgeier: s. Geier

Mondin: Die hier benutzte weibliche Bezeichnung des irdischen, meist Mond genannten Himmelsbegleiters.

Moyo: Ein mutiges Massaimädchen, die sich den Löwen entgegenstellt. Sie ist die Wiedergeburt von Nairra, Menschenfrau und zugleich eine Schwarze Pantherin - ein Leopardenmensch. Sie hört den Ruf und folgt ihm, bevor sie beschnitten werden kann. Fort zieht es sie von ihrem Dorf nach Norden, hin zu den Pyramiden. Dort bring sie ihre Zwillinge Rani und Ra zur Welt. Dann versucht sie, Manfred aus einem Fingerknochen wiederauferstehen zu lassen.

Mut (mw.t): Altägyptische Göttin, Mutter, Allmutter und ein Symbol für den Geier (s.o.)

Nacktmull (*Heterocephalus glaber*): Afrikanisches Nagetier mit fast nackter Haut, lebt unterirdisch sozial in Kolonien und ernährt sich von Wurzeln und Insekten. - ER traf vor langer Zeit, als dort noch Savanne war, wo sich heute die Sahara erstreckt, auf eine Kolonie von 40 Nacktmullen, nahm die Gestalt eines Nacktmullmannes an und paarte sich mit der »Königin«.

Nairra: Manfreds große Liebe, die ihm in mancherlei Gestalt begegnet und einst von Drefman getötet wurde. Jetzt kehrt sie wiedergeboren als Massaimädchen Moyo zurück.

Nanuk (Nanok): Das ist der Name, den die Inuits dem Eisbären gaben. - Hier ist ER es in Bärengestalt.

Nilflughund (*Rousettus aegypticus*): Manfred verwandelt sich bei den Pyramiden in diese Fledermausart, die den Tag in Höhlen verbringt und nachts zur Orientierung mit der Zunge erzeugte Doppelklicklaute zur Orientierung benutzt.

Nordmann: Skandinavischer Krieger. Vom 6. bis 11. Jahrhundert plünderten sie mit ihren Schiffen Europa, gelangten dabei zu den Britischen Inseln, nach Island, Grönland, Nordamerika und nach Russland. - Hier werden die Nordmänner von den Inuits aus Grönland vertrieben. Einer von ihnen, Eric genannt, überlebt das letzte Gemetzel.

Nut: Altägyptische Himmelsgöttin, Mutter des Sonnengottes Rê, den sie abends im Westen in sich aufnimmt und am Morgen wieder im Osten gebiert. So steht sie für die Wiedergeburt. Sie ist die Herrin des Sarges. Der Sarkophag wird mit ihrem Bild geschmückt. Aus ihm erwacht der Tote wieder zu neuem Leben.

Odin (Wotan, Wuotan): Germanischer Gott des Krieges, Vater der Toten, oberster der Asen. Wolf und Rabe sind ihm geweiht. So raunen ihm die beiden Raben Hugin und Munin die Dinge ins Ohr, die sie auf ihrem Flug durch die Welt sahen. - Hier halten die letzten überlebenden Nordmänner den tapfersten von ihnen für Odin selbst. Doch der ist ER.

OM (AUM, Pranava): Mächtigste mantrische Silbe und Symbol. Es besteht aus drei verbundenen Kurven - die Ebene der materiellen Welt und des Wachbewusstseins, die Ebene der Träume und die des Unbewussten -, einem Halbkreis für die Unendlichkeit und einem Punkt für das höchste Bewusstsein, das die anderen erleuchtet.* Das älteste und bedeutendste Mantra des tibetischen Buddhismus lautet OM MANI PEME HUNG (Sanskrit: OM MANI PADME HUM), in dessen Rezitieren der Wunsch nach Befreiung aller Lebewesen von Leid, Tod und Wiedergeburt zum Ausdruck kommt. - Hier singen/sprechen/summen es die 108 Mönche vor/in/nach ihrem »Tod«. Auch der Name von Manfreds Schwert lautet OM, der von SEINEM Schwert MO.

Osiris (Wsjr): Altägyptischer Gott, Sohn von Geb (Erde) und Nut (Himmel). Er wurde von seinem Bruder Seth ermordet und zerstückelt. Seine Schwester Isis belebte ihn wieder und empfing von ihm den Sohn Horus. Fortan herrschte Osiris im Reich der Toten.

Pyramide: Hier geht es um die drei großen Pyramiden bei Giseh, zu denen Moyo gelangt und die auch Er Dort Oben einst einmal besuchte.

Ra: Moyos und Manfreds Sohn, Zwilling von Rani.

Rani: Manfreds und Moyos Tochter, Zwilling von Ra.

Rê (Ra): Altägyptischer Sonnengott, der frühzeitig in On (= Heliopolis) verehrt wurde. Er überquert in seiner Barke den Himmelsozean, begleitet von Thot und seiner Tochter Maat, der kosmischen Ordnung. Während der Fahrt durch die Nacht, die

Unterwelt, wird Rê von der Apophisschlange bedroht, vor ihr durch Seth beschützt. Die Pharaonen sahen sich als Söhne des Rê an. Von den ersten Sonnenstrahlen am Morgen getroffene Obelisken mit vergoldeter Spitze waren seine Kultsymbole.

Riesenabendsegler (*Nyctalus lasiopterus*): Mit bis zu 46 cm Spannweite größte europäische Fledermausart, die sich auch von kleinen Vögeln ernährt.

Sachmet (Sechmet, Sekhmet, die Mächtige): Altägyptische Kriegsgöttin, begleitet den Pharao als Mutter in den Kampf, durchschießt mit Pfeilen Menschenherzen, die heißen Wüstenwinde sind ihr Atem, Herrin des Zaubers mit magischem Wissen, als Löwin oder Frau mit Löwenhaupt dargestellt.

Sandrasselotter (*Echis carinatus*): Eine in den Halbwüsten und Steppen Afrikas und Asiens vorkommende Schlangenart aus der Familie der Ottern und Vipern (Viperidae). Sie ist sehr angriffslustig, beißt blitzschnell zu, hat ein für Menschen tödliches Gift, gräbt sich sehr schnell in den Sand ein und bewegt sich seitenwindend fort. - Hier beißt sie eine Wüstenspringmaus, in der niemand anderes als Manfred steckt.

Sarg, Sarkophag (»fleischverzehrend«, da ursprünglich die Verwesung förderndes Gestein verwendet wurde): Er ist das Haus, das der Tote geschützt vor dem Wüstensand bewohnt. Es gab Sarkophage in unterschiedlichster Ausführung: einfache Särge aus Papyruspappe, Bretter, Matten, Tongefäßen sowie die bekannten ineinander geschachtelten Särge der Könige. - Manfreds toter Körper erhält einen steinernen Sarg, der nur das Bild der Nut trägt. Denn er ging in den Himmel ein. Sein Bâ irrt nicht mehr auf Erden herum.

Seth (Setech, Sutech): Altägyptischer Gott, Sohn des Himmelsgöttin Nut, Bruder von Isis und Osiris, den er tötete und zerstückelte. Seitdem galt er als der Böse. - So fragt sich Manfred, ob ER sich einst im alten Ägypten als Seth verehren ließ.

Shiva (Sanskrit: der Gütige): Gott der Auflösung und Zerstörung, segensreich als Zerstörer der Nichterkenntnis, von den Yogis verehrt. Er reitet auf dem Stier Nandi, steht für Entsagung und Mitleid. Sein Symbol ist der Linga(m), der Phallus, das Symbol der Zeugungskraft. - Hier begegnen wir Shiva im Zusammenhang mit dem Ursprung der Ganga und bei der kurzen Erleuchtung beim Tod Manfreds im siebten Chakra.

Smorré-Aié: Die Drachin, Mutter von Manfred dem Magier in Drachengestalt.

Sonn: Die hier benutzte männliche Bezeichnung unseres meist Sonne genannten Sterns.

Sphinx: (griechische Bezeichnung für ägyptische Königsbilder: Mensch mit Löwenkopf, ägyptisch: Seshep). Am bekanntesten ist der Sphinx bei den Pyramiden von Giseh.

Sutra (Sanskrit: Leitfaden): Kurzfassungen indischer Lehren, so auch der Lehren Buddhas. Das Herzsutra (Mahaprajnaparamita-Hridaya-Sutra) ist eines der bedeutendsten und wird in China und vor allem in Zen Japans von Mönchen und Nonnen rezitiert. Der Kernsatz lautet: »Form ist nichts als Leere, Leere ist nichts als Form.« Das wahre Wesen der Welt ist Shunyata (Leere). Dies zu begreifen ist vollkommene Erleuchtung.

T-her: Schwarzes Universum, Heimatwelt von ES, das ein Teil von T-her ist und zur Erde gesandt wurde, wie auch andere Teile in andere Universen geschickt wurden, um zu erkunden, zu erfahren und zu töten.

TAO (chinesisch: Weg, Lehre, auch Tai-chi genannt): Die Urquelle allen Seins, in die alle Dinge zurückkehren, erfahrbar in der Erleuchtung, dem Eintauchen in Stille und Leere. Das Große Eine, in dem alle Gegensätze aufgehoben sind.

Thot: Altägyptischer Mondgott und Gott der Zeit, aus dem Haupt des Seth geboren vertritt er Rê und ist im Besitz großer Zaubermacht.

Tuareg: s. Imuhar.

Tulungersaq: Das erste Wesen bei den Inuits, das in der Finsternis zunächst in Menschengestalt erwachte, dann den Rabenkörper annahm und die Welt erschuf.

Uluru (Ayer's Rock): Der große Felsenblock in Australien, der mit dem Sonnenstand seine Farben wechselt. - Einst war auch ER dort auf SEINEM Jahrmillionen währenden Weg über die Erde.

WEISS: Mit Menschenaugen betrachtet: ein rein weißer Raum. Und doch sind winzige schwarze Flecken darin, die wegen der strahlenden Helle WEISS kein Menschenauge sehen könnte. Jeder schwarze Fleck ist ein Universum. Eins ist unser bläulicher Kosmos, ein anderes ist T-her, eine schwarze Höllenwelt, aus dem ES stammt. WEISS kann auch akustisch als STILLE interpretiert werden oder geruchlich als GERUCHLOSIGKEIT.

Wikinger (Normann): s. Nordmann.

Wüstenspringmaus (*Jaculus jaculus*): Dieser 10-15 cm kleine Nager lebt in Nordafrika, Arabien und Vorderasien von Pflanzen, Samen und Käfern und ist wie seine Verwandten der Springmausfamilie an den langen Hinterbeinen erkennbar. Daran sitzen Haarbürsten, mit denen sie ihre Höhlen in den Sand gräbt. Zum Auspolstern ihres Nests verwendet sie ausgefallene Kamelhaare. Sie riecht, hört, sieht ausgezeichnet bei Nacht. - Moyo sieht, wie eine vom Kauz ergriffen wird. Manfred wird im Feuertraum zur winzig kleinen Wüstenspringmaus, bis ihn das Gift der Sandrasselotter lähmt.

Die Pfadwelten

Die Reise durch sieben irdische Bioregionen und das All in den vier PFAD-Romanen, macht acht Welten:

1 STADT **Der Leuchtende Pfad des Magiers**
2 WALD Der Leuchtende Pfad des Magiers...
3 NEBELLAND **Wandlungen der Drei**
4 GRÄSERNE MEERE Wandlungen der Drei
5 WASSERWELTEN Wandlungen der Drei
6 WÜSTENWEITE **Wüsten-Berges-Himmels-Weiten**
7 BERGE IN DEN HIMMEL Wüsten-Berges-Himmels-Weiten
8 WELTEN ÜBER WELTEN **Ins All - Im Eins**

Die Pfadromane - Titel und Ausgaben

Neu sind die Taschenbuchausgaben der Pfadwelten. Sie erschienen 2016 bis 2017. Als E-Books erschienen 2015 die neu überarbeiteten Bände 1 bis 4 sowie die Gesamtausgabe in einem Band.

Zum Zeitpunkt des Erscheinens dieses Taschenbuchs sind noch einige Exemplare der handsignierten, nummerierten und limitierten Erstauflage aller vier Bände erhältlich, die in den Jahren 1998 bis 2008 erschienen. Nur die Originale enthalten verfremdete Fotos des Autors. Von Band 1 wurden nur 200 Exemplare, von den Bänden 2-4 lediglich 50 Exemplare gedruckt

Band 1:
Rainar Nitzsche: Der Leuchtende Pfad des Magiers.
Er ist in sich abgeschlossen und enthält die Kapitel Stadt und Wald.
Original: 180 Seiten, ISBN 978-3-930304-03-5
E-Book: ISBN 978-3-7380-3245-1
Taschenbuch: 168 Seiten, ISBN 978-3-7431-1376-3

Band 2:
Rainar Nitzsche: Wandlungen der Drei.
Enthalten sind die Kapitel Nebelland, Gräserne Meere und Wasserwelten.
Original: 194 Seiten, ISBN 978-3-930304-13-4.
E-Book: ISBN 978-3-7380-3449-3
Taschenbuch: 208 Seiten, ISBN 978-3-7431-9600-1

Band 3:
Rainar Nitzsche: Wüsten-Berges-Himmels-Weiten.
Er bildet den Abschluss der auf der Erde spielenden Trilogie.
Original: 180 Seiten, ISBN 978-3-930304-17-2
E-Book: ISBN 978-3-7380-3471-4
Taschenbuch: 212 Seiten, ISBN 9783743159600

Band 4:
Rainar Nitzsche: Ins All - Im Eins.
Hier handelt es sich um ein Seelenreise durchs All mit kurzer Rückkehr zur Erde und der Klärung der Handlungsebenen.
Original: 208 Seiten, ISBN 978-3-930304-14-1.
E-Book: ISBN 978-3-7380-3529-2

Alle vier Romane in einem Band:
Rainar Nitzsche: Die Pfadwelten.
E-Book: ISBN 978-3-7380-5012-7

Inzwischen erschien ein kurzer Roman, der die Abenteuer eines der Wesen, die im Band 4 durch den Kosmos reisen, beschreibt:

Alexa E. Bach: Der Schneckenkönig.
Taschenbuch: 76 Seiten, ISBN 978-3-8423-5587-3
E-Book: ISBN 978-3-7412-4852-8